―――― 阅读之前 没有真相

午夜文库

羔羊们的平安夜

[日]西泽保彦 著
夏木 译

新 星 出 版 社　NEW STAR PRESS

目 录

1	平安夜的巡礼
46	父性的巡礼
91	赠呈的巡礼
131	分身的巡礼
164	噩梦的巡礼
201	母神的巡礼
222	欲望的巡礼
247	爱的巡礼

平安夜的巡礼

"嘿,看看这个。"

漂撒学长,也就是边见祐辅,把一个长方形盒子一样的东西伸到我们眼前,一眼看上去像是扁扁的铅笔盒。

之所以要用这种揣测的说法,是因为那东西外面裹了层包装纸,看不到里面是什么。在包装纸上还粘了一朵红缎带扎的花球,宛然是一件圣诞礼物。当然了,包装纸外加缎带确实意味着某种礼物,可也不见得一定就是圣诞礼物。只不过今天是十二月二十日,到二十四日没剩下几天了,这只是在这种时候自然产生的联想而已。

拿到手中掂下分量,并没有沉甸甸的感觉,真要说的话,其实是很轻。若按正常推断,从这尺寸来看,里面的东西应该是手帕或者丝巾之类吧。先不管这个——

到底什么情况啊,眼下?

"学长——"因为东西碰巧在我的手上,所以我极其自然地提出了这个问题,"这个是要送给我吗?给我的?"

"我说你啊!"漂撒学长不禁喷笑,赶忙把正要送到嘴边的咖啡杯放回到碟子上,"你是怎么会有如此贪婪的想法的?哎呀呀,现在的年轻人啊,真是太以自我为中心了,实在要命。"

明明你自己也是时下以自我为中心的贪婪年轻人好吗?

此刻，我们面对面地坐在大学前面那家咖啡屋"I·L"靠窗的座位上。我有时在这边打工，不过今天并不当班。

"因为东西是突然被人递到眼前的啊，换了谁都肯定以为是礼物嘛，稍微提前一点的圣诞礼物之类的。"

"被说贪婪也怪不了别人啦，匠仔。谁让你到了这种时候却只想到这个，明白吗？"

操着和平常一样辛辣又无情的语调，从旁插话的是坐在我身边的高千——高濑千帆。

顺便说下，我的名字是匠千晓，昵称"匠仔"。

"咦？什么意思？正因为是这种时候，想到圣诞节才不奇怪嘛。"

"不只是圣诞节，对我们来说，不是还有另一件大事即将发生吗？"

"哎？啊！对哦！"被她这么一说我才刚刚想起来，所以，被评为贪婪又以自我为中心还真是无话可说。"鸭哥和绘理的婚礼！"

"没错。最先想到的不是送给他们的贺礼，这就是你的不对了。"

"可是，要这么说的话，又感觉有点说不出的旧兮兮的味道——"

我还在死撑着嘴硬，不过这份"礼物"的包装纸真的看上去有种难以言喻的灰扑扑的感觉。是缺乏光泽还是什么，总之有种陈旧感。怎么说呢，就好像被遗忘在抽屉的深处很久似的。

"唔，说得正是啊。"我在心中转着上述念头的时候，漂撇学长竟然点了点头。他啜着咖啡说："不管怎么说，毕竟是将近一年前的东西了嘛。"

"将近一年前？"

我不由得再次打量起那件"礼物"，发现它不单显得陈旧，上面还隐隐地有一些污痕，像是擦掉过沾在上面的泥巴或是什么东西。

"这是怎么回事?"

"所以啦,这就是我的问题——你们俩,觉不觉得它很眼熟?"

"眼熟?"

异口同声。我和高千对视了一眼。

"也就是说——"高千从我手中拿过那件"礼物",举在半空中,像要透过亮光看到包装纸的里面。"这件东西跟我们有关?"

"可以这么说。而且,还缘分不浅。"

"但我没印象啊。"

"应该有的。说起来呢,虽然当时你们没有清楚地看见,但是我捡到它的时候,你们俩都是在场的。所以——"

"啊?"因为听到了太过意外又不着边际的话语,我目瞪口呆,"你是说……捡到?"

"小漂你也真是的,又来了。"高千仰天长叹,"不能因为掉在地上就什么都捡啊,会吃坏肚子的啦。"

"说什么哪。我才没有吃过捡来的东西。再说了,我又不是因为喜欢它才捡起来的。"

"那为什么要捡?"

"不是因为想捡才去捡,而是在不知情的情况下捡到的。"

"那叫什么话?难道正好在那个时候你的人格游离到别处去了?这么科幻的借口?"

"不是的啦。我说啊,就是去年平安夜呀。去年圣诞节的前一晚。"

"去年平安夜?"

"忘记了可不行哟。再怎么说,那可是你们俩第一次见面的日子啊。"

"哎——"

"难道说——"已然面无表情的高千缓缓将视线从我身上转移到漂撇学长,"是那时候?"

"没错,就是那时候。"

那时候——说的是去年平安夜,我们在街头意外地遭遇某位女性跳楼自杀的时候。

在这里,让我们把时钟的指针拨回到距今将近一年以前的时候吧。暂时陪我回顾一下从前——其实也没有那么久远——的事情。

去年的十二月二十四日。

漂撇学长之前说,那是高千和我初次见面的日子。就事实而言当然没错,但与此同时,那也是我和漂撇学长第一次相遇的日子。

那时候,我是刚刚进入本地安槻大学的一年级学生。当时是个阴郁的青年(其实现在也还是有这种倾向),没有像样的朋友,也没什么能让自己全身心投入的爱好,话虽如此,倒也没有热衷于吃喝玩乐,只不过就是浑浑噩噩、机械性地度过了九个多月的校园生活,打算就这么混完一年。

那天,我在学生会馆的咖啡屋里吃早午餐,由于宿醉的缘故撑着脑袋。那时候,我想应该是十一点左右。

当时整个世界已经是一派圣诞气象,几乎没有学生还留在校园里。学生食堂已经放假,这间咖啡屋主要是向还有工作没完成的教职员工提供服务,再过几天也就歇业了。在这种时候,再加上那会儿还没到午休,所以职员们的身影都没出现,在店里匆匆扒拉着简餐的人,就只有我一个。

要说寂寞,的确是再寂寞不过的光景了,然而当时的我有着些许的厌世情绪,所以反而莫名地心情愉悦,感觉畅快。虽然还不至于夸张地说是享受孤独，但就好像是风清气爽，心旷神怡那样的感觉。

然后，就在此时——

"哟！"突然之间，一个男人出现在对面的座位前，并且也不问问我的意见就坐了下来，把我吓了一跳。

乱蓬蓬的头发，胡子拉碴——如今想来，正是漂撇学长一贯不修边幅的做派。但在那个时候，别说对方的绰号了，我连他是谁都不知道，所以摆出了不乐意的戒备架势。搞什么啊这家伙——心里这样想着。

因为朋友关系维持到了现在，所以可以老实说，当时我对他的第一印象是"杀都杀不死的小强"，可谓正中要害。连我自己都觉得这还真是堪称恐怖的洞察之眼。当然了，知道自己料中事实，是在那之后又过了很久的事情了。

"你是新生？"胡须男熟不拘礼地冲着我笑。

"是啊……"我这样回答道。

"还不回老家？"

"呃，我是本地人——"

"是吗？这样啊。所以才不那么急着回去啊。"我还没来得及想可别让我做详细解释，他就已经自说自话地接受了，"那你有空吗，今晚？"

"啊？有倒是有的。"

什么啊，这家伙。该不会是打算劝诱我加入什么可疑的同好会吧，又或者危险的新兴宗教团体之类……

"平安夜没安排？"

"没啊。"

"真的吗？其实是约了女朋友，然后去这样那样吧？"

"如果有女朋友的话，倒有可能像你说的。"

"那就是真的有空咯？"

"嗯，算是吧……"

"话说，你这个行不行？"他做了个咕嘟灌酒的动作。

"酒吗？唔——我喜欢的。"

明明自贬为阴郁青年，却又坦白着这样的事情，自己也觉得矛盾，不过事实上，唯有联谊的邀约我从来不曾拒绝，而且不管第二拨还是第三拨都一定奉陪到底。对自己来说有点儿那个，不过在酒桌上我可是相当尽心尽力的，有时为了炒热气氛，扮小丑插科打诨什么的都不在话下。

说到这里也许会被吐槽：这算哪门子的阴郁青年啊。但是，在骨子里，在心灵的深处，我确实是阴郁的。因为除了喝酒，我对其他所有邀约一概回绝，就连普通的人际交往也都刻意回避。这样的男人，怎么可能交到朋友呢。

"这么说起来，你身上味道不错哦。"

宿醉的烂柿子气息竟然被形容为味道不错，这还是第一次。

"唔，这个……"

"昨天晚上也喝了？"

"嗯，是啊……"不过昨晚并非联谊，只是独自一人闷头喝醉了而已。"没错。"

"找对人了。那么，今晚接着来怎么样，跟我们一起喝酒去吧？"

"我们？"

"简而言之，就是还留在学校的同道中人啦。平常没机会来往的人，趁这个机会加深感情也不坏吧？"

"这个嘛，唔。"话是这个理，但不管怎么说这邀请本身也太唐突了。"我想是吧，嗯。"

"那就来嘛。还有可爱的女孩子哦。"

竟然用上美人计，越发透出某种老套骗局的味道了——这么小心提醒着自己，但似乎脸上还是没能藏住贪鄙的期待。胡子拉碴的男人唔唔地点着头，一副心满意足的模样。

"那就说定了哦。"

趁着听到"可爱的女孩子"就两眼放光的那个间隙，事情就这么被定下了。啧，这还真的是。说什么厌世，什么阴郁青年，却有着跟芸芸众生一样的色心，我也真够没出息的，就算被诘难说只不过是故作姿态，也没有办法反驳吧。

"对了，你叫什么名字？"

"匠。"

"姓什么？"

"姓就是匠。"

"哎？那名字呢？"

"千晓。"

"好像女孩子的名字啊。"

"常被人这么说。"

"匠千晓同学啊。那——就是匠仔吧。"

"啊？"

"就是说，你不是姓匠吗？所以呢，朋友之间没人叫你匠仔之类的吗？"

"没，从来没人这么叫。"

"那大家平时都怎么叫你的？"

"唔——就是阿匠吧……"

"所以嘛,不就是匠仔吗?"

于是,我还半点头脑都摸不着的时候,就连绰号也被定下来了。

"那——学长呢?"我自然地用上了这样的称呼。因为我很确信,眼前这不修边幅又感觉很小强的男人,不可能会是新生。"学长贵姓?"

"我吗?"不知怎么的,男人此刻忽然很神气活现地捋了捋蓬乱的头发,目光变得深邃。"若问我是谁,请称呼我为旅人。"

"旅、人——这个是你名字?"

"啊呀,"支着下颚的胡子男手肘一滑,下巴几乎磕在桌面上。"唉,我说你啊,太能装傻了吧。就是旅人啦,人在旅途。波西米亚人。懂不懂?'自由自在的流浪者'的意思——"

"这么说你不是这里的学生?"

"不,学生嘛该算是学生来着——大概。"

"什么啊,'大概'是什么意思?"

"意思就是,如果还没被开除学籍的话。"

"那也就是说,是处于就算被开除学籍也没啥稀奇的状态喽?"

"唔,就是这么回事。到底已经休学几次又留级几次,我自己都记不清了——真是的,净问些什么呢。你这人,吐槽起来还真是意外地不客气啊。"

"让你不快的话,我很抱歉。"

"算了,没关系,吐槽狠点也没什么大不了啦,只是得分清时间和场合才行。换句话说,在没摄入酒精之前,需要克制。明白了吗?"

就是说,若在喝酒的时候,不管举止多无礼都没关系,是这个意思吗?我正为此而纠结的时候——

"那就这样了,今晚,说好啦?"这位旅人单方面地告知了会面的时间和地点，离席而去。

他没有报上真名，这行为很可疑（事实上，学长只是单纯忘记了报上名字而已）。因此，我始终还是无法挥去心里的疑虑，他该不会是街头传销或新兴宗教成员，总之就是那种要忽悠人入伙的人吧。

尽管无法释怀，但我最终还是决定按照约定，到他指定的大学附近那家居酒屋"三瓶"去看个究竟。因为就算是忽悠，我也想听听他到底能掰扯些什么。至少，这要比在平安夜里自个儿寂寞饮酒好吧。

时间是下午五点。这是对方指定的时间，但是店里才刚刚掀起布帘，客人的影子还一个都没瞧见。

姑且先走进去。店员问道："请问有预约吗？"

"呃——"因为是相对较小的店面，而且又是现在这样的年末旺季，感觉一下子就会满座的样子。也就是说，那个男人有可能会预见到这一点而预订座位。

"我想应该有吧。"

"是哪位呢？"

"呃，那个，就是，唔，我没听清名字——"

"啊？"

"呃，也不是，他说叫旅人什么的。"

"哦哦，"听到这个像是暗语之类意义不明的词，店员若无其事地点点头，"是边见先生哪。请往这边走。"

想不到这都能行，我整个人呆住了。那个拉碴胡子看来像是这家店的常客，那么他在这里也同样是厚着脸皮自称旅人、波西米亚人什么的吗？他不会不好意思吗？不过我总算知道了旅人的姓氏是边见。

店员引我走到里面的座席，桌上已经摆放了餐具，方便筷、酒盅和玻璃杯，一共六套。也就是说，除了那个男的，应该还会再来四个人。

我盘腿坐在坐垫上，等了许久，却没人出现。说是许久，其实也就只有几分钟，但我已经开始心焦。

还不到二十岁，我已经对酒精有了依赖。其实到现在也还是一样，总之是不喝一杯就难以入睡，于是养成了只要太阳一西斜就先来一杯的习惯。然后又是一喝起来就怎么也停不住的脾气，结果每晚都喝到烂醉，连衣服都不换就沉睡过去（或者说是失去了意识）。第二天早上，眼睛睁开来，记忆不见了，钱也不见了。周而复始。我这人实在是不健全得没边儿了。

明明没什么朋友却唯独会认真参加联谊活动，这说不定是一种无意识的尝试，想要从自己的酒瘾中找出哪怕一点点的"健全"；但若真是这样，也真够没事儿瞎折腾的。因为，就算没有联谊，我还是每晚都要喝的。

大多数时候是在公寓的自家屋子里阴郁独酌，偶尔也会去居酒屋之类的地方。只要一钻过布帘踏上店家的地面，就会条件反射地想要先灌一杯生啤（就算冬天也是如此）。此刻，理智上知道应该等等比较好，可是身体却渴望着那些气泡的刺激。

再说，今晚来的多半是生面孔吧，我担心，若是一旦融不进群体的氛围，自己会变得极度消沉忧郁。所以，趁现在先来点儿什么，让舌头顺溜起来，或许是个不错的主意。

嗯，没错没错，就这么办吧——我说服着自己，打算开口先叫个啤酒。就在这当口，她走进了店里。

她那高挑得需要人抬头仰视的纤瘦身躯，配以冷淡的神情、惊人的美貌——不用说，那就是高千。

那个时候，我还连高濑千帆这个名字都不知道，但看到她的脸却是认识的，而且也大致知道她跟我一样是一年级新生。因为在安槻大学，她已经是"名人"了。

她是不同于我的另一种意义上的"好像没朋友"的人。如同混血儿一般的棱角分明的轮廓，散发着冷若冰霜的气息，简直让人疑心这女孩从出生以来究竟有没有笑过。乍一见会让人觉得可怕，或者说感觉很不舒服。或许就因为这种难以接近的感觉，有许多学生跟我一样，只认得她的脸但并不知道她叫什么，我经常在学生食堂之类的地方，不经意地听到人家用"那个像模特儿一样的人"来议论她。

确实，她那包裹在黑色长外套里的修长身姿一动起来，就会催生某种令人陶醉的感觉，仿佛她所在之处顿时变作了舞台那样一种独特的气质，让人完全无从感觉她其实是我们的同龄人。原来这样的她也会来居酒屋喝酒啊，我的心中油然生出一种奇妙的亲近感，注视着她对店员说话的样子。

当时她的发型还不是如今这样标志性的半长波浪卷，而是一头笔直长发，随意地垂到腰际；但其他方面的特征都已定型，比如，时尚品位这方面。

她对着店员轻轻低头致礼，然后转身脱下长外套，露出了一身超级奇特的装束，简直让人怀疑起自己的眼神：这真的是衣服吗？那感觉就像是直接拿了块没裁剪过的布匹裹在身上，布匹之下，伸出一双长度惊人的腿，形状优美。我清清楚楚地记得，就在那一刻，吧台的另外一边传来像是酒杯跌落摔碎的声音，我想那多半不是偶然，而是因为店员同样被她的双腿攫住了视线。

当然了，我也没有资格去说别人。彼时的我，应该正带着一脸傻乎乎的白痴样注视着她，若眼前有镜子，定是一副羞于自照的蠢相吧。无意中垂下视线一瞧，她脚下踩了双与身上衣服极度不搭的运动鞋。那效果该说是不可思议地有型吗，简直让人肃然起敬，我至今都还记得自己那种佩服的心情。如今回想起来，奇特的着装，无视季节露出的双腿，然后再加上平底鞋，除了发型以外，这些属于高千的风格，从那个时候开始就已经定型了。

她脱下运动鞋，走上了座席区，然后径直朝向我所在的这张桌子走来，摆出落座的架势。幸好当时我已经坐着了，要是那会儿还站着，肯定会当场脚软坐倒吧。她的出场就是具有这么惊人的冲击力。她对我只投来锐利的一瞥，然后一言不发地在对面坐垫上坐下了。

这样看来，她也是今晚的成员之一……意识到这一点的时候，尽管还在冬天，我却唰地出了一身汗。不知道比喻得是否妥当，不过她对我来说就如同富士山一样。若只在远处眺望，大可欣欣然地称赞"哎呀好美啊大饱眼福大饱眼福"，可要是对方靠上前来，就该立刻狼狈大叫"啊，等等！不要"了。

心里想着可不能鬼鬼祟祟地偷看，但终究还是不由自主偷瞄起她的腿来。她的彩色裤袜是我从没见过的稀罕色调，越发吸引了我的目光。这种时候万一忽然和她的眼神对上了，那种尴尬可要如何是好啊。啊啊啊大家都快点来吧，我不由得向天祈祷起来。然而，仿佛在嘲笑我的焦虑一样，不修边幅的旅人也好，像是他同伴的人物也好，一直都没有出现。

五点半到了，然后六点。就算是如今，和高千已经能正常来往了，我有时都还会被她的气场震慑住；更何况在那时，我连她的名字都还不知道，整个心情完全就像是某部戏剧的标题那样，宛如被丢在烧热了的镀锌铁皮屋顶上的猫①。再加上她连自我介绍的意思都没有，摆出一副完全不相干的面孔，就好像我这个人是压根儿不存在的。

"劳驾……"终于再也忍不下去，我向着吧台那边出声招呼，"麻烦给我啤酒。有生啤的话，来生啤。"

"好的。"这不是最开始为我引路的那位男性店员，而是个年轻的女服务生。"那，这边这位？"

"唔——"她的声音低沉，有些郁郁的，带着困倦感，但听来并不让人不快。"那我也要一样的好了，拜托。"

"好的。"

女服务生的目光有些奇妙地心神不定，一直盯着高千，回到了吧台。看来高千给人的印象就是如此强烈，连同性的注意力都被她吸引了。

总之我决定喝酒。也不是没想过要试着和眼前的她搭话，但总感觉不管说什么，都会被对方嗤之以鼻地无视掉，所以无法开口。她的确有着那种拒人千里的冷峻气质，不过当时的我，想来也是稍微有点被害妄想了。

就这样，啤酒杯开始一点点又一杯杯地变空。时钟的指针变成七点，然后八点。那位旅人始终没有出现。

她依然一言不发，扭头冲着旁边。店堂里渐渐变得热闹起来，其他客人吵吵嚷嚷地喧腾着，唯有我们所在的这张桌子，仿佛沉在水底一般安静，反差简直如同超现实主义的风格一般。

也不知道喝掉了几杯啤酒，完全醉倒的我不知不觉趴在桌上睡着了。大体来说，我虽然是有酒瘾，但酒量却并不好。而且还一喝

---

① 此处指美国剧作家田纳西·威廉斯（Tennessee Williams）的作品《热铁皮屋顶上的猫》（*Cat on a Hot Tin Roof*），是作者最重要的代表作之一。

起来就什么东西都不吃,像被什么东西附身了一样,反复强迫自己一个劲儿地灌酒,然后不多久就神志不清地陷入沉睡,总是这样的模式。

醒来的时候,已经接近夜里十点。突然之间我有些搞不清楚自己身在何处,慌忙地四下打量一番,于是看到桌子的对面,一双宛若艺术品般优美的长腿伸在那里。莫非还是在做梦吗,我不由得捏了捏自己的脸。

情况依然没变,眼前并没有那位旅人的身影,也看不到像是他同伴的人。她应该也是等累了,懒懒靠着墙,包裹在彩色裤袜中的双腿长长地伸到旁边坐垫上。

"我说你啊——"

仿佛屈尊拯救一样地睨视着我,她发出那种感觉郁郁的、困倦的、独特的声音,只是这一次,语调里好像含了一点点的挖苦。"就完全没想过,差不多该给那男人打个电话了吗?"

大概是还没有完全清醒,我隔了一会儿才意识到,她是真的在跟我说话。

"呃——你说的那男人,是指?"

"不知道叫什么。自称旅人。"

"哦哦,他啊。"

"他应该要来这里的吧?"

"是听他这么说来着。"

"到底怎么回事啊,搞什么名堂?"

"不知道哎。就算你问我——"

"那你就去问当事人啊。"

"啊?"

"所以我说，打个电话给他啦，问他到底在搞什么名堂。"

"可是我不知道他的电话号码。"

"哎？你们是朋友吧？"

"今天才第一次见面。"

"今天第一次？"

"所以，我也不知道他叫什么。"

"什么啊，原来你也一样。"

"你的意思是——"

她也是被那位旅人搭讪然后强拉来的吗——我带着这样的言外之意看向她，于是她叹息地点头说道："该不会今天计划要来的那些人，全都是这样吧？"

"谁知道。也许说不定——"

"是与不是都好啦，可为什么大家都不出现？我以为约好的就是五点钟，我听错了？"

"我听到的也是五点。"

"已经十点了啊。"

"是的呢。"

"五个小时。等了五个小时啊。你还真是耐心好，就没想过要回去吗？"

"呃，还没想到那里就已经睡着了。"

"竟然让初次见面的男人在眼前呼呼大睡，这对我来说还是第一次。哈哈。"她发出自暴自弃般的僵硬笑声，"真是够奇怪的，安槻这地方。"

"那么，你也是——呃——"

"高濑。"

"高濑同学你也是等了五小时吗？"

"又不是心甘情愿的。其实一开始我根本就不想来，可是那家伙实在太能纠缠，我败给他了。"

我很吃惊。因为眼前的这位女性看起来意志坚定，无法相信她竟然会拒绝不了别人的邀约。当然了，我和她是今天才第一次交谈，所以或许只是凭着眼睛有了先入为主的印象。但不知为什么，我还是油然想到，看来那位旅人"死缠烂打"的本事相当惊人啊。后来我知道，这个判断完全正确。

"总觉得，要是不等他出现就离开，事后不知道要被念叨什么，他又会跑来纠缠不清吧——想着再等一下，再等一下，结果就错过了回去的时间。不过已经等了五个小时，这总够了吧。你说呢？"

"是啊，确实没错。"

"对吧？那我就回去了。"

"是吗？路上小心。"

"顺便问下，你能为我做证吗？"

"啊？做证——你是说？"

"证明我等了五个小时。因为已经等了这么久，所以并不是我做事不周；还有，以后不管在校内还是校外，请再也别来跟我搭话。以上两点，如果你见到那个男人，拜托帮我转达。"

"哦，我知道了。"

"你还打算继续等？"

"睡过一觉肚子饿了，我吃点东西再回去。"

"也对哦。"已经走下座席穿上了运动鞋的高濑再次回到坐垫，"我也这么办吧。脑袋一生气就给忘了，肚子都饿扁了。"

看来是对旅人太过愤怒，以至于完全没想过先填饱肚子，而且还是整整五小时那么久。看来她是内心波动远比外表激烈得多的类型啊,我如是想到。后来我才知道,当时的这一印象实在是再准确不过了。

仔细想来,我们霸占了五小时的座位,却除了啤酒什么都没点,这对店家来说几乎等同于故意寻衅了吧,超招人厌的。虽然为时已晚,但我俩以打算吃遍菜单的架势,开始一道接一道地点着东西。

"说到底,那家伙究竟想什么呢!"

是因为之前整整五小时沉默地压抑怒火的反弹吗,当啤酒换成烫酒的时候,高濑同学开始发泄对旅人的不满。

"根本素不相识就跑来约着喝酒,好吧这也就不去说了。但是,不管我怎么拒绝,还是死皮赖脸苦苦纠缠着要我答应的,现在这算什么啊!这什么态度!简直无法相信!被人这么耍着玩,我有生以来还是第一次!"

她果然跟我一样,是在学生会馆的咖啡屋里被搭讪的。说是今天早晨九点左右,这么看起来,旅人是在不同的时段,等候出现在茶室的学生,然后一视同仁地发出邀约。

后来我才知道,高濑同学不是本地人,之所以这个时候还留在安槻,是因为没能买到机票。既然如此,就打算不急不慌地等到交通不那么紧张的元旦,走陆路回老家了。

"真是气死人了。如果这是有预谋的安排,我绝不放过他。"

"有预谋?"

"就是从一开始就没打算来啦。然后还想着让我们傻傻地空等一场,再来取笑——"

"我想不会吧,会不会是出了什么状况?"

"什么状况?"

"就是，遇到了交通事故之类，因为迫不得已的事情而来不了，诸如此类的情况。"

"那谁知道啊。"

"虽然我也不认识他，可是感觉他不像是那种会心安理得让女性空等一场的性格，当然，约了男人的话就另当别论。"

"哦，是吗？"

"是相当尊重女权的那种人吧。对男的，不管路边倒毙了几个都不在乎，但是为了博女人欢心，就可以笑着跳进火海，那样的感觉。"

当然了，就只见过一次面，而且当时还没有女性在座，我不可能观察得如此细致入微，不过是趁着醉意随口胡扯而已；不过后来我才知道，这番话完全说中了。

"也或者不是出了什么意外，而是他那种一看就知道很散漫的性格，说不定压根儿就把今晚的约定忘得一干二净了。"

"就是这个！肯定！是这样没错。我选后面这个解释。"

"随便哪个都好啦，反正不会来了嘛。"

然而正当我如此说笑的时候，他竟然出现了，让我吃了一惊。此时已经超过夜里十一点，那位旅人带着男女三人，吵吵嚷嚷地一股脑儿涌进了"三瓶"。

"——哇，哇啊，你们在啊。啊，太好了太好了，虽然想想不太可能，但还是过来看一下再说，真是来对了。抱歉抱歉哈，稍微迟到了一下下。"

"什么啊，'稍微'算什么意思？"被旅人突如其来地凑到身边，高濑同学放下小酒杯往后一退，"你到底有没有概念，我们等了几个小时？"

"唔——六小时左右，是吧？"

"谢天谢地你承认得这么干脆。那么，鉴于已经充分地尽到了义务，我走了。"

"啊？等等，等下，哎，你等等嘛。好啦，等一下啦，好嘛好嘛好嘛。"

"什么啊，接下去还有何贵干？"

"夜晚现在才开始哟，这才刚开始嘛。大家热热闹闹聚一聚怎么样？"

"热热闹闹聚一聚？"

"对啊，热热闹闹。"

"我说你，是不是忘记什么事了？"

"忘记？什么啊？"

"你还没说是什么理由让人等了你六个小时吧。如果是能让我和他——"高濑同学朝着我扬起下巴，"都信服的理由，就如你所愿，陪你热闹一下。"

"哦,那个啊——迟到的理由嘛，也不是什么大不了的事。没有啦，是真的。"

"是不是大不了的事情，我自己会判断。好了，请说来听听吧。"

"唔，是稍微出了点意外。"

"意外？你是说交通事故？"

"不，不是那个啦。呃，一定要说的话，算建筑事故吧。"

"啊？什么啊？"

"就是，那个，也就是说——"

"也许说出来很难相信，不过——"和旅人一起出现的女子这时插嘴了，"是房间的地板塌掉了，老师的房间。"

"哎？"

高濑同学和我同时看向旅人带来的第二个同伴，吓了一跳。

大概因为之前只注意了旅人一个，又或者是因为醉酒，总之在那之前我们都完全没有在意，直到此刻仔细一看，才认出那竟然是安槻大学的老师，鸭田一志。不知道他正式的职务是助教还是讲师，但我是上过他的基础英语课的。

"鸭田老师的房间？"高濑同学好像也吃了一惊。至于她是对大学老师竟然出现在这个场合，还是对他房间地板坍塌一事感到吃惊，暂时还无法判断。

"没错，事情就是这样的。"

不知是否被高濑同学注视的缘故，鸭田老师难为情似的移开了视线。他挠着缺乏光泽的头发，扶了扶厚厚的眼镜。平日里他就是那种让人感觉有点神经质的类型，此刻虽然脸上挂着笑容，但因为双颊消瘦，面色看着憔悴的缘故，越发让人产生尖酸刻薄的印象。

"我的房间是在木质老旧公寓的一楼，之前就因为书的分量太重，地板弯下去了。房东也提醒过我，说再这么增加下去地板可能会塌，让我别再买书——"

这么说起来，我之前就听人说过，鸭田老师喜欢收集书。他感兴趣的目标好像不是珍本古籍之类，而主要是小说。比如若是喜欢书里的插画，就会买来一本专门收藏再买一本用于阅读；又或者如果喜欢作者，就会把对方同一部作品从初次印刷以来的所有不同版本都集齐。简而言之，就是这种类型的"收集狂"。因此理所当然地，藏书就会不停增加。在我看来，小说不管印成什么样子，只要内容读完就算结束了，因此他的世界是我无法理解的。

"但是我一直觉得，地板怎么可能会塌呢，根本就没当回事儿。结果，就在刚才不久前，真的塌掉了。"

"傍晚时候，我们在来这里之前，先顺路去了小鸭的公寓。当然，大和跟绘理也在一起。"

旅人也不介绍一下他带来的人都是谁，就用着昵称继续进行解释。剩下的第三位男性是大和，刚才插嘴接话的女孩是绘理，这个我明白了。可是——

可是小鸭，那是谁啊？

该不会……

"慢着，"看来高濑同学也注意到了同一点，"你说的'小鸭'是谁？"

"小鸭啊，就是小鸭嘛，"他竟然毫不见外地拍着鸭田老师的肩，"这位就是小鸭。"

"为什么鸭田老师会是小鸭？"高濑同学霍然探出身体，随即忽地闭上了嘴，好像被雷劈到一样地抱住头，"……够了，好吧，不用特意解释给我听了。大概想象得出来。多半是某人念白字，把鸭田的'鸭'错读成'鸭'，自说自话起的绰号吧。"

"哇哈哈哈，正是这样没错儿。"话题中的"某人"一脸若无其事的表情。"哎呀呀，真是敏锐啊，高千。"

"高……"高濑同学惊愕地张大嘴，脸上浮起些许像是恐惧的表情，"什……什么啊那是？"

"因为你的名字嘛，高濑千帆，对吧？所以，高千——"

看起来，旅人有着不顾对方感受就给身边的人强行安上绰号的习惯。

"拜、拜托你够了啊。"本该酷酷的高濑同学，脸上的表情出现裂隙，眼看着就要错乱了。"不要随便给人乱起那种奇怪的绰号！"

"好啦好啦，不是挺好的吗，高千，对吧？"

"别再这么叫了!"

"那么,各位,既然所有问题都圆满解决——"旅人毫无气馁之意,"我们喝酒吧。"

"才没有解决!一点都不圆满!关键是,我的事就先不说了,你怎么能这样抓着鹈田老师,还叫他小鸭呢!"

"为什么不能?"

"还问为什么,你这人——"

"我跟小鸭是同级生啊。"

哎?!

不由自主叫出声来的我,和高濑同学对视一眼。

"你……你说什么?"

"我们是小学同学啊,小鸭和我。"

鹈田老师没有肯定也没有否定,只是脸上浮起了苦笑。如果是完全胡扯的事情,他应该会予以否认,那么看来,他俩真的是同级生。要成为大学的助教或讲师,最低限度需要硕士学位吧。也就是说,鹈田老师最年轻也有二十五六了,而旅人跟他同龄。真的假的啊。当然,他要是重考生或者留过级的话,也不是不可能。

"好啦好啦,高千你也坐吧。"

"别再这么叫我了!"

"我们来嗨皮吧,热热闹闹喝一场。好嘛,好嘛!"

旅人嘻嘻哈哈地打着马虎眼,以一种绝妙的迂回方式对高濑同学施以怀柔笼络。我感觉她一边进行着抵抗,一边就被卷进了对方的节奏。

可以说,到了这个时候,两人之间持续至今的奇妙"关系"就已然构筑完成。前面也说过,高千是跟我不同的另一种"好像没朋友"

的人，借用一句陈腐的话来表达，她是那种热爱孤独的类型。她的全身上下都清楚写着：交友什么的只是麻烦，所以谁都别来靠近我。奇特的时尚品位也是对这层意思的一种婉转表达吧。在此之前，她身边的人都准确无误地接收到了那些沉默的暗示，只是远远地望着她。

然而眼下，冒出来了一个不知道是出于故意还是不自觉地完全无视了那些"信号"的男人。这就是漂撒学长。当然，如果只是单纯无视信号的话，在此之前也是有过若干先例的吧。遇到这种情况，想来高千都是给出了更加直接的拒绝态度，予以"排斥"。

可是唯有漂撒学长并不退却。不仅如此，无论高千怎么排斥，她的策略都不起作用，最终反而被带入了对方的节奏。直截了当地说吧，对高千而言，漂撒学长就是她有生以来初次遭遇的"天敌"。

说到这里，也许会让人感觉漂撒学长像是那种只会强行把女人弄到手的人，然而事实却并非如此。如果真是那样的话，高千反而应该有的是办法对付了。这一点正是漂撒学长不可思议的地方，虽然他厚脸皮的程度让人目瞪口呆，但却绝对不会踏过最后那根微妙的线。不论对高千，还是对其他人，都一样。这到底是有意识的体察人意，还是纯属偶然，我无法做出判断；但可以确定的是，正因为这样，他和高千的"关系"才得以成立。

漂撒学长虽然总在口头上对高千纠缠不休，但两人的关系绝非男女恋情。我向来以为，在男女之间的密切往来中，哪怕只是疑似，也不可能没有私心恋慕，因此他俩对我而言简直是种文化冲击——这两人真的成了纯粹意义上的朋友。

就这一点而言，我对漂撒学长这个人甚至心生敬意，因为他竟然能和高千成为朋友，这是其他任何人都无法做到的事情。如今，我和其他几个人多多少少跟她有了几分交情，但那都是以漂撒学长为纽带的,不过是沾了他的"余惠"而已。

容我再啰唆一遍,他们俩的"关系"从初次见面的那一刻就开始形成了。如果邀约喝酒的人不是漂撒学长,那么不论对方怎么死缠烂打,高濑同学都会断然拒绝吧。还有,在打算回去的时候,如果阻拦的人不是他,她应该就干脆地起身离开店里了。

"我说啊,一起热闹喝酒也可以,"高濑同学也意识到没有办法把旅人带进自己的步调,死心地叹了口气,"能正式介绍一下那边的两位吗?我们可是初次见面啊。"

"哦,对不住啊。唔嗯,这位姑娘是绘理,弦本绘理。"

是最开始接话的那个女孩。她的五官颇有个性,感觉眼睛和嘴巴稍微大了些,差一点点就会影响到整体观感,但最终险之又险地停留在了美女的认知范畴里。她看起来是个相当奔放的现代女孩。

"接下来,这位是东山良秀。叫他大和就行了。"

大和留一头长发,显然费了不少工夫来吹风,还烫着波浪卷儿,与此同时,唇边的胡楂儿却随意地留着,感觉得出来,他很在乎自己的外表。要说留着胡楂儿,旅人也是一样,但他那个是单纯的不修边幅,而大和却是美男子,容貌秀气近乎女性,胡楂儿的反差感产生了某种特别的魅力,让他看起来相当有型。

绘理跟大和那时都是安槻大学的四年级生,而且已经定下了各自的就业方向。绘理是外地人,要回老家的保险公司上班;而大和是本地的,会去市内某家综合商社。

他们两人在我旁边坐下。因为那种空间密度的浓郁氛围,即使没人说明,我也立刻就明白了他俩是一对。这个印象是正确的。明年大学毕业以后,两人当然就会分处两地,不过即便如此,据说还是打算暂时维持远距离恋爱,然后过阵子就结婚生活在一起。

至少在当时,他们还是这么想的。

"为什么是大和?"高濑同学以警戒的眼神看着身旁正逐步接近自己的旅人。

"因为啊,把东山(toyama)颠倒过来念——"

"toyama颠倒过来,怎么会是yamato(大和)呢?"

"这个嘛总之就这样啦。"

"总之就哪样啊?"

"不过话说回来,"旁观着两人的唇枪舌剑,我向鸭田老师搭话,"房间的地板都塌了,还在这种地方喝酒不要紧吗?"

"怎么可能不要紧。"大概是破罐破摔了吧,鸭田老师没有隐藏怏然不乐的神情,"到刚才为止,大概地收拾了一下现场,大家都在帮忙。可是我们能做的也有限,接下来只能找新的房间,准备搬家了——"

"要搬家吗?"

"那地方已经不能住了。房东虽然嘴上没说太多,但心里好像气坏了。真的很遗憾呢,我蛮中意那座公寓的。建筑是老得可怕,但是房租超便宜,而且住客很多是拿生活保障的老年人,生活清静得很。虽说生活在时下连间浴室都没有,学生们都敬而远之,可是我很喜欢。真的是好遗憾啊,唉,反正也是自作自受。"

"接下去的开销很够呛吧?要修地板,还要搬家。"

"是啊。关于地板的赔偿还没详细商量过,不过至少押金是肯定拿不回来了。"

"那今晚怎么办呢?"

"姑且先在漂撤家里住下吧。行李还有重要的东西,都已经用这家伙的车运过去了——"

"漂撒？您说的是……"

"咦？还没听过吗？就是这小子啦。这小子。"大概是开始有了醉意，鸭田老师用手背敲着旅人的肩头，随着这动作自己也差点儿向后倒下去。"这家伙，不是自称波西米亚人什么的吗？"

"唔嗯，这么说起来，他确实是说过这种意思的话——"

"他可擅长这个呢。一会儿休学一会儿留级的，跑去东南亚周边到处转悠。每到这种时候，不是让我给募集资金，就是耍赖欠账不还。太能惹麻烦了这人，真的是。"

"哈哈哈哈，好苛刻啊，小鸭。"

对于鸭田老师并非玩笑（听来如此）的责难，当事者旅人完全事不关己地回应。

"然后呢，一说起事情来，就老嚷嚷自己是漂泊乡间的波西米亚人、安槻的波西米亚人等，实在太烦了，大家就和他的名字边见合在一起，开始简称'漂边米亚'。之后又再读音简化，于是就变成了漂撒。"①

"那，就是漂撒学长，对吧？"

"什么学长啊，才没必要用敬称啦。"大概因为想起了迄今为止旅人的种种行径而怒上心头，鸭田老师的口吻越发带刺了，"反正你们都会比这家伙早毕业的。"

对此，我们当然都说是"不可能"，付之一笑而已，可事实上，这句预言后来真的变成了现实。不过那和这次的故事没有直接关系，

---

①波西米亚人在日语中是"ボヘミアン"，边见祐辅的姓氏则读作"ヘンミ"，于是合在一起就成为"ボへんミアン"，进一步简化为"ボアン"，也就是原作中边见的绰号"ボアン先輩"。此处译名沿用读者已经熟悉的"漂撒学长"。另外，闽南语中"漂撒"一词有"潇洒"之意，某种程度上正适合边见其人。

完全是另一个故事了。

"小鸭你今晚好冷漠呢。不过嘛,我也知道你心情不好。又是失恋,又是彩票不中,最后再加个地板,轰的一下子——"

"失恋?"

我不由自主地做出这句回应,就看见鸭田老师那厚厚的镜片背后,眼睛都吊成了三角形。这下糟糕,我后悔自己多嘴了。

"真是的,干吗讲这种没用的事情啦,你这人还真是……"

"事到如今隐瞒也没意义啊。"对于鸭田老师的抗议,旅人完全不为所动。"今天本来就是为了安慰你,才找来这么多人欢聚一堂嘛。对我的这份炽热友情,你快表示感谢吧。"

"好吧好吧。"看来和高濑同学一样,鸭田老师最终也在旅人的厚脸皮面前败下阵来。"我知道了啦。"

"说到失恋,莫非是——"高千措辞谨慎地开口问道,"是和事务部的药部小姐吗?"

看来就算热爱孤独,高濑毕竟也是女孩子,对于这类传闻还是掌握得很清楚。至少像我,在那个时候还完全不认识药部小姐。

"好啦好啦,那种事就别问了嘛。小鸭太可怜了,跳过这个话题吧。"明明是自己先讲出来的,旅人的口吻却像是在责备高濑同学,"没中彩票的事情倒是可以说说,反正不止小鸭,我跟大和,还有绘理,大家都没中嘛。"

说到这里,旅人好像突然想起了什么,脸上的神情恢复正经,转向鸭田老师问:"话说回来,小鸭,那个你收起来了,不丢掉吗?认真的?"

"有什么关系,那是我的自由吧。"

"话是这么说没错啦。"

"正好也是书签不够了嘛。"

不知道他们在说什么。大和跟绘理看来是知道,但我和高濑同学完全不明所以。

"那么,现在气氛也已经热起来了!"明明就什么事都没有,只是旅人在那边自顾自地兴高采烈而已。"终于轮到今天的重头戏闪亮登场!"

"重……"高濑同学不由自主就给出了回应,之后好像是对这样的自己啧了下舌,一脸的怄气模样。"重头戏是什么东西?"

"那不是明摆着吗?毕竟今晚是平安夜啊,我们一起来交换圣诞礼物吧!"

"礼物?"像是被这个词的发音触怒了,高濑同学啪的一下把空掉的玻璃杯扣在桌面上。"礼物又是什么?!"

"这个嘛,毫无疑问……"包括我在内的其他人,都在高濑的迫力之下畏缩了,唯有旅人还是心平气和镇定自若。"礼物就是送给别人的东西的意思。"

"谁在问你字典上的释义了?为什么我们非得交换礼物!"

"因为是圣诞节嘛。"

"你是基督徒?"

"不是啊。但也没有规定说,不是基督徒就不能交换礼物吧?"

"就算没有规定,从根本来说就应该是这样的。"

"哦?你的意思是?"

"就是说,伴随着救世主的诞生,信徒们的罪过得到救赎,获得永恒生命,这是基督教的基本教义吧?为了纪念基督诞生这一来自神的赠礼,信徒自己也交换一些小小的礼物——这才是本来意义上的圣诞礼物吧?"

"嚯——是这样啊。长知识了呐。高千你是基督徒？"

"开玩笑。我是无神论者。"

"哦？真是巧合哎，其实我也是呢。看样子我们会很合得来哟。"

"谁跟你合得来！你个大蠢蛋。"

"……你们俩，感情真好啊。"

直到刚才都还态度尖酸的鸭田老师表情和口吻都很温和，好像颇感慨似的，频频颔首。

确实，仅只旁观的话，旅人和高濑同学的你来我往是会让人想到，这是两个关系很好的人在吵着玩儿。只是，至少在高濑同学的主观意识里，那应该是完全胡扯。

"我都不知道呢。想不到漂撒你这小子这么厉害，竟然能跟高濑同学这样高贵的人如此亲近——"

高贵——鸭田老师用的是英语 noble，我个人认为是非常棒的表述。真不愧是英语老师，好佩服。

"请别这样啊老师！"结果高濑不顾形象地发出了惨叫，"才没有亲近啦！我跟这个呆瓜今天才是第一次见面！没有任何关系！是擦肩而过的完完全全的陌生人！"

"哈哈哈，好啦，没关系的啊。高千，用不着这么难为情嘛。"至于旅人，看来倒是对鸭田老师的误解相当高兴，还趁机打着哈哈凑上来揽住高濑同学的肩。

她抓住那只手腕，毫不犹豫地用力一拧。那气势，简直让人担心会不会导致对方骨折。

"痛痛痛……"虽然叫着疼，旅人却很开心。哎呀，该怎么说呢，不屈不挠到这种程度，实在是太了不起了。我开始觉得，对这个男人，好像不管说什么做什么都是白费力气。事实也正是如此，在之后长期的交往中，我对此了解得无比清楚了。

"好啦，总之我们先去交换礼物嘛。先把各自准备好的礼物收集在一起，然后抽签决定序号，再按顺序拿走自己喜欢的礼物。这样的程序，大家没问题吧？"

"等一下啊，你这脑筋坏掉的男人！"高濑同学骂人的词汇量越来越丰富了。恐怕这也是她已经被卷进了旅人节奏的佐证吧，若是这样也够讽刺的。"礼物什么的，我可没有准备。"

"就是啊学长，我们也都是第一次听说有这回事啦。"大和大概是在另一种意义上被旅人的步调带着走了。他现在看着高濑的目光中没有了最初的拘谨，不经意地以掂量的眼神冲着她笑了笑，随即又重新转向身边的绘理。"对吧？"

"就是啊，突然讲到这种事情，很伤脑筋哎，祐辅君。"

因为绘理的这句话，我才第一次知道旅人的名字是叫祐辅。

不过话说回来，绘理的年龄应该比旅人小很多才对，可不知怎么说话的口吻却像是姐姐。尽管如此，旅人好像也根本不在乎。

"我也是啊，眼下这情况。"心情刚刚有所好转的鸭田老师又变得怏然不乐了。"比起给人送礼，更应该收礼才对吧。"

"啊，各位，请不用担心，不用担心。因为我也是什么都没带啦。"旅人满不在乎地说，"所以呢，现在就大家一起去买吧。"

"去哪里？"高濑同学语带威吓，像是表示说你要再继续胡扯下去我可不会客气的。"话说在前面，百货店都已经关门了哦。"

"百货店？那种地方可不适合学生和穷讲师去买东西，不相称的嘛。"

"真对不住哦，我只是个穷讲师。"

这样一来就清楚了，鸭田老师的正式身份是讲师。

"说到学生和讲师的好伙伴，肯定就是便利店了嘛。"

"便利店？要在便利店里买圣诞礼物？"

"对啊。便利店不是很好吗。礼物的内容什么都可以啦，所以呢，杯面也好，洗涤剂也好，关东煮的一道材料也好，或者快乐家庭计划用品，只要有心意，那就足够了。小鸭正为地板塌了而愁钱呢，得让他也能轻松买单才行。"

他所主张的内容本身确实是坦荡荡的正确论调没错，可是列举的具体例子，却让人感觉不知该说什么好。至少，跟平安夜是太不相称的。

"快乐家庭计划用品？"提出这个问题的——请允许我这样表达——是看起来并没有亲自买过此类商品的鸭田老师。"便利店里有那种东西卖？"

"'Smart-In'里有哦。毕竟那地方本来是药店嘛。"

他说的是大学附近的一家便利超市。因为距离公寓稍微有点远，所以我只是偶尔才会去一次，不过被这么一说，那里确实是有药物出售的。我之前并不知道它原本是药店，要再到后来，我才知道"Smart-In"从前是经营药店兼卖酒的，因此店里有的是我日常生活中不可或缺的各种酒类。

我们各自结清了居酒屋的消费之后，就去往那家"Smart-In"。高濑同学一直这样那样地抱怨着，但终究也还是遂了旅人的心意，跟着一起去了。

虽然觉得挺对不住她，不过老实说，对于旅人的霸道，我是心存感谢的。因为即便是以这种奇诡的形式，毕竟也是好不容易得以跟高濑同学共度平安夜啊。想要跟她在一起待得更久一些，不也是人之常情吗？在这一点上，当她之前宣布要回去的时候，我是拿不出半点能阻止的办法，可是旅人却以他与生俱来的厚脸皮和舌灿莲花的好口才拦住了她，真是太可靠了。

"Smart-In"位于一座八层大厦的一楼，大厦叫作"御影公寓"，据说也是属于"Smart-In"店长父亲的财产。还听说那位父亲是之前酒类与药物兼营店的主人，现在已经退休，虽然还管理着公寓，但店面的事情就完全交给儿子夫妇了。也不知道旅人是怎么了解到这么多详细信息的，总之，我们一路听着他介绍上述情况，很快就到了"Smart-In"。

时间马上就到零点了，从日期来说很快就将变成十二月二十五日，但"Smart-In"的店堂里依然灯火通明，挤满了站在那里翻看杂志还有买夜宵的年轻人。

正打算走进店里，旅人却忽然说着"等等"拦在了前面："不能所有人一起进，要拉开时间差，一个个进去买回来。"

"为什么？"

"因为要是知道里面装了什么东西，不就没有之后的乐趣了吗——"

"好吧好吧。"

大概是想着赶紧让这种愚蠢的余兴节目结束吧，高濑同学决定打头阵进去店里。

"喂，高千！"

"干吗啊？"

"一定要好好地包起来，还要绑上缎带哦。"

"知道了知道了，你好烦。"

仿佛从时尚杂志中走出来的长腿美女忽然杀气腾腾地走进店里，顾客和店员们无论男女，视线一齐转向门口。我们从店外隔着玻璃，全都看得清清楚楚。

"……她好惊人啊。"绘理自言自语般地嘀咕。

谁都没问有什么惊人的,大家都只是默默地点头。

"以前也听人传过,可是真的见到她本人了,才发现比想象中更厉害啊。漂亮到那种地步,好像连嫉妒心都生不出来了。"

绘理这话一半是出自真心,同时也还有一半似乎是对站在身边的大和发出的不动声色的牵制。

"好像,超有穿透力,那样的感觉。"

"哈哈哈,是吧是吧,没错吧?对吧?对吧?"

"你在得意个什么啊,祐辅君。她又不是你女朋友。"

"只是现在而已嘛。"和高濑同学在另一种不同意义层面上的、同样具备穿透力的旅人越发厚颜无耻起来,简直到了清新脱俗的程度。"可是早晚有一天,她会投入我的怀抱——"

"我觉得那不可能。"不知道有没有意识到绘理的牵制,但大和的态度中似乎透着跟旅人对抗的意味,插嘴道,"因为听人说,她——"

"什么?"一讲到高濑同学的话题,好像就连鸭田老师也被激发了兴趣,似乎连房间地板坍塌的现实都暂时遗忘了似的。"听说什么?"

"呃,不知道是不是真的啦,就是说她对男人没兴趣,之类的——"

"对男人没兴趣?那是什么意思?"

"就是,意思就是说,她可能是同性恋啦。"

"啊?这样的吗?"看来旅人也是第一次听说这事,但似乎并没有受到打击,还是乐呵呵的一脸轻松。"好吧,也没什么啊,那种事怎么都好啦。"

"好在哪里啦,学长!"比起我来,大和跟他的交情想必更久,这下也好像受到了惊吓。"要真是那样,学长你到头来根本就没机会嘛。"

"没那回事。不管对方的兴趣是什么,只要有看人的眼光,就一定会明白我的好。"

能够厚颜到这种程度,反倒让人要笑出来了。太了不起了。不,我是说真的。

我本来是很讨厌那种自信满满的人的。一看到那些对自己的言行举动没有任何迷惑任何怀疑的人,就忍不住想问那种自信到底是哪里来的。之所以有这样的心态,多半是因为我也想要不带任何迷惑任何怀疑地生活,却无论如何都做不好。可是旅人完全不让人生厌。大概因为这就是他的个人风格吧,都已经成为一门"技能"了。我逐渐开始对这男人产生了好感。

没过多久高濑同学就回来了,手上拿着包装完毕还粘上了缎带花球的"礼物"。

"好了。那么下一个,就是你吧。"

在旅人的催促之下,我走进店里。因为也犯不着太过纠结,我打算就选一样食品好了,不管怎么说,这可是最实用的。刚做出决定,就恰好在冷柜中看到一款圣诞限定商品,咖啡杯装的布丁。

杯子两侧的装饰画是持花少女和抱着胡萝卜的小兔,十分可爱。布丁吃完以后杯子还可以继续当咖啡杯使用,以实用性而言,可要比单纯的食品更好了。柜中只剩下最后一个,我立刻拿起它去结账。

可是——付钱的时候我突然想到,收到这礼物的若是男人,想来不会多高兴吧。要是哪个女孩抽中它就好了,不过,绘理怎么想姑且不论,高濑同学对这种孩子气的小玩意儿或许也不会喜欢吧——诸如此类的念头在脑海中浮浮沉沉。唉,算了,干吗这么认真地烦恼啊，不过是个小游戏罢了。

拜托像是打工学生的收银员帮我包装起来，再扎上缎带，拿着它走出去。之后是绘理、大和、畴田老师，最后是旅人，大家都买到了"礼物"。

"很好很好，那么接下来，各位，"旅人把从店里讨来的大号塑料袋张开口，伸到大家眼前，"请把礼物放进来吧。签纸就等到了我家以后再做好了。"

看来，第二拨的活动场所就定在这位旅人的住处了。这本来也无所谓，只不过——

"但是，这么多人一起过去，不要紧吗？"

从如今的情况来看，完全想象不到我那时会提出这样的问题，因为现在我每个月都有大半时间是住在他家，喝到酩酊大醉；但在当时，我们还只是初次见面，而且再怎么说旅人也是学长，我多少觉得还是需要客气一下的。

"没问题。反正我家是两层的。"

听他这么一说，我误以为他是和家人同住，于是又开始担心，这样一来岂不是还要打扰到他的家人了吗？结果旅人居然说，他是借了幢独栋房，一个人生活的。

于是我又想，别看旅人这样，莫非他其实是某位大资产家的公子？由于当时还没有实际见到那所房子，所以会有这样的误解也是理所当然的吧。只是，后来去看了才明白，他的住处是那种一旦来了地震绝对会最早坍塌的老屋。因此，房租也差不多等同于免费。

后来我才知道，他喜欢让朋友们聚在一起开酒会，既然总是需要场地，索性就本着在校园附近借一处尽可能大的房子开放给学生们做沙龙的"奉献精神"，选择了这里。关于这件事嘛，本来就是出于个人喜好，所以也没什么，只是沙龙的奉献精神什么的，这些词语跟区区一帮酒鬼的聚会地之间，到底有什么关系啦！

"好了，东西先放进去吧。"

大家把刚刚买来的"礼物"都放进了敞开的塑料袋里，就在刚刚结束的一刹那——

吱——

耳边立刻响起好像有人踩下紧急刹车的尖锐声响。但是，那并不是急刹车。

是女性的尖叫。

几乎与此同时，脚底有轰隆一下的冲击感传递上来。就在我们的眼前，有什么东西掉了下来。沥青路面上，剪影弹跳起来。我还清晰地记得，在那一瞬，因为坠落的冲击，高濑同学垂落到腰际的长发倏然飞起。

因为吓了一跳的缘故吧，旅人双手拿着的塑料袋掉落在地上，里面的六件礼物全都掉了出来，滚落在路面上。

坠落下来的是一位年轻女子，年龄看起来在三十岁上下。要说为什么会做出这样的判断，是因为她仰面朝天倒在那里，能够清楚看到她的脸。不知道她是怎么掉下来的，不过形成这种姿势是偶然吧。另外，事后我们得知，她是从公寓的最高层也就是八楼跳下来的，那么可以称为奇迹的是，她非常（如果允许我用这样的表述）"美丽"。不单指长相，而是整体的形象。

不过，在这样的季节里，她却连件外套之类的衣服都没披，也没穿鞋，裸露出套着丝袜的脚。这一情况不知怎的，让人感觉极其怪诞。

冰一般的沉寂——只是一瞬的冰冻，却让人感觉"该不会就这么永远延续下去了吧"，是种甚至让人恶心想吐的焦虑。"死"是给生者带来束缚的咒语。

"还有呼吸！"最先从束缚中挣脱叫出声来的是高濑同学。"救护车！"

"哦哦……好！"旅人立刻给出了回应。他看都不看掉在路上的礼物，冲进了便利店。"喂！有人跳楼！快叫救护车！"从没有关紧的玻璃门里，清楚地传出了他的大声怒喝。

在我与纠缠在精神褶皱中的死亡咒缚作战的过程中，救护车来了，警察也来了。

作为现场的"Smart-In"门前的道路上，事件发生时，就只有我们六人。因此，我们需要接受警方的调查。

可是我们能够提供的证言几乎为零。因为毕竟是只有"啊"的那么一瞬间，她就已经掉下来了。

听说在被送到医院后大约一小时，那位女性去世了。我们是在旅人的家里，从晨间电视新闻里知道这个结果的。

坠楼死亡的女性名叫此村华苗，三十二岁，据说在市内的邮局上班。

在"御影公寓"消防通道最高一层的楼梯平台上，发现了经确认属于她的外套，叠放得整整齐齐，还有低跟鞋，据说也整齐地摆放在一旁。听说虽然没有发现遗书，但最终还是得出了死者确系自杀的结论。

"那个时候，我不是去叫便利店的店员打电话以后就回到外面了嘛，然后在救护车来之前，把掉在路面上的礼物都捡了回来，看来就是在那时——"

"就是这个？"高千伸手拿起那看着像是大块巧克力板的"礼物"。我也从旁窥视着她手上的东西。

要让我说，包装纸看着挺眼熟，而且，固定包装的胶带上还印着"Smart-In"的字样。

"就是说，它混进了我们买的那些礼物中？"

"我觉得是。也就是说——"

"也就是说，这是去年平安夜自杀的那位女士的东西吧，你是想说这个？"

"简而言之就是这么回事。"

"可为什么到了现在才冒出来？"

"这个嘛，那天晚上——说起来，后来散的时候都已经早晨了——大家从我家里离开以后，我随便往塑料袋里看了一眼，发现还留了一份礼物。我想那肯定是有谁没打开自己那份吧。因为人很困，脑子也不灵光，反正我就那么跟自己说了，然后随手放进了碗橱，想说回头再问大家的，然后，就没有然后了。我完全把这事忘得一干二净，真的就是前不久，忽然又想了起来。结果一想起来，就开始觉得很在意，这真的是当时哪位成员没打开的礼物吗？因为现在回想起来，我记得每个人都确实拆开过礼物的。"

那天晚上，警察问完话以后，我们集中在漂撒学长的家里，由于事件带来的冲击真的很大，影响久久难以消除，所以不管讲什么话题都一下子就断了，为了打破那种阴郁的气氛，最后我们抽签，交换了各自的礼物。确实我也记得，每个人都拆封了。我抽到的是酒心巧克力，我买的咖啡杯装布丁则是被高千抽中了。

一回想起高千吃布丁的画面，之后就连带的，大家各自打开礼物的场景都复苏了，鲜活得令人意外。也就是说——

"我因为很在意,就给小鸭、大和、绘理他们都打了电话去确认。毕竟是将近一年前的事情了,一开始大家都不太记得,但最终还是得出了结论,就是所有人应该都打开了。这就意味着——"

"这一份,就该是那个自杀女性的了,是这意思吧。"

"没错。因为那个时候,店门前就只有我们六个人,如果这是事发前就已经掉在路面上的东西,我应该会注意到的。毕竟我当时可是满脑子都装着交换礼物的事情呢。"

"跟小孩似的。"

"因为人家心里满是期待啊,想着会从高千那里收到什么礼物呢。"

"但是,稍等下,就算假设那个女人拿着跟我们一样的包装好又绑了缎带的礼物,这一件也未必就是属于她的那一个啊。"

"没错,说不定是我们当中哪个人买下的礼物到最后没有开封,所以我也问了小鸭他们,那个时候买的是什么东西。"

"大家都还记得吗?"

"总算是都让他们想起来了。绘理买的是苏格兰威士忌迷你装,大和的是甲壳虫乐队CD,小鸭是文库本。然后我的是杯面,你们俩买的是什么?"

"我是酒心巧克力。"

原来那是高千买的吗?也就是说,从结果来看,我和她互相交换了各自买的礼物。

"我是咖啡杯装的布丁。"

"谁抽到的是什么东西,你们还记得吗?"

"嗯——绘理是文库本,大和是杯面,这个没错。然后鹈田老师是苏格兰威士忌迷你装,小漂是CD。"

高千的记忆力令我咋舌。已经是一年前的事情了,她还记得这么清楚。

顺便说一句,对于漂撇学长,她现在把称呼进一步简化了,叫他小漂。

"高千你的是什么?"

"咖啡杯装布丁,是匠仔买的那个。顺便一提,我的酒心巧克力也是被匠仔抽中了。"

"哎?!什么?匠仔!你这家伙,竟然抽中了高千的礼物!你这蠢蛋,啊不,幸运儿!"

这里要顺便说下,去年这个时候我们约好了的,对于哪样东西是谁买来的,彼此之间要保密。提出这个建议的,自然是漂撇学长。

是因为这样就可以幻想自己拿到的CD不是来自哪个臭男人,而是由女生、并且是高千挑选的礼物吧。由于预料之外的事态发展,梦想破灭了。

"太狡猾了啊,狡猾!大爷我竟然是跟大和那个臭小子?!喊!喊!"

"这么一来,剩下的就是——"对于认真闹着别扭的漂撇学长,高千冷漠地无视,"绘理和鸭田老师互相交换了礼物,是这样的组合吗?虽说是巧合,不过现在想来好像是什么暗示呢。"

还真是这样。去年跟大和处于恋爱中的绘理,现在成了鸭哥的未婚妻。

"总之,剩下的这一个并不是我们买的礼物,那么结论就只有一个了,它属于跳楼的那位女性。"

"可是,这不奇怪吗?"

"什么?"

"如果那人是在一楼的便利店买了这个,又让店员包装好再扎上缎带,那么那天晚上,她应该也是打算要把它作为礼物送给某个人的吧?"

"是的吧,合情合理。"

"那不就奇怪了吗?为什么她还没有送掉就自杀了?"

"这个……可能有各种情况吧。"

"什么啊,什么叫各种情况?"

"就是,比如中途改变主意了,又或者想要送出去可是对方不接受之类的。要是按照偶像剧的套路,在带着想要送给恋人的礼物去找他的途中,却亲眼看到对方和别的女人在一起,简直是莫大的打击——"

"于是一时冲动就跳了楼,这样?"

"呃,稍微随便了一点是吧?"

"都这个年代了,还会有那种人吗?"

"也不能说绝对没有吧。"

"唔,话是这么说——那么小漂,你想把它怎么处理,都事到如今了?"

"我就是说啊,这东西,它不属于我们对吧?"

"那很明确。"

"所以呢我就想,果然还是应该把它还给物主的遗属才对吧?"

"说得对呀,那为什么没有立刻还回去呢?"

"这个嘛,呃,我现在没那个情绪啦。"

"没那个情绪?你说什么情绪?"

"因为这是自杀者留下来的啊,要把它交还给遗属,也许之后的发展会对精神造成非常非常沉重的负担,不是吗?"

"有可能。但是小漂你没问题呀,反正你比蟑螂还要顽强呢。"

"若在平时的话,是这样没错啦。"

就算被比成蟑螂,也毫不介意心平气和地承认,这的确是漂撒学长的作风。如果换成别的男人,遭到高千如此辛辣的类比攻击,我想他首先会有三天卧床不起吧。

"什么意思啊,什么叫'若在平时'?"

"因为我被人拜托做司仪了嘛。"

刚才也说过,是鸭哥(我大概也被漂撒学长影响了,私下里已经是这样称呼鸭田老师了)和绘理婚礼的事情。

"最近这段时间啊,就这件事,已经把我整个脑子都塞满了。"

"可是不还有四天吗?"

仪式预定在今年的平安夜。家在外地的高千到了年末还不回去,仍然留在安槻,就是为了参加他们的婚礼。

"我这个人啊,别看这样,其实相当纤细哟,非常脆弱敏感哟,你们明白?"

"不明白。"

毫不犹豫地,我和高千同时回答。漂撒学长的表情有些僵硬。

"我、我说啊,你们到底是用什么眼光来看人的啊。哎?我毕竟也是人哪。面对眼前的压力,也跟正常人一样脆弱好吗,难得小鸭和绘理的一生只有一次的盛大舞台,万一搞砸了可怎么办。一想到这个,就整晚睡不着啊,是真的!我想在正日之前,不考虑其他任何事情,专心一意进行彩排啦。"

"说来说去讲了那么多动听的话,简而言之,就是企图把麻烦的事情推给我和匠仔嘛。"

"想事情不要这么别扭啊。我说高千,最宝贝的恋人正处在困境之中，你就坦诚地伸出救援之手吧。"

"谁是恋人啦？是谁？！"

"现在可能还不是，但将来一定会是的。"

"不会！绝对不会！"

两人的对话跟一年前几乎一样，这真是太好笑了。这两个人啊，真的是好搭档呢，我想。

"总之拜托了哟。好嘛？好嘛？好嘛？"

"好吧，就这样吧。"

没想到，高千干脆地点头答应了，这让我大吃一惊。就连当事人漂撇学长，也露出了少许出乎意料的表情。他好像原本以为还要再死缠烂打一阵子的。

"真、真的吗？啊，啊哈，真是太好了。还有啊，高千，关于谢礼，我会好好考虑的。"

"不用啊，不需要什么谢礼。"

"喂，我说，感觉有点不太对啊。"

"这是朋友在坦诚地向你伸出救援之手，你就坦诚地欣然接受不好吗？"

"说得也是哦。那就拜托你了。"

大约是想趁着高千还没改变主意赶紧撤退，漂撇学长立刻站起身，离开了"I·L"。若在平常，他绝对是要人家请客的，这次却在离开时拿走了账单，算是示好吧。

"怎么回事啊，高千？"

面前的位置空出来，变成了我和高千并排坐的情况，这让我感觉有些尴尬，于是转移到之前漂撇学长的座位上。

"什么？什么怎么回事？"

"明明是人家推过来的麻烦事,想不到你这么爽快就答应了。要是平时,高千你绝对会一口回绝,丢一句'别任性了'之类的话给他。"

"就算是我,有时候也会想要坦诚地助人为乐啊。"

"这样啊。"

"话说回来,真的好快呀。"

"什么?"

"我发现,从那天开始已经一年过去了呢。"

"这么一说还真是。"

"大家都变了。"

"是……吧。"

"绘理和大和都已经大学毕业,进入社会了。"

"让人意外的是,鸭哥——啊不对,鸭田老师啦。想不到,他竟然会跟绘理结婚……我原本还一心以为,绘理她早晚会跟大和结婚的,所以最初听说的时候,吓了一跳。"

"是啊,大家都变了。我也是,匠仔也是——不过只有小漂还跟从前一个样,仍然是个大笨蛋。"

"那个或许是没错,可是,我也变了吗?那么明显?"

"变了啊,很明显。"

"什么样的变化?"

"待人的态度变得亲和了。特别是,在酒桌以外也一样。"

"咦?是吗?真的吗?"

"是啊。"

如果说我有了改变,那是指在面对她的时候,可以直呼高千了吧。以前我只能叫她高濑同学,能够直呼高千,是从今年夏天的某次事件开始的。夏天的那件事和这次的故事毫无关系,所以请容许我就此割爱不提了吧。

"那高千你呢？你是哪里变了？"

"我吗？我啊——"正打算站起身来的她稍微沉思了一下，"这个嘛，以前的我，对别人的事情完全没兴趣。说白了，就是别人死也好活也好关我什么事，那样的感觉——你明白吗？"

"嗯，多少有点儿。"

"但是现在不一样了。当然也是要分对象，只是经常会有种冲动，想要更多地了解别人。不过这也许不是什么好的倾向。换句话说，就是对别人的秘密好奇过盛，会多管闲事那样的感觉吧——"她忽然打住话头，像是要制止正想开口说话的我，"好了，我们走吧。"

"去哪里？"

"图书馆。"

"啊？为什么？"

"去查一下此村家的住址。"

"图书馆能查到这种事？"

"去年的报纸上，我记得应该是登出了葬礼的通知。里面有家庭住址的信息。"

确实，本地报纸上是有这类广告栏的，但也可能自杀者的家属出于对舆论的顾忌，不会登出那种东西。不过既然高千记得看到过，那应该就是有。看来，毕竟是自己曾经和现场有过联系，视线自然会留意到广告栏的相关内容。

就这样，我们为了归还仅仅只有一面之缘（而且还只是在濒死状态下）的素不相识的女子的"失物"，开始了追查工作。不知道高千怎样，至少我（必须要和遗属会面的沉重心情另当别论）基本上是持乐观心态的——我并不知道，等待着我们的是什么样的"结果"。

父性的巡礼

虽然已经是这种时节，大学图书馆里却还到处可见学生们的身影，都是正为毕业论文焦头烂额的四年级生吧。我们就在这里查阅去年的报纸。

此村华苗的葬礼通知刊登在去年最后一天，十二月三十一日的本地报纸上。去世的时间是在二十五日凌晨，所以感觉当中隔了颇久，不过在这时，我还没有联想到诸如因为接受司法解剖导致遗骸回家晚了这样的可能性，只是单纯地觉得，偏偏得在腊月里，元旦的前一天登出葬礼的通知，家人该是何等的痛彻心扉啊。一想到这个，就感到心情非常沉痛。

丧主是父亲正芳、母亲鹬子和弟弟英生。此外，讣告中还有着"姻亲戚友咸哀讣闻"的字句。旁边登着此村的家庭地址，我们据此通过NTT电话局问到了她家的电话号码。

出于由女性出面更容易打交道的判断，高千向此村家里打了电话。她如实地自我介绍说我们是华苗小姐出事时恰好在场的人，当时好像是不当心错拿了她的私人物品，现在想要登门归还给家人。

"怎么样？"

"应该是她母亲吧，接电话的人。"高千放下话筒，看上去少有的闷闷不乐，声音沉郁。"她说，等着我们。"

"那马上就得去了。"

"走之前——"

"什么？"

"先要到生协① 去一下。"

"生协？今天这种日子，那里已经歇业了吧？"

"应该不会。至少去年这时候还是开着的。"

"可是，要去生协干吗？"

"买香典袋。"

"啊？带去此村小姐家吗？我不太懂这种事，这种场合，带去香典是礼仪吗？"

"我也不是很清楚，不过，就算出于无心，可毕竟形式上我们是把逝者的物品据为己有了将近一年之久，所以也算是作为道歉的意思吧，我觉得这点心意还是应该尽的。"

确实如此。我们要去陌生人的家里拜访，客气一些总是没错。

正如高千所说，生协还开着门，而且相当热闹。复印机前面排起了长队，虽然都不认识，不过应该也是正忙于毕业论文的四年级学生吧。

买了印有"御灵前"字样的香袋走出生协，高千和我与正要走进店内的一位女性不期而遇。定睛一看，是大学事务部的职员药部裕子小姐。

她身材娇小，圆脸上架着副无框眼镜。或许算不上一般意义上的美女，但是很有魅力。头发向后扎在一起，前额全部露了出来，因而也使得她散发出一种知性的洁净感。坦白说吧，药部小姐正是

---

① "消费生活协同组合"的简称，是由消费者共同提供资金，以购买生活物资、提供生活类服务为主要目的的合作社。

我所喜欢的类型。或者说，也许是出于对自己那位超级虚荣、重视外表的母亲的反感，我对这种不施脂粉，穿衣品位也很乡土的质朴女性极度缺乏抵抗力。

所以若是在校园里和她偶遇并互致问候，那接下去的一天我都会沉浸在微微的幸福感中。可是眼下，偏巧在这种时候，出于某种相当微妙的情绪，我实在高兴不起来。不为别的，就因为鸭哥四天以后就要举行婚礼了，而药部小姐从前曾经与他有过亲密的交往。在去年平安夜，鸭哥失恋了，当时所说的对象，其实就是药部小姐。

话虽如此，现在回想起来，所谓"失恋"的表述并不正确。按照这样的说法，好像让人感觉是鸭哥这一方被甩了一样，但事实却似乎是两人因为一些琐碎细微的龃龉，吵架之后闹翻而已，分手的结果并非两人真心所愿。具体经过我不太清楚，但假如这是真的，那药部小姐还是有可能对鸭哥抱有一丝留恋的。

当然了，即便如此，我也没有任何必要因为面对她而感到为难。完全犯不着。只是，像现在这样遇到她，我终究无法像以往那样感受纯粹的愉悦，总好像有种负罪感。

或许这负罪感是源于鸭哥要和药部小姐以外的女性结婚了，而我却受邀将要参加那场仪式；感觉就好像是，由于对那场婚礼的祝福，我自己也变成了药部小姐的"敌人"，明明并非出自本意，却不得已地支持了那个将她排挤在外的小圈子——纷至沓来的种种念头让我暗自苦恼。就在此时——

"您好！"高千竟然主动开口招呼药部小姐——对方原本微笑着，仅以目光对我们致意便打算擦身而过——让我大吃一惊。

"你们好，高濑同学，匠同学。"

我与药部小姐相识是在去年平安夜之后，也就是她和鸭哥分手之后。她知道我和高千通过漂撇学长与鸭哥有来往,但始终对我们很友好,并没有什么抵触。

"买东西吗?"

"午饭错过了时间,所以来看看有没有面包什么的。不过高濑同学你还在这里啊?难道今年不回老家?"

啊,对哦……于是我越发感觉到罪恶感的袭击。药部小姐不知道高千和我打算参加鸭哥的婚礼——想到这里我就心烦不已。然而——

"不是的,因为高峰时期人会很累,所以想等到元旦前后,再轻松悠闲地回去。"

"那,回去之前都在安槻?"

"是的,再说还有鹈田老师的婚礼。"

高千毫不在乎地说出了口,我下巴都快掉到地上了。想不到她竟会脱口而出如此欠考虑的话,我目瞪口呆之余,整个人都心惊胆战起来。

"啊,对哦,原来这样。高濑同学那边也收到邀请了呢。"药部小姐态度爽快,甚至可以说是乐呵呵地拍了拍手,我表情越发变得僵硬。高千以一种微妙的冷淡眼神朝我投来一瞥。

"怎么了,匠仔?像刚从容器里拿出来的咖啡果冻一样,凝成一整块儿颤巍巍地晃过来晃过去。"

"啊?呃,没……没什么,我,那个,就是……"

"啊呀,大概是在为我担心吧,是不是啊匠同学?"

"嗯,啊不,那个……"

"不过,不用担心的哦。因为我也打算参加鹈田老师的婚礼来着。"

"啊?"我吓了一跳。可是,至少从她的笑脸来看,那不像是在开玩笑。"哦，是、是这样的吗？"

"我收到了邀请呢。"

"这、这样啊。"

"这个嘛，要说一点纠结也没有，那是在撒谎，不过都已经过去了。他也是这么想的，所以才特意把请柬送来的吧。这么一来，我要是不去的话，不是反而感觉更差吗？"

"呃，这个，是这样吧。"

到底有几分真心且不去说，但是从她毫无烦恼的表情和口吻来看，对于和鸭哥的关系终结，她是真的已经完全放下了。不过当然，这才是面向自己未来积极前行应该有的态度。

"话说回来，你们俩……"她交叉着胳膊，意味深长地打量着我们。那表情像是对高千和我这样的组合感到意外，或者说是不可思议。"这是要一起去哪里？"

"一个小约会。"

"啊呀——唔嗯，不错呢，关系真好。"

一开始药部小姐惊讶地敛起笑意，表情变得认真起来，但随即好像就认定了是玩笑，顺口随着高千的调子接下去。不知怎么，我似乎感觉有一点点受伤。但是仔细一想，又根本没有受伤的理由。

和药部小姐道别之后，高千盯着她的背影注视了片刻，喃喃低语道：

"也太不像话了吧，真是的！"

"啊，"我满心以为是自己在挨骂，往后一仰说，"对、对不起。"

"哎？什么啊，匠仔。你干吗道歉？"

"呃，不是，我也不是很清楚，不过，是我说了什么不该说的，或是做了不该做的事吧。"

"没有啦。"高千催我迈开步子,"不是匠仔,我是在对老师生气。"

"老师?你是说鸭哥?"

"那是当然的吧。"高千停下脚步,回望生协的建筑,"这不行啊,她太死撑了。"

"死撑?"

"就是鸭田老师的事情啦。多半还是对他不能忘怀吧。"

"哎?可是这样的话,那她刚才讲的那些,不就完全相反了吗?"

"是啊。她是在我们面前死撑着呢。"

"可是你怎么知道?"

"你说什么胡话?这种事情一眼就看得出来好吗?基本上,说要参加老师的婚礼,就已经很反常了吧。"

"可是,那是鸭哥主动发出的邀请,所以也没——"

"我就是在说他太不像话了嘛。真是的。本来还想应该不会有这种事的。"

"那就是说,高千,难道你并不知道药部小姐收到邀请的事情?"

"今天刚知道啦。之前倒是听人传过,可是没有确认,所以就想用套话试试看。"

"太、太乱来了吧你。"

"可是这么一来我就看得很清楚了。真是的,鸭田老师这个人太粗线条了。"

"确实。竟然给前女友送自己的婚礼请柬,这是有点儿要不得啊。要是很久以前的也就算了,这才刚刚过去一年。"

"鸭田老师呢,大体来说是个好人,但有些地方也实在差劲。"

"哪些?"

"怎么说呢,就是不管有没必要总想着摆出'我重视自由,我通情达理'的姿态。说得更清楚些，就是有种表现得很奇怪的虚荣心。"

"表现得很奇怪的——唔嗯。"

"所以，只是为了显示自己已经不介意往事，就给药部小姐发出邀请，其实根本没必要嘛。站在被邀请者的立场上想想看吧，完全就是药部小姐刚才所说的那样，如果不去，只会让人觉得自己还心存芥蒂，故意闹别扭，所以不能不去；可是一旦去了，又只能让自己深受伤害。还有比这更亏的事情吗？"

"说得是啊。"

"处理这种事情的时候怎么就不能好好考虑一下对方的感受呢？男人啊真的是——"

"男人？"

"真是没救了。"

"确实。"

"你好歹也算是忝列末席，不打算稍微反驳一下吗？"

"没法反驳啊。怎么说呢，我也做过类似的事，明明自己以为是出于善意，实际上却在不知不觉间伤害到了别人。"

这种时候，若是普通人，就会打个圆场说"没有啦，你跟他们不一样啦"，诸如此类的粉饰之辞，然而高千完全不是普通人。

"是啊。"她冷淡地大步走出学校正门，"你好好记着教训吧。"

一走出大门，前方就是地面电车的大学前停车站。我以为要在这里等车，但是高千说先要回去换身衣服。女孩子还真的是各种辛苦啊，我才要感慨，就又接到一句"匠仔你也回去换衣服"。

"啊？难道……要换丧服？"

"那倒不必，我是让你回去把胡子刮掉，收拾利索了再来。到别人府上去拜访，袜子一定要换上干净的知道吗？"

原来如此。被这么一说才意识到是该这样。我们约好在大学前车站会合，暂且道别。

回到公寓，先把虽然不及漂撇学长那么浓密，但因为最近几天偷懒没刮于是也长得乱糟糟的胡须刮掉，然后换了袜子。原本想着是不是应该穿西装，但我只有出席冠婚葬祭人生大事的通用款黑色套装。若穿在身上就真的成了丧服，所以决定还是作罢。

按照约好的时间在大学前面的电车站等候，高千很快就出现了。

我吓了一跳。

她穿了黑色的西装上衣，宽领白衬衫，系着黑色领结。这是身男性风格十足的服装，然而高千穿在身上，却完全没有丧服的感觉，而是有如最先锋的新时尚，这实在太令人不可思议了。不过，让我吃惊的并不是这个。

我没想到，高千竟然穿了条几乎直垂脚踝的长裙。当然裙子也是黑色，而且还是那种感觉有些土气的百褶式样。顺理成章地，那双似乎能激发所有男人恋物欲望的美腿被完全掩盖起来了。鞋子是中筒靴，同样是黑色。

浑身上下全黑的装束之余，又以黑色发带把一头蓬松的卷发绑在脑后，甚至还戴了副纯为装饰的平光镜。

"怎……怎么回事，高千？你这身打扮，究竟……"

"看着很怪？"

"倒、倒不是说怪……不，那个，当然是非常赞啦，可是怎么说呢，呃，简直——"

"简直？"

"简直像修女一样。"

这说的是什么牛头不对马嘴的话啊，我自己都呆住了。可是对于见惯她平日风格的人来说，确实也只能这样形容了。

"是吗，那就好。"

"啊？"

"毕竟是要去向死者致祭的。平时的装束会太不庄重吧？"

"呃，这个嘛，大概吧。"

因为刚刚才见过面的关系吗，我不留神就联想到了药部小姐的着装。实际上，高千会特意戴上副眼镜，明显就是因为受到药部小姐的启发吧。可是她们两人的差别就在于，哪怕穿起再朴素再土气的衣服，高千仍然是高千。她特有的那种仿佛能冻住空气的冷漠气质是无法隐藏的。说来比起平时那种华丽而奇异的打扮，反倒是现在这种风格更能呈现她的美貌。

茫然注视着她，我连电车已经在面前停下都没注意，过了好一会儿才急急慌慌地跟在高千身后挤进车厢。

电车里相当挤。高千和我都站在车门附近，抓着革制的吊环拉手。

"好像是有钱人家呢。"随着车体振动摇晃身体的高千低语道。

"谁？"

"此村小姐家里。"

"你怎么知道？"

"因为那里是黄金地带啊。通往市中心的要道，地段非常好，但是又很幽静。不知道地坪的单价是多少呢。"

"这种事你了解得好清楚啊，明明都不是本地人。"

"那是因为匠仔你太无知了。"

过了差不多二十分钟，我们到达了市区中心。下车之后，高千按照电话里问来的路线去找那幢目标房屋。傍晚五点左右，我们在安闲幽静的住宅区里找到了此村邸。

这倒不是之前想象的那种大宅。两层高的西式建筑,但占地面积并不那么大。说得不客气些,和四周的住宅相比,这房子让人感觉有些寒酸。

正如高千所说,这一带看来是地价相当高的区域,与地皮相衬的一幢幢宽敞宅邸四下林立,唯有此村家与众不同,连车库都没有。玄关的侧面一边搭起了简易房顶,权当是停车场。纵向排列的话,看样子能停放一两部车,但因为是细长的形状,怎么看都感觉像是条巷子。此刻这里停了辆绿色的四轮驱动车,那架势好像马上就要开上路面一样。

按了对讲机告知来意后,一位刚刚有了些年纪、头发中夹杂着银丝的女性出门来迎接。她就是死者的母亲,此村鹦子。

高千低头致意道:"可以允许我们上一炷香吗?"

"你们费心了。"

鹦子女士把我们领到宽敞的和室。这里设了佛坛。

高千在佛坛前跪下之前,先将事先准备好的香典递给鹦子女士。

"您太周到了,非常感谢。"

黑框之中,样貌伶俐的女子爽朗地笑着。是此村华苗。说是享年三十二岁,但看上去只有二十岁上下。一点没错,就是去年平安夜在"Smart-In"门前道路上倒地的女子,可眼前这张笑脸,无论如何都不能与那时的那张脸重叠起来。她是那种把身边人的幸福视作自己的幸福的类型——没有任何根据,但不知为何,我就是产生了这样的印象。

佛坛之中摆放着金色的佛像,但搞不清楚到底是哪个宗派,因而也完全不懂要怎样上香。我学着高千的样子,向逝者合掌致礼。

我们客气地请鹦子女士不必费心,但她还是让我们移步到桌边,端上茶点，然后徐徐地开了口："之前您说有小女的遗物——"

"是的。其实事情是这样的。"高千把"礼物"放在桌上，又把之前它是如何混入漂撇学长的东西里面的经过解释了一遍。"——因此，我们想，这恐怕是华苗小姐那时买的东西。"

鹈子女士一直静静地凝视着那件"礼物"，也不知道有没有在听高千的解释。

白色的鬓发，看上去有若心之年轮，是倦怠于生活进而又持续倦怠于这疲倦本身的结果。尽管如此，她的眼神却不可思议地并未失去光彩，大约是已经达到了能将"持续倦怠"这种惰性转化为某种生命力的境地吧。

华苗小姐想必也是这样的女子吧——我正这么想着，鹈子女士终于说话了："这里面是什么呢？"

鹈子女士的目光向着高千，因此应对之事就全部交给她了。

"不知道。我们没有打开过。只是从包装纸来判断，应该就是从出事那座公寓的一楼便利店买来的，这一点应该不会错。"

"是嘛。您所说的我完全明白了，不过，我想这大概不该由我们来接受。"

"那，您的意思是，这并不是华苗小姐的东西？"

"不，应该是华苗买下的。不过并不是买给家里人，应该接受这份礼物的另有其人——"

"那是哪位呢？"

鹈子女士的视线再度从高千身上移开，落到桌上的"礼物"上："按照刚才所说，华苗坠楼的时候，你们正好在场对吧？"

"是的。那时——"

"她真的是——"说到这里，好像突然意识到我的存在一样，她将视线转向了我,"华苗真的是自杀吗?"

询问的语气其实很淡然,但因为内容太过出乎意料,我一时不知该怎么回答才好,陷入了烦乱之中。下意识地,我转向高千。于是鹈子女士丢来的问题就这样经我转个手,又投给了高千。

"您这话,"高千极其冷静地接下了问题,"是什么意思呢?"

"对不起,您肯定觉得我突然莫名其妙在说什么呢,对吧。只是,我的女儿,她真的是出于自己的意志跳下来的吗?"

"按照警方的意见——"

"是的,警方的意见我了解得很清楚。也听他们说过了,死因是全身遭受外力撞击,没有疑点。可是,你们是怎么想的?在当时那个现场。华苗真的是——"

说到这里,鹈子女士一时缄口,随即端正了坐姿。"华苗她订婚了。"

这话似乎连高千都大感意外,我察觉了她屏息的姿态。

"其实,原本计划是今年春天举办婚礼的。已经办过了订婚仪式,日程和场地也都定了。华苗她看上去真的很幸福。可为什么会突然在这种时候去自杀?究竟发生了什么事,她心里有什么烦恼吗?我们对此一无所知。"

鹈子女士的口吻依然是淡淡的。那并不是羞愧于自己的无知,在女儿生命的最后一刻都没能理解她;也不是愤然于女儿的先行一步,在此倾泻自以为是的怒火。她只是想要尽可能地了解真相——她的态度中有着这样的谦逊。

换句话说——至少,她并不是那种绝不允许孩子对自己隐藏任何秘密的母亲。

在这世上,有些父母是绝不容许这种情况的,并且还错误地将之理解为父母的义务和爱。本着这样的误解，当孩子自杀时，他们首先感到的不是悲伤，而是去责备他竟然对自己藏有秘密；在严肃地接受有一条生命消逝了这一事实之前，首先是愤慨于孩子竟然"逃去"了一个自己管不到的地方。

但从鹬子女士的身上看不到这种"误解"。我觉得这并不是因为华苗小姐已经离开了一年。没有误解的人一开始就不会产生误解，就算不经过冷却期也一样。

"莫非——"高千忽然碰了碰那份"礼物"，"您刚才说，应该接受它的另有人在，指的就是……"

"嗯，没错，我想应该是。那应该是华苗买给未婚夫初鹿野先生的礼物，我想不到其他的可能了。也许那天晚上，华苗是想把这礼物拿去送他的吧。既然如此，又为什么会在那种地方……"

"也就是说，对于出事的那座公寓，您之前……"

"完全不知道。华苗是不是知道我不清楚，但她自己不住在那边，我也没听过她有什么熟人住在那一带。当然也不是初鹿野先生住的地方，他说自己完全没有头绪。所以，为什么非得在那边？我一点都不明白。"

"当天——"高千露出了自我警诫般的犹豫，但终于还是开口问道，"去年的十二月二十四日，华苗小姐她有没有哪里显得反常？"

"警察也问过这个问题，可是什么都没有，跟平时完全一样。"

"那天她上班了吗？"

"是的。她从上班的邮局回过一次家，说是接下去要到朋友家参加圣诞派对，还说晚上会比较晚回来。"

"她说这件事的时候，也和平时一样，没什么反常的样子吗？"

"完全没有。"

"那么那个派对呢，华苗小姐在派对上的表现怎么样？"

"好像也都很正常。事后我也问过那些朋友，但是都说她跟平时没什么两样，甚至看上去比平时更开心。"

"这样啊……"

确实，听了这些信息，越发让人感觉华苗小姐是不会自杀的了，再说她也没有留下遗书。可是现场状况，叠好的外套和整齐摆放的鞋子，又显示是自杀。这究竟是——

"冒昧问一句，那场派对是什么时候结束的？"

"华苗从那个朋友家里离开的时候，说是还没到十二点。但是具体的时间就不清楚了。"

"那位朋友是谁呢？方便的话，可以告诉我名字吗？"

"为什么问这个？"

"我想到，会不会华苗小姐原本是打算把这件'礼物'送给参加派对的某位朋友的？"

"哦，这样啊。说不定真是这样。那位朋友是位姓吉田的女孩，吉田幸江小姐。"

"您知道对方的联系方式吗？"

鹈子女士站起身，拿来了一本手册。在高千的眼神示意下，我借用了圆珠笔和便条纸，记录下相关信息。

"这位吉田小姐，我们会去找她问问。然后还有刚才您说的那位未婚夫，我也想联络一下，能把他的联系方式告诉我们吗？应该是姓……初鹿野……"

"是的，初鹿野守夫。"

我继续做着笔记。初鹿野的住址，然后方便起见，连同他工作的地方也记了下来。

就在这时，响起一阵巨大的喇叭声。我被吓了一跳，圆珠笔尖唰的一下戳破了记录纸。

"什……什么情况！"

"非常抱歉，是我先生。"

"哎？"

在此期间，喇叭声完全没有要停歇的迹象。细密的节奏刺激着人的神经，一声声接连不断地响着。这感觉不只是噪音嘈杂，已经到了让人感觉恐怖的程度。

鹈子女士留意了一下头顶上的动静。事后回想起来，那是在期待"他"从二楼下来吧。但很快，她叹息着站起身来："抱歉失陪一下。"

脚步声逐渐远去，像是走上了二楼。然后很快又下来，从玄关走出去。

高千走近接待室的玻璃门那边，我也跟在她身后，从那里看着外面的动静。

玄关前面停了辆银色小轿车，应该就是按喇叭的那辆了。看样子是想要停进之前所说的那个简易停车场，却被绿色的四驱车挡了道。也就是说，按喇叭的意思似乎是："把这车给我让开！"

但是，鹈子女士刚才说那是她先生，那么，开车的人应该就是华苗小姐的父亲此村正芳先生。我不清楚那辆四驱是不是此村家的车，可是不管怎样，正芳先生作为此地的一家之主，仅只为了进自己家的话，完全用不着这样子死命按喇叭吧。

走到外面的鹈子女士坐进四驱车，先倒车然后开到路面上，为小轿车留出了车位。

小轿车一直开到停车位的尽头，停下。在它之后，四驱车开回来。两部车相安无事地纵向排列在"狭长巷子"里。

从小轿车上下来的，是位白发斑驳身穿西装的男子。看来他就是华苗小姐的父亲了。

看都不看从四驱车上下来的鹬子女士，疑似正芳先生的中年男人直接从玄关走进屋子。

正要穿过前面的走廊，他注意到了和室中的我和高千。

"哪位？"他如此发问道。

我从未像此刻这样庆幸高千跟我在一起。不知道正芳先生是什么职业，但大概是出于长期必须对他人保持威压状态的强迫感还是什么，他的眼神锐利，甚至蕴含着某种程度的偏执狂的感觉，被这样的目光盯着，我连脚都软了。然而高千神态自若地行礼。她的举止一如往常，太了不起了。在对方的迫力之前，完全没有输阵，甚至还有微笑的余裕，那么高千的段位或许还在对方之上吧。

"打扰了。"

"你到底——"他正要追问，鹬子女士适时地从他身后出现，简单说明了情况，并介绍了高千和我。

"……华苗买的东西？"

但是，正芳先生的注意力完全不在高千和我的身上，他的眼睛，完全被桌上那份"礼物"吸引住了。那是仿若瞪着杀父仇人一样的凝视。这样的反应，只能以"反常"二字来形容。

"里面是什么东西？"他歇斯底里地冲着鹬子女士怒吼起来，"装的是什么？华苗到底买了什么？那天晚上到底买了什么，要去哪里——"

"我不知道。"

"不知道？你说不知道？没打开吗？为什么不直接打开看！"

"不可以打开。"

"别说蠢话了！给我让开！"

正芳推开鹈子女士，几乎是连滚带爬地扑向桌上那件"礼物"。那种态度简直就像是在玩具卖场争抢商品的幼儿园小朋友，滑稽而丑陋。到底怎么回事啊，如此过激的反应。

"不行！"

眼看包装纸就要被扯烂的千钧一发之际，鹈子女士从他手上抢下了东西。

"你干什么！"

"我不是说了吗，不能打开！这不是我们的东西！"

"你胡说什么？这不是华苗买的嘛！"

"是没错，可这是买给初鹿野先生的礼物！"

虽然还没有确定礼物的对象是未婚夫，但鹈子女士已经这样断定了。

"那又怎么样？这种事有什么关系！"

"不可以。"

"不管要送给谁，都是华苗买来的。是我女儿的东西。父亲看一下女儿的东西有什么不对？不是理所当然的吗！看一下不是很正常吗！这不是为人父母的义务吗？！了解女儿的情况难道不是为人父母的义务吗！"

看起来，正与妻子相反，这位父亲是典型的"误解型"家长——大概是出于刚才被正芳先生的迫力压制的反作用吧，我略怀恶意地这样想到。

"老公！"

我脚都软了。那声音中的严峻迫力仿佛连心肝都瞬间冻裂，让人完全想象不到它是出自那位鹈子女士之口。当然了，被吓住的不止我一个。

好像受到母亲斥责的小孩一样，正芳先生狠狠地颤抖着嘴唇。他瞪着妻子，但立刻就移开了眼神，气势汹汹恨不得要踏破地板一样地走出了房间。对高千和我，终究连眼神都没瞥过来一下。

"真是太抱歉了，让你们看到这么丢人的一幕。"恢复了之前那种娴静的表情，鹈子女士深深地低下头去，把"礼物"放回到高千手上。"自从女儿死去以后，就一直是那个样子。"

我不由自主地点着头，但仔细一想，根本就不清楚"那个样子"具体是什么样子。总之，她的意思大概就是"不像以前那样"了吧。

"没关系，请别介意。是我们多有打扰。"从头到尾始终面色如常观察着情势的高千忽然低下头，"我们会去初鹿野先生和吉田小姐那里拜访一下。如果有了什么发现，会再跟您联系。"

"非常感谢你如此费心。不过，恕我失礼，还是请别再麻烦了，我先生都已经那样……"

"我明白了。那么，我会酌情——"

"是的，请随意。"

酌情又是什么意思，什么叫请随意？我重新想了一想还是没有想明白，但高千和鹈子女士却非常默契地，如此打着禅语。

向鹈子女士道了别，离开此村家的时候，高千忽然回过头去。

"怎么了？"

高千仰视着此村家二楼的窗户。我跟着她的视线望去，只看见窗帘唰的一下拉了起来。

"那是……"

匆匆一瞥的那张脸有着乌黑的头发，所以不是正芳先生。也就是说——

"是弟弟吧。"

"弟弟——华苗小姐的弟弟?"

"报纸上刊登的家属成员,你看过的吧?华苗小姐有个弟弟,叫英生。"

"那位英生弟弟,难道一直在家?"

"大概是的。你看。"高千抬起下巴示意的,是停在之前那辆小轿车后方的四驱。"既然车子在,多半本人也在家吧,一直都在。"

"可是既然如此,为什么一直都不下来呢?"

"谁知道。"

"对姐姐留下的遗物不感兴趣?"

"若是不感兴趣,客人回去的时候,也不会像刚才那样来确认吧。"

"也有道理。不过,如果这部陆地巡洋舰是英生的车,为什么不管正芳先生的喇叭按得多响,他都不出来呢?"

"谁知道,看来有很多隐情啊。总之,我们先去见见华苗小姐的那位未婚夫吧。"

"现在就去?"

四周已经开始变得昏暗。对我来说,正是喉头黏膜开始渴望发泡酒的时段,尤其是在当面领教了那种"误解型"家长的模样之后。

"好事不宜迟嘛。"

"这真的是好事吗?"

"什么意思?"

"呃,不是,总觉得……好像会拽出来一些不该看的东西。"

这一定是本能的低语。

是因为见识了在女儿死后越发执着于那种"控制权"的正芳先生的模样吗,这一刻,不知不觉地,我好像被可怕的病原菌侵蚀了全身，一种充满生理性厌恶的不祥预感笼罩了我。

"匠仔——你不去也没关系的。"

"哎？"

"你不想看的东西没道理勉强你一定去看啊。"

事后回想，高千那时应该也是有了同样的预感。

"那高千你呢，不准备罢休吗？"

"嗯，我要把这件'礼物'安全交给正确的人。接下去我会自己做的。你回去好了。"

"不，我也去啦。反正回去也没什么特别要做的事——电话，我来打吧？"

"为什么？"

"呃，既然要一起去，多少也得派上点儿用场才行吧。你看，从刚才开始，就什么都推给高千你做了。"

"好啦，你这份心意我接受了。不过，电话还是我来打吧。这种事情上，感觉由女性打过去会进展比较顺利。"

"唔，大概是吧。"

"不过话说回来，那样的父亲到处都有呢。"

"那样的……你是说此村先生？"

"当事人当然也有自己的理由，可是……"高千好像要把不留神想到的什么画面从脑海里挤出去一样，面孔重重地扭曲了。"我不行，我受不了那种人。男人哪，不管长到几岁都只想着自己，只会一个劲儿地向身边的人撒娇。"

起初是单纯闲聊的口吻，但说到最后就降到了冰点以下，而且不再是以我为对象，而是变成了某种独白。平常的高千总是酷酷地与他人在物理上和精神上保持着距离，此刻不知怎么也开始了可以称之为"过度反应"的人物臧否。不过这时候我只是以为她有点心情不好,并没有太在意。

我们在电车站附近找到了公用电话。高千往初鹿野先生的住处打了个电话,但对方好像不在家。

接下去打到上班的地方,得知他现在外出办事了。按照接电话的人的说法,他预计是在晚上八点左右回来。

高千告诉对方晚上八点会再打电话,然后走出了电话亭。

"怎么办,还有两个小时?"

"先去哪里吃点东西吧。"

"也好,要不然先回一下学校怎么样?"

"可以啊,你准备做什么?"

"想去'Smart-In'看看。"

"啊?"

我们穿过人行横道。高千一边走向电车站所在的安全岛,一边解释道:"刚才谈话时提到的吧,去年平安夜,在那个名叫吉田的朋友家里举办了圣诞派对。也许华苗小姐是要把这份'礼物'送给某个同样去参加派对的人,这想法你觉得怎么样?"

"你问我也没用啊,可能是这样,也可能不是这样。"

"但是,如果华苗小姐从朋友家离开的时间,跟她母亲听说的一样是在午夜零点之前,那么这个假设在时间上就无法成立。"

"她坠楼的时间是零点之后,而且那时候'礼物'还在她的手中。也就是说,她不可能是在离开派对以后,再特意为这个目的去买礼物,你是这个意思吗?"

"是的。"

"但是华苗小姐有可能是在更早的时间去买了礼物。她在参加派对之前先把东西买好，然后带去了派对现场，但由于某种原因没能交给对方，于是又原样带了回来，也许是这样呢？"

"是啊，这也是有可能的。所以我想确认一下。"

"确认？你准备怎么做？"

"我想去问问'Smart-In'的店员，去年平安夜华苗小姐大约是在几点钟出现在店里的。"

"这有点不太可能吧？每天都要接待那么多客人呢。再说已经是一年前的事情了，根本就不会记得吧。还有，这种店一般都是学生打零工来着，当时的店员可能已经离开了。"

"我觉得你说得有道理。但是，姑且就试试嘛，不行的话也没什么损失。"

话说到这种地步，我也没理由反对了。高千和我再度乘上电车，摇晃了二十来分钟，在大学前站下车，徒步走向"Smart-In"。

到了店门前的道路，我不由自主地停住脚步。高千也停了下来。我们一起抬头仰视着御影公寓的大楼。夜幕已经降临，大楼的轮廓看不分明，但是消防通道里都亮着灯。我们的目光被吸引到了最高一层。

华苗小姐就是从那里跳下来的吗……如今再次想到这事，却丝毫没有真实感。这也是因为我并不认识生前的她吧，可就连当时曾亲眼看见华苗小姐仰卧在路面这件事，都毫无真实感，就好像是在梦里发生的一样。

"Smart-In"里挤满了顾客。店员们来回奔忙，看这氛围，实在不适合叫住人说"劳驾问点事情"。至少，若是由我去问，人家根本就不会理睬。

在这种时候，高千的美貌就发挥作用了。找到一个有气无力蹲坐在那里摆放商品（也就是看上去最闲）的年轻男店员，高千走上前去："抱歉，劳驾问一下。"

"嗯？什么？"前发垂到额头上的他先是很不耐烦地回过头，但在看到高千的第一眼，就像脊背中插进了一根棒子似的，噌的一下站了起来。"啊，嗯，是的！来了来了，请问有什么需要？"

"你知道去年平安夜这里负责结账的是哪位吗？"

"啊？"

"去年平安夜，有人买了这个，"高千说着向他出示那份"礼物"，"关于那位顾客，我有点事情想要请教。"

"去年吗？唔，店长他——啊，对了，去送货了。"

便利店的店长为什么还要去做送货这种事，我很不能理解，不过后来听说，这家店从酒家时候开始，就有着为附近的老主顾送货上门的服务，后来即使店的主营变了，这项服务也仍然保留下来。

头发零零散散地挡在额前，他看起来并不怎么困扰，只是呵呵地笑着，挠挠头。"不好意思，现在店里没人知道去年的事情哎。包括我自己在内，现在的店员全都是新人来着。"

"这样啊，多谢了。"

"啊，但是呢，但是啊，"他急急忙忙叫住打算转身离开的高千，"若是去年在这里上班的人，我倒是知道他的名字啦，只是不清楚那小子当时是不是结账的。"

"真的？是谁？"

"也许高濑同学你也认识的——"

"啊，你怎么？"

"嘿嘿，我是安槻大学的。"店员的口吻变得随便，"我叫大庭，你没听过吗，经济专业三年级的。"

"抱歉，完全不认识。"

"喊，你好冷淡啊。"虽然遭到断然否定，大庭还是露出了精神的笑容，不过内心好像是真的很不愉快。"那就借这次机会好好记住哦，我叫大庭世史夫。下次要不要一起吃饭？啊，对了，平安夜怎么样，你有计划没？"

"有啊。"大庭当即遭到回绝。"去年在这里上班的那个人，你能把他的名字告诉我吗？"

这个大庭好像已经习惯被女生无情拒绝了，还笑着打哈哈说什么"哎呀被打败了"之类，胡扯了一会儿又说："哎呀，这个嘛当然是会告诉你的，作为交换，平安夜就跟我约会啦，好不好啊，说嘛，说嘛？"

"不好。"大概已经忍耐到极限了，高千干脆地转过脸，"又不是非得问你，我之后再来一次，请店长告诉我就好了。"

"啊……等、等下啦，告诉你嘛，我告诉你啦。等等嘛，好嘛？"终于认识到没指望了吧，大庭虽然还是嘿嘿地笑着，却没有了之前的轻浮。"是今村那家伙啦。今村俊之，也是安槻大学三年级的学生。"

"什么专业？"

"跟我一样，经济。"

"他今天在哪里？"

"这个嘛，应该已经回老家了吧。"

"老家是哪边？"

"呃，我不知道。这是真的啦。"

"那老家的电话号码呢？"

"抱歉，那个也不知道。我才没兴趣去问臭小子要电话号码。"

"非常感谢。"高千微微一笑，然后转向我，"都记下来了？"

"是的是的。"

"咦?"大庭好像终于意识到了我的存在。"啊,什么啊,这种事情不早点儿说清楚,进攻方式肯定就错了嘛。"他口中嘟囔着不知道什么意思的话语。高千无视这样的他,直接拉起了我的手。"哎,先别走嘛,我不在意那种事的啦。"我们任凭大庭在背后喋喋不休,离开了"Smart-In"。不在意那种事又是什么意思啦。随便了,不去管他。

"什么人啊,好想跟他说快点认真工作,别跟女人搭讪啦。"

"我觉得那个人好像不太了解你。"

"怎么说?"

"因为,哪有人会当面跟你搭讪啊,通常都没那个胆量吧。哦对,除了漂撇学长。"

"算是吧。再说,要是了解我,就应该清楚我对男人是没兴趣的。"

"呃……这个,不好说。"

确实,高千是同性恋的传闻在校园里非常有名。但是关于这一点,大家一般都将之理解为一种传说吧,是她在被人神秘化的过程中生出的诸多传说之一。

不过,在老家的高中时代,高千曾经有过一个小她两岁的女性恋人,后来两人以一种悲伤的方式分开。因为无法忘怀对方,高千直到最近都还戴着她送给自己的戒指,这些事情,几乎没有人知道吧。我也是因为极其偶然的契机才知道了高千的隐私。就连总是熟知朋友各种动向的漂撇学长,虽然也听高千本人说过了她和那位"恋人"的事情,但对戒指,想来应该也并不知情。

"总之,这里要再来一次。"

"接下去做什么?回市里吗?"

"不，要先等到八点，跟初鹿野先生在电话上把见面的事情定下来。也许今天一晚上都找不到他，那样不就白跑一趟了吗？"

"也对哦。"

"反正还有时间，先去'I·L'简单吃点吧。"

"I·L"营业到夜里九点。通常这个时间都会挤满吃晚餐的学生，但因为临近圣诞的缘故，此刻店里空荡荡的。

"啊！"吧台位上一个梳着麻花辫的女孩看见我们就扑上前来，"哇——高千！你去哪里了？！"

这是小兔，也就是羽迫由起子。她小小的个子，体格如同少年一般结实，明明在冬天，却光腿穿着短裤短袜，若是再背起红色的儿童背包，那怎么看都是名小学生了，可是实际上，她跟我们一样，是安槻大学的二年级学生。她是本地人，家里离得稍微有点远，所以正常情况下这种时候应该已经不在学校附近活动了，但现在看来，果然也是打算在公寓一直住到鸭哥婚礼那一天吧。

"哇啊——高千，今天感觉好特别哦！"她闪动着那双恰如绰号所示的兔子一般圆溜溜的眼睛，抚摸着高千的"丧服"问，"你去参加葬礼了？"

"没，有点其他的事。"

"那就是相亲？"

"哪有这么悲哀，我还很年轻呢。"

"因为感觉你很花了一番心思嘛。好有味道啊！很有型！高千你啊，因为风度好，所以穿这种衣服也超级合适啊。嗯嗯，太帅了！"

小兔好像挂在高千身上一样跟她挽着手，朝向里面的座位走去。考虑到高千的"取向"，眼前这画面不由让人心头一惊，不过小兔

只是单纯在闹着玩吧,而高千在眼下这种时候看来也不像有那种心思——正满脑子胡思乱想之际,小兔忽然扭头朝向我:

"咦,什么啊,匠仔你也在啊?"

"是啊是啊,真不好意思,还有个跟班的在这里。"

"说得这么谦虚。对了,匠仔你最近好像跟高千很投缘,果然是因为喝过同一锅啤酒的作用?"

在之前那次"夏天事件"过后,漂撇学长以"精神复健"的名义,拖我们陪他一起去某处高原,结果迷路走到了一座不知道房主是谁的山庄。碰巧那座山庄里除了一堆啤酒,什么都没有,于是我们就开了一场不合时令的盛大酒宴,这就是小兔所说的"同一锅啤酒"。

"小兔你不是也一起喝的吗?"

"这个嘛,话是这么说——咦,这什么啊?"小兔说着,伸手拿起高千放在桌上的"礼物","告诉我告诉我,这是谁送的啊?难道是匠仔?"

"不是啦。对了我问一声啊,今村俊之这个人,小兔你认识吗?"

"今村?"小兔好像啪啦一下耷拉下了长长的耳朵,歪着脑袋反问,"那是谁啊?"

"听说是安槻大学的三年级学生。"

"俊之吗——专业呢?"

"经济。"

"不认识,没听说过。"

"是嘛。"

"这个今村某某怎么了?"

高千一边吃着饭,一边将从去年平安夜的事情开始,直到今天下午接受漂撇学长委托的原委,全部详细地说了一遍。

"哦。"大概因为不是自己直接知道的事情，小兔听得津津有味，"不过其实，学长现在好像真的很辛苦呢。在忙着准备当司仪。那么能扯的人，竟然说站在人前会紧张，简直不敢相信。那可是心脏上长着扫帚毛的学长啊！"

这位自称站在人前会紧张的学长，将来选择的职业却是女校老师，说来还真好笑呢，不过那跟现在的故事没有关系，那是另外一个故事了。

"啊，对了对了，"小兔把高千摘下的平光镜戴在自己脸上玩儿，"白天我遇到绘理了哦。"

对哦，绘理现在在安槻。这倒不是说她为了准备四天后的婚礼而从老家出来，其实从大学毕业以后她就一直留在安槻，连在老家好不容易定下的工作都没有去——

"真的吗？她怎么样？"

"什么怎么样？"

"紧张吗，眼看四天后就要婚礼了？"

"那倒没有啦，不过也和平常很不一样。说不定是因为已经从学校毕业，所以给人的感觉不一样了吧。反正不太像是紧张。"

"这样啊。"

"这么说起来，她对鸭哥很生气呢。"

"对老师？为什么？"

"因为怎么都不肯让她去新居，说是连钥匙都不给她。她本来想把自己的行李送过去的，现在也只能全部延后了。好好笑哦，都这个年代了。"

鸭哥有着那种让人无法相信他竟然是生活在现代日本的道德观，在他看来，婚前性行为是绝对不行的。因此，在正式举办婚礼之前，新娘也是不能搬入新居的,他就是践行着这样的理念。和绘理恋爱的时候也是如此,若是她来自己家里玩,不管多晚都不同意她过夜,总是自己开车或是叫出租车送她回家,因此从女方父母的角度来看,大概会觉得再也没有比他更让人放心的男人了吧。可是说真的,他到底是哪个年代的人啊。

"稍微有点儿保守了,是吧。"

"可是,说不定就是这么古板才好呢。因为他既然都把话说到了这个份儿上,那将来就算自己想偷腥,也做不出来吧。"

"你怎么知道?"高千坚决贯彻不信任男人的信念,"男人的嘴和下半身完全是两码事啦。要求妻子贤良贞洁的同时,自己却若无其事地包养情人。不把这种矛盾视为矛盾,才是男人的本性所在。"

"大概是吧。哎,这么一说就连匠仔也很难讲哦。别看长着这么一张乐呵呵的脸,好像小孩子在软糖上信笔涂鸦出来的一样,搞不好做起坏事来也半点不含糊呢。"

"好啦——"高千看了看挂钟,站起身来。正好八点。

她朝店里的公用电话走去。

小兔一边看着她的背影,一边嘀嘀咕咕朝我开口:"哎,我问你啊,匠仔。"

"什么?"

"说真的,到底怎么样?"

"什么啊?"

"就是跟高千啦。进展顺利不?"

"啊?"

"虽然从组合来看是不太搭调,不过我觉得这样可能也很不错。"

"我说啊,她对男人可是没兴趣的。"

"哎——你说什么蠢话呢。"

"因为,啫,就是那个……"

"哦哦,那个啊。可是那件事不是已经结束了吗。"

高千说出她和那位小她两岁的"女朋友"的悲恋时,不止漂撇学长和我,小兔也是在场的。不过跟漂撇学长一样,小兔也不知道那枚戒指的事。

"都已经过去了啦。我在初中和高中的时候,也曾经憧憬过同性的学姐哟。简单说就好像出麻疹一样,跟真正的同性恋根本不是一回事,高千她是因为本人不否认,所以那些不负责任的流言才会变成定论——"

真没想到,小兔是这么想的。就我所知,校园里和高千关系最亲密的女性朋友应该就是小兔了,但我却不知道是这样。不过,或许正因为一心认定那只是流言,所以才能这么天真地向高千撒娇吧。

"流言吗,我——"

正想要说我觉得不是这样,却又闭上了嘴。小兔也有她相当敏锐的一面,所以一定会追问我为什么会这么说,我可没有自信能隐瞒过去。关于戒指的事情,虽然高千并没有特别要求保密,但就算对方是小兔,这也不是可以随随便便拿出来说的话题。

"我什么?"

"没有啦,我——"想着随便蒙混一句,却不留神说出了奇怪的话,"我是在想,不是那样的话就太好了。"

"咦?啊哈,匠仔你好可爱啊!这么老实。"

"不是啦,我想说的是,美女都是人类的宝贵财富啊,所以像高千这样的女性若是对男人没兴趣,实在太浪费了。"

什么啊,这种论调简直跟漂撇学长一样了嘛。难道因为一直在一起喝酒，最近连想法都变得像他了吗？想到这点，我觉得有些恐怖。

"嗯，就当是这样好了。"

恰在这时，高千回来了。"什么事就当是这样好了？"

"嗯？哎嘿嘿——"

"什么啊，小兔，感觉好恶心。"

"什么都没有哦。"

"怎么样？初鹿野那边——"

"嗯，他会到这边来。"

"啊？"

高千解释道，她再打电话去公司的时候，初鹿野还没有回来，不过这次接电话的同事要比之前那位周到，帮忙通过手机和初鹿野取得了联系。初鹿野好像正在回公司的途中，就经过安槻大学附近，他决定顺便到"I·L"这边来一下。

"这样还真走运哎。"

"嗯，本来还以为又得去一次市里才行了。那样一来可能会赶不上回来的电车，大概就得乘出租车回来了。"

"花钱如流水啊。"

"不过呢，嗯，最终全部的开销都会要小漂付的。"

"咦？让学长付？"

"当然啦，这一堆的事情全都是因为小漂个人的请求才去做的，包括刚才的香典，所有必要开支过后都会按实结算。"

原来如此。这番话完全合情合理。

我们聊着天，不到五分钟的时间，一位细长脸、戴眼镜、三十来岁的男性出现在店里。正好这时店里没有其他客人，所以他径直走近我们这一桌。

"抱歉打扰，之前是你们打来电话吗？我是初鹿野。"

"劳您特意过来一次真是对不起。我是高濑。"

小兔忽地站起身，迅速回到吧台的座位，这是为了方便我们谈话，也正是她的机灵之处吧。初鹿野先生落座在她空出的椅子上。

"百忙之中打扰，真是过意不去。"

"没关系，我也正好想喘口气，打算找家咖啡店什么的坐一会儿。"

"那就是说，之后还要继续工作？"

"嗯，大概要到半夜才做得完吧。经常都是这样了。"

以前也听说过，本地的中小企业大多要依靠贷款经营才能勉强维持业务，因此加班超多，都够得上触犯法律了。甚至还有传言说，若真要遵守劳动法，马上就会有一大批的公司关门大吉，实在是让人听了丧气。

"——那么，"他一口气把水喝光，点了杯咖啡，然后松开领带，"说是跟华苗——此村小姐有关，到底是怎么回事？刚才在电话里，我完全没弄清状况。"

"其实——"高千把那份"礼物"放到眼前，开始进行今天的第三次解释。

一开始，初鹿野先生还饶有兴趣地听着，但从中途开始，就心神不定地游移起视线。原本显得温厚的微笑全部消失了，好像沉思着什么的样子。

高千已经说完了，他还是好半天没有任何反应。似乎完全忘记了现实中正有初次见面的人坐在自己对面，只是茫然地注视着半空。等到终于开口说话时，视线依然定在虚空的某个地方。

"很遗憾，这好像不是为我买的礼物。"

"为什么您会这么想？"

"因为——不，"好像忽然从催眠状态中醒来，初鹿野先生的视线终于有了焦点，"不，关于这一点请恕我无法直言。凭借想象而说事不过是在中伤死者。我已经打算忘记了，跟华苗小姐的那些事，我只想保留好的印象。"

这种意味深长的说法，是让人听了以后不由得就会展开恶意联想的话语。

"今天，我们去见了华苗小姐的母亲。"

"是吗？"

"她说怎么都无法相信女儿会自杀。"

"那很正常。就连我也无法相信。"

"也就是说，对于华苗小姐自杀的理由，您并没有头绪是吗？"

"怎么可能会有。不，当然了，就算是我，也不见得知道她所有事情。实际上华苗小姐——"他闭上嘴，还是那种无法不让人展开恶意联想的方式，"……也许华苗她没让母亲知道也没让我知道，对任何人都保密地独自烦恼着。但是，至少我没有注意到。"

"那么，如果不是自杀，华苗小姐为什么会死？"

"意外？应该不是。听说在坠楼现场，她的外套好好地叠着放在那里，鞋子也摆得整整齐齐，只看这些情况，就知道不是意外了。明显是自杀。如果说不是自杀——"

"也许就是被人谋杀？"

"是的。"面对高千挑衅的话语，初鹿野先生点头承认了，态度干脆得让人扫兴，"如果不是自杀，就只有这种结论了。"

"可是，华苗小姐她有什么理由遭人谋杀吗？"

"不，没有吧。至少我没什么头绪。只是——"

"只是？"

"要说有疑点的人，应该就是我吧。"

我吃了一惊。为什么他要刻意说出这么露骨的话来，我难以理解。

但是随着接下去的话题展开，我似乎在一定程度上理解了他的心情。简单来说，就是他一直都在盼望有谁能来问他一下，来听听他的心声。当然，这也不是说随便什么人都可以。他的听众必须具备充分的理解力和包容力，足以促进他的自我放弃冲动——比如说，像高千这样的人。

"这不是说单纯有那样的感觉，事实上，我的确受到了警方的怀疑。虽然现场状况明确显示是自杀，但是没有发现遗书，相关人等也完全想不明白她为什么要自杀，所以警方把他杀也作为一种可能性纳入了讨论。在这个层面上，作为疑犯被盯上的，就是跟华苗有婚约的人，也就是我。"

"但是为什么呢？警方怀疑你，有什么根据吗？"

"之前我和华苗之间稍微有了点争执。这件事好像被警察打听到了。"

"争执？关于什么？"

"我之前有点小小的误会——不，我一直都以为那是误会。但是既然有了这个东西，那也许就不是误会了。"所谓的"这个东西"，当然就是指眼前的"礼物"。"华苗在跟我认识之前，好像有过一个交往很深的男人。即使跟我订婚之后，也还是经常会跟那个男的见面——我听到传言以后去质问过她。所谓争执，指的就是这个。"

"华苗小姐对此怎么回答？"

"她说，以前确实有个交往过的男性，但现在已经和他没有任何关系了。"

"你相信她吗？"

"我没有理由怀疑——当时没有。"

初鹿野先生的视线落在那件"礼物"上。他心里想些什么再清楚不过了：去年的平安夜，华苗小姐是去见那个男人了吧，带着"礼物"。自然，可以推断那个男人就住在御影公寓，在那里两人发生了争执，华苗小姐一时情绪激动而跳楼自杀——带着没能交给对方的"礼物"。

"你知道那个男人是谁吗？"

"不，完全不清楚，不过曾经无意中听说是她弟弟的朋友，但那也是传言。要说到底有几分可信——"

"对不起。"

"啊？"

"本来是想把这个——"高千说着拿起"礼物"，"是我把它带来，导致了你无法再相信华苗小姐，所以我现在再说这种话可能是太不自量，但是我希望从今往后，你还是能一直信任她。"

"嗯，当然，我就是这么打算的。"初鹿野先生点着头。只是很明显，在他的眼中，疑惑已经变成了确信。他的眼神在说，自己果然遭到了背叛。

"如果弄明白了这是给谁的礼物，我会再次报告——"

"不，请不要再费心了。否则的话，若是你没打来电话，我又要开始烦恼会不会是那些不好的想象全都猜中了。所以无论如何，都请不要再跟我联络。说这种话可能太任性，不过我希望这件事能就此作罢。"

高千的表情变得极其忧伤，简直像马上就要哭出来一样。我还是第一次看见她在别人面前这样明显地流露感情。

"我知道了。"她立刻就恢复了平常冷静透彻的表情，低下头去，

"给你添了很多麻烦,非常抱歉。"

"没……"

"恕我失礼,还有一件事情想要请教,可以吗?"

"什么事?"

"初鹿野先生是怎么认识华苗小姐的?"

"怎么认识的?"他露出困惑的表情,不明白高千为什么要问这个,但还是爽快地回答了,"是通过共同的朋友而认识的,或者说是被介绍认识,总之差不多就是这意思。"

"那位共同的朋友是?"

"是一个叫作吉田幸江的人,华苗的同级生。顺便说一句,我也是跟她们同所高中毕业的。"

之前,此村小姐的母亲说起过同一个名字。

"你刚才说被介绍,当时是哪边提出希望认识的?"

"哪边都没有。吉田小姐是那种……可以说属于上流社会的人吧,总之就是当地很有名的大地产家的千金小姐,经常在自己家里开派对。她好像很喜欢搞这类活动。据说那些生活在外地的同学休假回老家的时候,总是她负责召集大家聚会。"

"是个热心人呢。"

"是的。我也被邀请过一次去她家里参加正月的派对,差不多两年以前吧。不过,说到参加派对的客人,全都是所谓文艺圈的类型——"

"你说的文艺圈是……"

"活跃于公众视线中的作家、设计师、摄影家等,全是这类的人。还有演艺明星,甚至国会议员什么的。"

"那些人全都是同级生吗?"

"没有,只是都毕业于海圣学园,毕业时间各有不同。虽然也不光是因为这个,但总感觉,大家生活在完全不同的世界里,我没有办法融入现场的气氛。那时吉田小姐大概注意到了吧,就介绍华苗小姐给我认识,说我们肯定谈得来。那是我们初次见面。"

"后来你们就开始交往了?"

"是的。那以后我就算接到邀请也再没去过吉田的家庭派对,但有时会跟华苗两个人单独见面,就是这样的经过——不过,你问这个干吗?"

"没什么。我本来以为你们两位是相亲认识的呢。"

"相亲吗?不,不是的。只不过吉田那个人,好像特别喜欢把自己认识的人撮合在一起,所以从这个意义上说,大概也可以算是一种相亲吧。"

"那么,华苗小姐的父亲是不是曾经一个劲儿地催过她结婚呢?"

"没有,恰恰相反。"

"相反?"

"华苗小姐的父亲其实是反对她嫁给我的。"

"反对……真的吗?"

"好像是的,我听她本人说起过。至于具体的理由,大概她顾忌我的情绪,并没有说。不过我大概也猜得到。正如你们所见,我是中小企业的一介员工,因为加班比较多,所以收入还马马虎虎,但是生活不规律,因此显然会对家庭照顾不周。这些地方让他很不满意吧。作为父亲,他非常强烈地希望女儿能嫁一个跟他一样的公务员。"

"公务员?那又是为什么?"

"这个嘛……"初鹿野先生好像有些困惑地再次看了看高千,随后大概意识到她不是本地人。"该怎么说呢，地方上有一种非常根深蒂固的价值观，甚至可以称之为'公务员信仰'——不对，未必每个地方都是这样，那么我修正一下，在安槻这里。"

"公务员信仰？"

"简单来说，就是收入稳定，只要不出什么太离谱的差错就完全不必担心被解雇。上班时间朝九晚五，所以用不着担心由于工作强度太大导致过劳死，也不会出现顾不了家的问题——当然了，说到公务员一言蔽之都是这样，但论及实际情况我想也是各有不同，只是在乡下，那种公务员'安定'的印象非常强。所以，优秀的人就去做公务员，抱有这种想法的绝对为数不少。"

"华苗小姐的父亲也是抱有这种想法的人？"

"没错。所以他是真心认为我不适合做他的女婿。只不过华苗的母亲站在女儿一边，所以他好像也只能不情不愿地让步了。"

"华苗小姐的父亲本人也是公务员吗？"

"在市政府上班，所以让华苗，还有她弟弟英生君也都做了公务员，我听说是这样。说起这个，据说英生君最近辞掉了工作。"

"辞职以后，现在做什么事情呢？"

"英生君吗？那我就不清楚了。毕竟从那以后我和此村家就完全没再来往。"

"是吗，我明白了。真是给你添麻烦了，非常非常感谢。"

"也没有……"

初鹿野先生一口没碰之前点的咖啡，离开了"I·L"。曾经一度像要回头的样子，但终究还是一直目视前方地走掉了。

"怎么感觉朝着沉重的方向发展了啊。"小兔从吧台回到桌边，"我说，这东西该扔掉了吧？"说着，把那"礼物"举到莫名出着神的高千眼前。

"哎——为什么？"

"事到如今还有人拿来这种东西，就算是死者的那位情人也会感觉为难吧？"

"对方是不是为难，并不需要我在意。再说，这还不一定是华苗小姐买给情人的东西，况且我们又不清楚她是不是真的有个情人。"

"都一样啦。不管礼物的正主是谁，事到如今，都肯定已经对这东西无所谓了。"

"就算这样我们也不能随便把它丢掉啊。"

"我觉得丢掉然后忘记它是最好的选择。刚才见了那位初鹿野先生也明白了吧？再追查下去可能会听到比他之前说的那些更沉重的大实话哦。"

"是吧。但还是不能半途而废。"

"高千，这可真不像你了。为什么要这么较劲啊？"

"较劲？"高千好像打从心底惊讶的样子，"我……在较劲？"

"是的啊。对吧，匠仔？"

我略微有些为难，但终究点了点头。是不是真在较劲我还不太清楚，但确实，高千的态度有点反常。

比如，为什么要问华苗小姐和初鹿野先生是怎么开始恋爱的？说正芳先生催华苗小姐结婚，推测的根据是什么？对初鹿野先生提出了一连串的问题，真正的用意又到底是什么？

我有一种强烈的感觉，高千在这件事情上是感情用事了。她所在意的对象与其说是"礼物"，不如说是华苗小姐的自杀。

事情会变成这样，恐怕是由某个具体原因引发的。一开始应该只是觉得能把"礼物"还掉就行了，但不知何时开始，却对华苗小姐这个人产生了深刻的情感代入，或者应该说（事后想来）是无意识地把自己放到了华苗小姐的位置上。当然，一直跟她一起行动的我应该也亲历了导致这一结果的事件，可究竟是什么事，我在这时还没有半点头绪。

"你想现在就去那位吉田小姐的家里看看，是吧？"

我因为太过担心，结果一下子把心里话脱口而出，但这明显是"失言"。于是，还没来得及后悔"这下糟糕"，高千已经颇感意外似的睁大了眼睛，瞪视着我。

她瞪我并不是因为那句话与事实不符，而是因为我的语气是类似于毫不客气入侵她内心的那种。她最厌恶的就是被别人，尤其男性，擅自解释、推断她的内心世界（解读是否正确则另当别论），甚至要说憎恨都不为过。若在平常，高千大概立刻就会对我宣布绝交吧。

但是——

"不用往下说啦，匠仔。"高千的表情缓和下来，语气简直好像安慰撒娇的小孩一样。"你的意思是今天已经很晚了，吉田小姐那边明天再说是吧？我知道了，就这么办吧。"

不由自主地，我和小兔对视一眼。然而对于高千"过分平稳"的反应，小兔的不知所措就只有短短一瞬，随即就笑着用手肘戳戳我的侧腹。她没有出声，只是嘴唇活动着说"看吧看吧"。

小兔完全误会了。她把高千放过我的"失言"解释为她对我有好感，也就是说，在她心中我是特别的。但这不可能。

不说退一步，而是退百万光年的距离，就假设我是高千的"恋人"好了，可是由于刚才的"失言"，这层关系也立刻就会化为泡影。简单来说，高千就是这样的性格。对于未经"许可"试图"干涉"自己的人，哪怕是最心爱的恋人，也绝对不会原谅。就是这样。

事后回想起来,这次高千从开始到结束都很"反常"。我感觉她——虽然这样的表述有点奇怪——充满了平日里绝不可能有的"慈爱"。难道是因为临近圣诞节吗——我甚至都扯出了这样的理由,却一点没想到会是因为她把自己的感情植入了华苗小姐的事件。在目前这个时候,还没有想到。

仿佛在嘲笑我的困惑,哐啷啷啷,铃铛声响起。

"噢,大家都在这儿啊。"漂撒学长走进店里,"我到处找人来着。结果公寓里一个人都没有,真是的。"

作为高千各种烦恼的始作俑者,他本人倒是扬着轻松快活的破锣嗓,踩着鞋子呱嗒呱嗒朝我们的桌子走过来。

"啊啊,好累啊累死我了,真是的。以后再也不想做什么婚礼司仪了啦,而且连余兴表演都必须一样一样考虑起来。啊啊啊,要是当初没说'我来做'就好了。哎呀,我这个人啊,就是奉献精神太旺盛了。"

对于"奉献精神"这个词的意思,漂撒学长到底有没有正确理解姑且不论,但总而言之,他看来是在勤勤恳恳地认真准备婚礼来着——才刚感动这么一下,接着就不对了。

"那么,我们去喝酒吧——哎呀?"他注意到了放在桌上的那件"礼物",轻快地伸手拿起来,"喂,怎么搞的,还没拿去还掉啊?"信口说出的这种话就让人心生不悦。

"说什么啊!"小兔嘭地一拍桌子站了起来,"才不是这样呢学长,高千她——"

"没事没事。"高千不知怎么,窃窃地笑了出来。那是一种与平日她给人的印象不同,完全无从想象的极其明朗的笑容,所以不仅漂撒学长,连小兔都茫然若失了。自然,我也不例外。

"可、可是，高千……就算是学长，也不能说得这么过分啊。他又不知道这边情况——"

"没有关系啦。说话过分，本来就是这个人的存在意义嘛。"

"哎？这、这样啊？"对高千的笑容没有招架之力，小兔的表情完全缓和下来，"也对哦，这么说起来，学长还真是这样。"

"哎，呃……那个，难道，"跟大家一样，对于高千的微笑以待很不习惯的漂撇学长显得不安起来。"我说错话了？"

"没事没事。好啦，我们去喝酒吧。"

"噢。这么说起来，高千，你今天也穿得很漂亮啊！"

"啊呀，谢谢。你注意到了啊。"

"当然啦，这么抢眼。不过感觉有点像丧服——啊，对哦。"看来他意识到了，这是为了拜访此村家而换的衣服，于是恍然大悟地点头，"总之很漂亮，嗯嗯，非常棒。"

"对吧，很漂亮是吧，很棒是吧！"好像被夸的人是自己一样，小兔与有荣焉地欢悦不已，"高千平时也该多穿这种正装感十足的嘛，好漂亮的呢。"

"各位的赞誉我已经完全收到了，现在，容我失陪。"高千说完，再次走向店内的公用电话，自然是为了去和吉田约定明天的拜访吧。看着她的背影，我忽然起了一个奇怪的念头。

莫非高千她喜欢漂撇学长？说起来超级意外，就好像眼镜蛇和獴的组合一样，可是一旦往这方面想了，就开始觉得，搞不好还真有可能。

高千和漂撇学长在校园里总是在一起，但大家一般都觉得，那是因为漂撇学长太会死缠烂打，她对此无计可施只好勉为其难地奉陪。我之前也是这么想的。这种看法多半是对的吧。只是，两人的关系未必就永远只是这样,高千的心中也未必不会发生某种化学变化,不是吗?

让我产生这种想法的原因无他,就是一个疑问:继我之后漂撒学长再度"失言",面对这样的双重攻击,高千怎么会那么平静地既往不咎了呢?诚然,高千是那种怒火涌上心头时反而会发笑的性格,但这次又不是这样。所以说到底,她平时对漂撒学长一边这样那样地抱怨,一边却又纵容着他,其实是因为对他心存好感?

不,慢着,这不可能吧。因为这么一来,不就变成和刚才小兔的"误会"同样道理了吗?也就是说,高千的"反常"并不是因为如此无趣的理由?我越发混乱了。

高千回到桌边,拍拍我的肩说:"明天,说是傍晚可以。"

"什么啊?你们在说什么?什么可以?"学长乐呵呵地插嘴。

"约会。"

"你说啥?"

"只不过对方是女的。"

"什么啊,别吓我嘛。还以为你要跟别人——"

"但我是跟匠仔一起去哦。"

"咦?那我也去。"

"是关于'礼物'的,你还要去?"

"啊?哦,这样啊……"虽然并不知道具体情况,但似乎是从刚才的气氛中意识到自己的要求给高千带来了麻烦吧,漂撒学长说,"那这次由我把这玩意儿带去吧,高千你就不用再管了。"

"没事没事。"

"什么没事没事,你……"

"小漂你不用多想别的,就专心练司仪的事情好了。"

"真的可以吗?"

"可以啊。相应地,今晚你请客哦。"

"一句话啦——"

"好啦各位,我们走吧。"

高千少有地兴致勃勃,这样的态度反而更让人感觉到她对这次事件异乎寻常地执拗,我开始觉得不安。仿佛看穿了我的这种心情,在前往"三瓶"的途中,高千靠近我的身旁,在我耳边低语道:"别误会哦。"

"什么?"

感觉到这像是悄悄话,我留意着不引起漂撇学长和小兔的注意,也小声地反问。幸亏那两人正走在前面,兴致高昂地讨论着婚礼余兴节目,完全没注意我们。

"这次我并没有打算玩'侦探游戏'。"

这么一说,我到现在才想起来她的那种"爱好"。平日里高千对任何事情都漠不关心、毫无感慨,简直让人怀疑她是不是有性格缺陷,在精神层面上属于危险人种;但是偶尔也有事情能让她专心致志投入热情,那就是解"谜"。但是话虽如此,对高千而言,好像解谜本身也不是那么重要,她的兴趣在于为谜题建立假设又推翻它的过程。把这种爱好称为"侦探游戏"还是第一次,不过其中也不乏微妙的自嘲意味。

华苗小姐在把"礼物"送到某人手中之前就自杀了,为什么?高千因为对这个谜题感兴趣,才会干脆地接受漂撇学长的拜托——重新再想一遍,连我自己都觉得奇怪,为什么之前没有想过这种可能性呢。事实上,最开始她大概是有这个意思;但从"侦探游戏"所包含的自嘲意味来看,或许她是想说,现在情况变了吧。

"不过，虽然我现在是这么说，但就结果来看，也许还是一回事。"

"你的意思是？"

"我想要了解华苗小姐。"

"关于什么？"

"匠仔你不想知道吗？"

"关于她的什么事？"

"没有人知道她为什么会死，她的母亲、初鹿野先生，谁都不知道——"

"难道你怀疑她不是自杀，而是被人谋杀？刚才对初鹿野先生也这么说——"

"至少眼下我还没有这样怀疑，我认为华苗小姐是自杀的。我想知道的是理由。"

"自杀的理由？"

"或者说，其实我是知道的。"

"你知道？"

"我觉得只有一种可能。当然，我希望不是那样，希望她不是因为那个理由而死。但是，如果她是自杀的话，理由就只可能是那个了。"

"你说的那个理由是什么？"

高千没有回答我，而是低声地喃喃自语："也许，华苗小姐是遭到谋杀的想法还让人更好受些。"

赠呈的巡礼

第二天，十二月二十一日。我因为傍晚五点之前要在"I·L"打工，所以约好和高千在店里会合。

时间不差一分地，高千开着车出现了，说是问漂撇学长借来的。被她这么一说，确实是曾经见过的那辆白色小车。

"现在有了机动力，接下去不管要去哪里都没问题了。"

的确，今晚要去的人家并不一定就是我们的"目标"。很有可能从那位吉田小姐的口中又冒出其他登场人物，而如果那个人的位置很远，要带着"礼物"去赶电车或者巴士就很辛苦了。

但反过来说，这也意味着高千下定了决心要追查到底。在把"礼物"交到拥有正当权利的人手中之前，她是绝对不会放弃的。如果出现了开车都去不了的地方，接下去就该准备机票了吧。不知怎么，我就是有这种感觉。

对于这样的她，我能跟进到什么地步呢……忽然，心里产生了不安的逡巡。虽然觉得接下去应该不可能出现那么极端的局面，但是万一高千说要乘飞机去国外，我该怎么办呢，跟她一起去吗？

高千延续了跟昨天一样的"丧服"风格，但也不是上下一身黑，而是在外套之下露出了绑着黑色蝴蝶结的纯白色缎纹衬衫；裙子是黑色的，比昨天那条短，虽然隐约可见胫骨以下被丝袜包裹的部分，但就平时的高千来说，已经非常收敛了。

她没戴平光镜，但是把头发束在脑后盘成扁扁的团子状，像昨天一样，能清楚地看见整个额头。很久以前有部欧洲电影还是什么的，里面有一所严格的教会学校，此时的高千就像那所学校里女生宿舍的舍长一样，散发着洁净与严厉并存的气息。

也许，在为"礼物"找到落脚处之前，这段时间她都打算一直保持这种"丧服"风格吧。想到这里，我立刻得出了结论——不管去外国还是去哪里，总之这件事尘埃落定之前，我都要一直陪着她。

只是，这样的决心对高千来说或许只会碍事。基本上从昨天开始，我就什么忙都没帮上。就连现在，也因为没有驾照，开车的任务都只得交给高千，就是这么的狼狈没用——好啦好啦，就这样吧。我决定不要想得太多。

车子朝市里开去，到达吉田幸江宅邸的时候，天色已经完全暗下来了。正如初鹿野先生所说，作为某位大地产家的千金小姐，幸江的住宅位于一块有足球场那么大的地皮上。中庭宽得好像小学操场，隔开了和风与西式两种风格的建筑。停车场四周环绕着植物和庭院灯，简直有宾馆酒店的风格，场上停了好几辆车，看着像是来宾的座驾。

通过玄关的对讲机告知了来意，从看似主屋的那幢建筑里走出一位身穿围裙的中年女性，把我们领去位于宅邸深处的洋馆。屋子里传来吵吵嚷嚷的人声，时不时有男女混合的高声大笑洒落到昏暗的庭院里。女佣朝我们行了一礼就离开了，我忽然开始觉得不安。

"好像正在招待客人。"

"是的吧。她说过了，在举办家庭派对。"

"还真是喜欢派对啊。"

"唔,况且'此乃欢庆时节'嘛。"

她意思好像是说,眼看就是圣诞节了。

"不过,这种场合我们进去不要紧吗?"

"没问题。因为女主人亲口说了欢迎光临。"

玄关口有露台,摆放着白色桌子和几把椅子。夏天会在这里潇洒地举办花园派对吧,想必在户外喝生啤会无比可口……我沉浸于诸如此类毫无意义的幻想之中。

高千敲了敲门。

"来咯——"一个明显带着酒意的娇美声音回应道,"请——进——"

站在门口望过去,宽敞通风的大厅里,十来名年轻男女分成若干组,谈笑喧闹着。突然所有的喧嚷忽然寂静下来,就好像被按了开关还是引起了什么联动反应,所有人,不分男女,视线都集中在了高千身上。

"吉田小姐在吗?"

不知是谁的手指间夹着香烟,连那升腾而起的紫烟都仿佛静止了。在一片静默之中,高千的语声清脆地响起:"我是昨晚打电话给你的人。"

"啊,是我。"一个栗色头发烫成仙人掌一样的形状、看上去三十出头的女性如梦初醒般地走上前来,"你是……高濑小姐?"

"是的。"

"呃,不好意思,你是模特儿吗,还是演员?"

会产生这样的联想,未必全是因为她跟文化界和演艺圈人士交往很广的缘故吧。

"不,我只是学生。"

"哎?"

"你在做什么啊,幸江?"坐在里面沙发上的一个男人回过神似的站起身来。他戴着黑框眼镜,茶色的长发束在颈后,一眼看上去有着艺术家的风范,年龄大概四十岁左右。"快到这里来。"

"好的好的——那个,高濑小姐,来点香槟吗?我们现在才刚刚开始。"

"不,我开了车。"

"哎呀,大家都开车的啦。"

所谓的大家,看来就是指集中在大厅里的这些人了。一眼看过去,每张脸上都已经染了相当的酒气。停车场里的那些车应该就是他们开过来的,可是还像这样若无其事地饮酒,是要回去的时候酒驾,还是说今晚就打算住在这里了呢?

"总之,我就不用了。"

"好吧。那么这边这位小弟弟——啊,不对,不是小弟弟了呢,对不起。这位男朋友同学,你喝点什么吗?"

公平地说,就算被叫成"小弟弟",我也无法抱怨。经常被大家评论为长了张没有紧张感的脸,再加上还比高千矮了整整一头,所以光凭着没被错当成她的小孩这一点,我就必须感激不尽了。

其实,因为平时几乎没喝过香槟,我很想趁这个机会尝试一下的,但是我决定配合高千婉言谢绝。

"不了,我不会喝酒——"这可真是个连我自己都要羞愤至死的弥天大谎。

高千一被请进大厅,之前凝结的空气就解冻了,颓废的喧嚷再度回归,香烟的烟气又飘摇起来,聚集在一起的男男女女们开始七嘴八舌地议论高千。

"想不到还有这样的王牌啊。"

"哎呀,果然是面子够大。"

"推掉其他安排到这边来真是太值了。"

"嘿,幸江,快点给我们介绍下嘛。"

"就是说呀,别装模作样啦。"

另一方面,高千虽然被请进了大厅,却并没有应邀坐进沙发,也没打算脱下外套。事情谈完马上就走——她全身上下都露着这样的意思,看得我心里惴惴不安。我当然明白,被那些醉鬼毫不客气地进行"品评"让她很不愉快,可是不管怎么说,今晚是我们有求于人上门打扰的,态度上应该再温和一些会比较好吧。

"没有装模作样啦。我今天也是跟这位小姐第一次见面嘛。"

斜一眼正为自己进行辩解的幸江,刚才那个艺术家风范的男人直接走到了高千身边:"你好,我叫天童。"说着,已经递上了名片。

高千微微一笑,看都不看一眼名片就交到了我的手上。经过近一年的交往我已经知道,当她这样刻意露出笑脸的时候,心里已经焦躁到想把什么东西一脚踹飞了。

为了不成为她发脾气的飞踹对象,我悄悄地从高千身边挪开点距离,看着刚拿到手的名片,上面写着"天童明彦"。是个服装设计师,住所在东京。

对于高千的反应,天童好像有些发怵,但终究还是显示出了成年人的从容,笑着打个哈哈:"那个,我问你啊,你干过模特儿的工作吧?我在哪里见过你来着。"

"很抱歉,"高千无视天童,直接对吉田说道,"我们办完事情马上就走。"

没给吉田回答的时间,这次是另一个男人走到高千身边了。他身材矮小，特征是鹰钩鼻。

"嘿，待会儿我有话想跟你说，可以吗？"一边说着一边把名片递给高千。高千当然也是看都不看，迅速地交给了我。

代她朝着鹰钩鼻男人露出个态度良好的笑容，我看了看名片。名字是清水诚，职业摄影师，住所在埼玉。

"好啦好啦，够了啊你们。"吉田小姐推开两个男人，像要保护高千似的搂住她，"回老家的时候，就把工作忘掉呀！"

"我是忘掉了啊。"清水镇定地回答，"又不谈工作，我想和她在私人关系上接近嘛。"

"我也是。"天童也点头，"工作什么的，根本就没在我脑子里。"

"胡说八道。高濑小姐，我们去那边房间吧，搭理这些家伙的话，就没完没了了。"

"哎？喂！小幸——"

"才没那回事呢。"

"你这是犯罪！把人还回来，还回来！"

"可恶，把人家说的跟绑匪似的！还有，别在客人面前叫我小幸啦。"

吉田小姐做出要揍两个男人的架势，伴之以一阵大笑，接着要把高千和我领去另一个房间，就在此时——

"你之前说的有话要问，是指华苗的事情吧？"

一个软乎乎的、好像小孩子撒娇一样的奇妙的声音响起来。我们回过头去，有位眉目如画的美男子正靠在没点火的壁炉上，乍一看好像和我们同龄，但从眼角已经有了皱纹的情况来看，也像是过了三十。事后问了下，原来他已经四十四五了，真是个不折不扣的娃娃脸。

总之，从他的话中可以知道，吉田小姐好像已经预先把我们的来意大致向各人传达过了。

"是吧，那又怎么样呢？"

"既然如此，就在这里当着大家的面讲不好吗？"

他傻呵呵地笑着，好像要特意强调那口白牙似的，声音则好像掺进了纳豆一样黏黏糊糊。以这种方式讲话的人大多很难让人听清他说了什么，但这个娃娃脸的男人大概是下了很大的功夫研究过发声法吧，话语本身清晰明了。

"若是华苗，这里所有人都认识她。如果有幸江不知道的事情，可能会有其他人知道。所以就在这里讲比较好，没错吧？"

"是啊是啊。"清水猛点头，"广国偶尔也会说些好话的嘛。"

看来那个有着娃娃脸、讲话像纳豆一样的人名字是广国。

"那么，我就直接问了，"高千环视众人，"华苗小姐为什么要自杀？"

"不知道哎。"广国以一种微妙的自恋架势耸了耸肩，"至少我不知道。这里有谁知道吗？我想多半没有吧。"

"那天晚上，在这里的时候——"现在开口的是一位留着波波头、五十岁上下的女性，"根本一点都看不出那种迹象。"

"华苗小姐在去年平安夜参加了在这座屋子里举办的圣诞派对。在那之后，就自杀了对吧？"

"是的，的确是这样没错。"

"在派对上，她和平时有什么不一样吗？"

"完全没有。是吧？"转动着夹在指间的香烟，波波头寻求在座诸人的同意，"说起来其实还比平时显得更开心，说什么'都等不及婚礼了'诸如此类的话。那之后竟然会马上跳楼，简直让人不敢相信。"

"也就是说，是从这里离开之后，发生了什么事情导致她自杀，对吗？"

"这个嘛，谁知道呢。"做答的人是吉田小姐。"这件事情，去年警察也问过了，所以我记得特别清楚，那天晚上，华苗回去的时候是十一点半左右。她从这里乘了出租车——"

"出租车？"

"是的。然后，她跳楼的那座公寓，从这里出发开车应该差不多要三十分钟吧。平时应该不用那么久，但因为是年末，主干道到处都很拥挤。这些都是警察说的，所以不会错。"

"三十分钟吗……"

"是的。之前你说你们正好目击了华苗的自杀？"

"没错。"

"那你们应该很清楚了，华苗跳楼的时间是刚过午夜零点，也就是刚下出租车以后。顺便一提，警察还告诉我们，把疑似华苗的女性乘客在公寓前面放下的那位出租车司机也做证确认了那个时间。所以呢，我想说的是，华苗从这里离开以后，直到抵达现场之前，一直都在那辆出租车上，没有去过其他地方。如果在这三十分钟里，发生了什么事情导致她决定自杀，那应该也是在出租车里，这可能吗？我表示怀疑。"

"会不会是收到了什么坏消息？"清水说道，"通过电话。"

"电话？怎么弄？她又没有手机。"

"出租车有无线电话。可能是通过那个？"

"怎么可能。虽然不知道是谁带来了坏消息，可是那个人怎么会知道华苗乘上了那辆出租车？"

"那个，我有点事想请教——"

"什么啊？"快快不乐抱着胳膊的吉田小姐笑着转向高千。

"华苗小姐从这里乘上出租车的时候，有没有告诉司机去哪里？回自己家，还是御影公寓？"

"这个啊，我不清楚了。"

"但是，一个预计要花三十分钟才能到的地方，差不多三十分钟就到了，出现这种情况，是因为一开始就指定了目的地让出租车开过去，这样想很合理吧？"

多半就是这样的——我尝试着在脑海中的地图上确认各个地点的位置关系。

此村家和御影公寓中间隔着吉田家，两者的方向正好相反。若是华苗中途才改变主意，再加上又是交通拥挤的时段，想必会损失相当多的时间。

"唔，是吧，肯定就是这样的。"

"现在，我想问一下——"高千给我递个眼神，让我把专程带来的那件"礼物"拿出来，"这件东西，哪位有印象吗？"

得到的反应只是一阵奇妙的冷场。我请所有人都传看一遍，但每个人都只是一脸困惑地立刻交给了身边的人，一眨眼的工夫就转了一圈，又回到我的手上。

"这是什么？"吉田小姐的手依然揽在高千背后，身体紧贴着她，"好像是件礼物？"

"我们觉得，说不定华苗小姐去年是带着这个来参加派对的。"

"啊？是吗？有人记得吗？"

"华苗的礼物吗，我不记得收到过呢。"

"谁会送你礼物啦！谁要送啊。"

"但是我不记得了啊。"

"都一年前了。"

"她没带那种东西来啦,绝对没有。"波波头说得斩钉截铁,"要是带来的话,肯定会有人问她的,打算要送给谁。"

"对哦,这么说的话,是这样呢。"

也就是说,更大的可能是华苗小姐在离开吉田家以后,乘出租车到了"Smart-In",在那里买了这件东西,而不是在派对之前预先买好。

"这样啊,我明白了。那么我们——"

"啊,说不定那个是——"

高千正以眼神示意我该回去了,一个声音冒了出来,那是位坐在摇椅上的女性,笔直的长发异常地黑,光泽闪耀,感觉像是某家高级俱乐部的妈妈桑。"华苗小姐准备送给打电话来找她的那个人的?"

"电话?"

我们到访以来第一次,所有人的视线都从高千身上移开,集中到那位好像妈妈桑的三十岁上下的女性身上。

"等等,你说什么啊,京子?什么电话?"

好像连吉田小姐也是第一次听说。

"呃,我是直到现在才刚刚想起来,那天晚上,确实有个男人打电话过来。喏——"被称作京子的她,以眼神示意放在摇椅旁边台座上的无线电话,"那天晚上我也是坐在这里,同一张椅子上,所以就接了电话,然后是个男人的声音,问此村小姐在不在——"

"会不会是她未婚夫啊,就是我介绍他们认识的,初鹿野先生。不是他吗?"

"不,不是的,我之前见过初鹿野先生。他两年前来参加派对的时候见过，后来又碰见过他们两人在街上约会，还为此取笑过华苗呢。所以，如果是初鹿野先生，那时我应该听得出来。完全不一样。他不是那种声音。"

"那会是谁？"吉田小姐从高千身边离开，奔向京子女士，"到底是谁呢，那个男人？"

"他没报名字吗？"天童也一脸正色，"就只是让华苗接电话？"

"也不是。这么说起来，好像他说过自己是谁来着。"

"快想起来啦。"清水说，"责任重大啊。"

"说起这个……我当时好像觉得，好奇怪的名字啊。或者说，一开始都没意识到那原来是个人名。"

"想不到是人名？"

"那就是物品，还是别的什么？"

"好像就是那样的感觉，呃——啊！对了对了，我想起来了，是 Kuruma 啦。"

"Kuruma？ Kuruma 的话，是指汽车那个 Kuruma？"

"字怎么写的我不知道，但他的确说自己是 Kuruma 来着。"

"Kuruma——这样啊。"

"然后呢？后面怎么样了？"

"没怎么样啊，我就转告华苗，跟她说'有你的电话哦'。"

"然后？"

"没什么然后，就是这样了。"

"华苗的样子如何？她去接电话，有没有心神不定，或诸如此类的感觉？"

"没有。没什么特别的，就是'是吗'这样，很平常的反应。态度很温和。唔，因为她对任何人都很温和，所以我没觉得有什么特别不同的地方。"

"派对以后——"

高千一开口，所有人的视线再度集中到她身上。

"华苗小姐没在电话上说什么吗？比如，在派对以后和那位 Kuruma 先生会面什么的？"

"不知道啊，没听那么多啦。叫她听电话以后的事情我就不记得了，完全没印象。大概是跟其他什么人去聊天了吧。但是，那个电话以后，华苗的样子应该也并不反常，如果有的话，因为就紧接着男人打来的电话，我肯定会记得的。"

"这件事情你告诉过警方吗？"

"没有。刚才也说过了，直到刚才为止，我完全忘得一干二净了。"

从她略带不安的表情和语气来看，或许在事件的第二天是因为宿醉而没能想起来，但从那之后直到现在都完全没想起来，这说法到底是真是假就感觉微妙了。也许是觉得要把之前忘记说出的事实再主动去向警方报告太麻烦，所以有意识地保持了沉默也说不定。

"喂喂，"天童极其夸张地仰天长叹，"真是让人没辙的家伙啊。"

"这不能怪我呀。那天晚上喝了不少酒，听到消息的第二天还在宿醉状态。再说就算想了起来，我也没想到会跟自杀有关啊。"

"喂喂，正常都会想到这可能是有关联的吧。毕竟那可是男人打来的电话呀。"

"话是这么说——"

"总之，事情就是这样的啦，"广国忽然从旁杀出，摆出一副自己是主角的神情总结道，"那件'礼物'是华苗从这里回去以后，买了准备送给那个叫 Kuruma 的男人的。只能这么想了。"

"我明白了。各位，非常感谢。"

"那么,正事办完了,来这边坐会儿放松一下吧。"

"抱歉。我们必须要走了。"

"哎?!"

天童和清水发出了表示抗议的惨叫二重奏。

"不可以啦!那样绝对、不、可、以!"

"稍微放松下再走啦,好不好?"

"抱歉,真的一定要回去了。"

"怎么这样啊。你们现在就走的话,场子的气氛一下就没有了啊。"

"那我们下次再联络吧。电话号码告诉我,好不好?"

"可以啊。"

"真的?"

"真的。"高千带着满意的微笑,朝我扬了扬下巴,"请问他去要吧。"

"哎?那是什么意思啊。"

"若是他认为可以给的话,就会给你咯。"

"那么,你!"清水带着一脸死钻牛角尖的表情,朝我凑过来,"可以告诉我的吧?"

"呃……这个……唔——"

我犹豫不已,可是仔细一想,根本没什么好犹豫的。因为我并不知道高千的电话号码。我的房间原本就没拉电话线,所以不只是她,朋友们的电话号码,我基本都不知道。

搞什么啊。所以高千才会那么干脆地说告诉对方也无妨吗,我想通了。可是清水他们想不通。

"嘿,你知道的对吧?可以告诉我们吧?拜托了,好不好嘛。"

"这个……是问我吗,这样啊,呃,恐怕我无能为力,所以呢……"

我像进行国会答辩一样地东拉西扯，此时吉田小姐伸出了援助之手：

"蠢死了你们几个！哪有人会把女朋友的电话再去告诉别的男人的？好啦好啦，散开散开，都适可而止，死心吧。"

"哎——怎、怎么这样……"

"之前不是说要把工作忘掉的吗？"

"所以我也说过了啦，脑袋里根本就没想什么工作啊。"

"那不就好了吗，真是的。"

"可是可是，如果她不在了，我都不知道这派对是要开来干吗的嘛。"

"胡说什么啊，真是本末倒置。她本来就是临时登场的啊。"

"可是这样的夜晚，你看，得有美女光照才像话啊。"

"要说光彩照人的美女，这里也多得是嘛。"

"哪有——全都一把年纪了好不好。"

"哇，真是对不住呢，年纪一大把了。啊啊我生气了！都回去好了，你们几个！"

"啊，抱歉。小幸，刚才都是胡说，是胡说的啦。"

"别叫我小幸。快点给我回去！"

"对不起。都是我不对嘛。"

幸江小姐成了防波堤，替我们拦住还磨磨唧唧想纠缠下去的清水等人。向她道过谢后，高千和我立刻离开了大厅，朝停车场走去。正要上车的时候——

"喂——等等我啦。"

好像纳豆一样拖着尾巴的笑声追了上来。不用回头就知道，那是广国。

"我说，"他哧溜一下把身体挤进高千和驾驶座这边的车门之间，"真的回去了吗？"

"对不起，我们很忙。"

"我还想再见到你呢。"

"有机会的话。"

"那你当然会为我制造机会的对吧？"

"我觉得还是顺其自然比较好。"

"我喜欢上你了。"

"请你稍微谨慎些吧，我男朋友就在这儿呢。"

"哎？"

趁着广国被我分心的间隙，高千坐进了驾驶席，立刻发动引擎。我也慌慌张张地蹿进副驾位。

"哎，等下嘛——哎！"

不等副驾驶这边的门完全关好，车子就开了出去。排气音消弭了死缠着追上来的广国的呼喊，汽车向着夜间的道路飞驰而去。

"还是在电视上比较男人啊。"手中握着方向盘，高千低语道。

"啊？"

"就是那个广国什么的。你不觉得他还是在电视屏幕上显得更帅吗？"

"他是出现在电视上的人？"

"哎呀，你没发现？哦，对了，匠仔你家里没有电视呢。我说你，也稍微有点儿文化生活行不行，别一有钱就全部喝掉啦。"

"电视嘛，在学长家里也常常看啦——他是演员？"

"婚外情电视剧什么的，他经常出场。你没见过那张娘娘腔的脸？"

"没，我不认识啊。早知道的话，就问他要签名了。"

"啊？等下啊，匠仔。你竟然要男演员的签名？要来干吗？"

"卖给粉丝。"

"……卖掉以后要干吗？"

"用卖来的钱去'三瓶'喝酒。"

"啊啊，匠仔！我真是太爱你这一点了。啧！"她夸张地咋舌，极尽能事地挖苦，"啊啊真的是，太喜欢了。"

"唔，实在是承蒙夸奖，多谢多谢。"

"你若喜欢的话，我随时随地都能说给你听哦。"

"话说回来，我们去御影公寓吗？"

"当然。"

"华苗小姐从吉田小姐家告辞以后，去见了打来电话的那位Kuruma——"

"这种可能性很大。"

"然后，如果华苗小姐乘出租车赶去赴约的地方是御影公寓，那就可以认为，Kuruma是住在那里的。"

"没错。看来这件'礼物'总算要找到归属了啊。"

到了御影公寓，我们首先去检查大厦的住客信箱。

大概有四十多家的信箱，但是其中有差不多一半没贴名牌。而贴了名字的那些，我们也没找到一个姓氏是可以读成Kuruma的。

"不是住在这里的人吗？"

"没贴名牌的有很多，是单纯地空着房子呢，还是虽然有人住，但故意没有贴出来？"

"谁知道。大概两种都有吧。"

因为地理位置的关系,安槻大学有不少学生住在这里。而说到学生,我的情况也是一样,与其说故意,其实大部分人只是单纯觉得麻烦所以才不把名牌贴出来。

"也就是说,只要Kuruma确实是那个人的姓氏,那么他住在这里但只是没有贴出名牌的可能性还是存在的。"

为了收集信息,我们决定到"Smart-In"里面去看看。幸好——也不知道是不是该这么说——这次没见着昨晚那位名叫大庭的安槻学生。店里只有一个站在那里看免费杂志的男孩,没有其他客人。

收银处站着身穿统一店名衫的中年男女。以前在店里买东西的时候见过他们,因为有着这种熟悉感,感觉会比较好打交道,便上前询问。这一问才知道,原来他们就是这座大楼的拥有者种田先生的次子夫妇。

本来我一直以为"御影"就是大楼主人的名字,但现在看来并非如此。那为什么要叫御影公寓呢,我们提出了这个问题,然后得知,种田店长的父亲、大楼的管理人之所以会想到这个名字,其实就只是因为他喜欢御影石来着。

不知是因为店里比较空,还是因为我们常来买东西所以已经成了熟脸,又或者是被高千的美貌吸引,总之种田店长很配合,告诉了我们不少事情。

"对了——"高千取出那件"礼物","去年平安夜应该有人买了这个,请问您还记得吗?"

"你是说——去年的平安夜?"店长第一次露出了不解的表情,"这个啊——"

"听说当时是一个名叫今村的安槻大学学生在店里当值。"

"哦,你这么说我就想起来了,确实那天晚上是我和今村君在店里。通常今村君放长假的时候都是回老家不在这边,但就是去年的年末,说手头太紧还是什么的没回去,在我这里上班来着。对的。想起来了想起来了。但是包装礼物嘛我就不记得了。说是平安夜,可是客流什么的跟平时相比也没有太大变化。因为是一年前的事情了所以不太肯定,但确实是没有印象了。"

我努力回想去年平安夜在这里买下咖啡杯装布丁时的场景。在收银处为我包装并且绑上缎带的店员,我记不清那人的长相了,但不是种田店长。我还记得那是个感觉是来打工的年轻人。也就是说,为这份"礼物"和我们六人的交换礼物进行包装的,大概是那位今村君吧。

我们想问一下今村老家的联系方式,但是种田店长说只知道他本地的住处。雇用打工者的时候,应该收到过简历,所以我觉得他不可能不知道,不过看来讲讲其他话题倒是无妨,但涉及店员的个人隐私时,他还是很谨慎不愿意随便泄露的。其证据就是,他甚至还说不知道把三年前收到的简历放到哪里了。我觉得文件管理不可能如此混乱,所以应该将之解释为他不想告诉我们吧。当然,有这种谨慎的态度很正常,我们也理解,并没有继续追问。

顺便又试着问了下有没有名叫Kuruma的人,店长告诉我们,有关御影公寓的事情要去问他父亲,即公寓管理员,于是我们决定马上就过去看看。据说管理员住在大厦的一楼,房间位于"Smart-In"的后面。

按响"种田"名牌旁边的电铃,一个混杂着咳嗽音的老年人声音应答道:"来啦。"

"对不起,这么晚来打扰十分抱歉。"高千语声高雅,有若深闺里的千金小姐,"这座公寓里,有没有住着一位名叫Kuruma的先生?"

一声咳嗽:"谁?"

"Kuruma 先生。"

"我是问,你哪位?"

"我叫高濑,是安槻大学的学生。"

"学生啊?"

"是的。"

"请稍等一下。"

声音消失了,然后安静了好几分钟。该不会说了句稍等以后就把我们的存在给忘了吧,我不由得担心起来,这时玄关的门终于打开了。

出现在眼前的老人脑袋光秃秃的,带一副圆圆的眼镜。看来他就是管理员种田先生了。或许因为先入为主吧,我感觉他与刚才那位"Smart-In"的店长先生十分相像。老人来回打量了我和高千片刻,结果对着高千开口了:"你说的 Kuruma 先生,是这位 Kuruma 先生吗?"

说着,他递过来一份文件,骨节分明的手指着某个地方。我定睛一看,看到了"来马卓也"这个名字。

"这个,读作 Kuruma 吗?"

"是的。在我这边的住客里,说到 Kuruma,就只有这一位了。"

"这位来马先生住哪间房?"

"以前住在最高一层的房间里,不过现在已经不在了。"

"不在?"

"他搬走了。"

"搬走……什么时候的事?"

"唔，今年春天——差不多那时候吧。"

"去哪里了？"

"不知道，具体我也没问，不过大概是回老家了吧。因为之前好像说过要辞掉工作，回去继承家业什么的。"

"那他老家的住址，您知道吗？"

"这个嘛，呃，你们和 Kuruma 先生，究竟是什么关系？"

高千让他看了"礼物"，开始讲起为什么会来这里的种种经过。说到一半时，或许是看出这件事情一时半会儿讲不完，又或许是对之产生了兴趣，老人说着"好啦，请进来坐吧"，把我们迎入了房间。

我们跟着老人来到起居室，这里相当宽敞，大概跟公寓里的其他房间规格不一样，对独居而言，感觉稍微大了一点儿。不过话说回来，还不知道他究竟是不是独自生活。

虽然只是速溶的，但老人特意为我们泡了咖啡。

"这样啊，去年的那件事情对吧？"

"管理员先生也够受的吧？"

"嗯，是啊。一开始，警方很自然地以为跳下去的是这座公寓的住客。所以，就来问我了，有没有见过跳楼的女子。然后我就说，我没见过那张脸。可是，有个警官态度很硬，说什么'不可能，再给我好好看看'之类的，所以我也来脾气了，就跟他们说了，总而言之，就是因为这附近没有其他的高层建筑，所以想跳楼的人都跑到这里来了。我说的，就是从现在算起五年前，也出过一样的事情。"

"五年前……"

"哎呀，我说漏嘴了呀。"

说是说漏嘴，种田老人却并未打算就此缄口。后来我才知道他是独居老人，妻子已经去世。他大概非常想有人跟自己说说话，所以才会这样,看似不乐意提及,却还是滔滔不绝地讲起了这个正常情况下对公寓管理而言极不光彩的话题。不过也可能他平时就是个话特别多的人。

"其实,都不知道这是有多巧,五年前——就是这幢大楼刚刚建成的那年——也是在平安夜,有人从这里跳楼了。"

"在平安夜……"

"是啊。大概也是巧合吧,同样是从最上面跳的。到底为什么老是从这里跳呢,果然还是因为附近没有高楼吗?"

"您说的五年前的跳楼,究竟是什么人呢?"

"是这附近鸟越女士的外孙,名字叫鸟越久作。他死的时候才刚刚十六岁啊,出事的平安夜那一天就是他的生日。"

"平安夜是生日……"

"而且,那年春天,他刚刚升入高中。"

也就是说,如果还活着,他比我和高千都大一岁。

"您刚才说是附近,那么那位鸟越君也不是这幢公寓的住客?"

"嗯,不是的。"

"可是却特意跑到这边公寓来跳楼?"

"是啊。唔,不过久作君的情况是,从自己家走到这里也用不了五分钟,所以还不至于说是'特意跑来'这么夸张。但是,有件事请很奇怪,去年自杀的那位,呃——"

"您说此村小姐吗?"

"跟此村小姐的情况一样,听说没有遗书。"

"没有遗书……"

"嗯。而且对于他为什么要自杀,没有一个人知道原因。毕竟久作君那一年通过了海圣学园高中部的入学考试,刚开开心心成为一年级新生来着。"

海圣学园,昨天初鹿野先生的口中也出现了这个名称。这是县内首屈一指的私立学校,听说因为是初高中一贯制教育,所以从外校进入高中部的入学考试相当之难。

"若是考试落榜了还能理解,可是却在通过考试的那一年,所以真的是……听说他本人也很高兴的。真是太奇怪了。为什么会自杀呢?"

"但真的是自杀吗?"

"最后是这样的结论。虽然没有遗书,但在最高一层的楼梯平台上,久作君的鞋子摆放得非常整齐。就算是一时冲动,也是做好了心理准备才自杀的吧。我是完全不明白啦,不过那正是多愁善感的岁数嘛。自杀的人也就罢了,留在世上的人可就受不了了。"

种田老人好像莫名地触动了自己的心事,变成了发牢骚的语气。"刚才也说了,久作君是我认识的人的外孙。她叫伊织子,是从前的安槻小姐。话虽如此,倒是不知道她有没有参加过选美,不过总之是不输给你的大美女啦,而外孙就是她的骄傲。"

"那么,失去外孙的时候,想必相当伤心……"

"何止是伤心,整个人都枯萎了。在外孙刚刚去世的那段时间,她有好一阵子卧床不起。后来,眼看着人像是恢复了,却变得痴呆了,出现了这种病必然会有的症状,没事儿就四处乱跑。"

完全是感同身受的恳切语气。"她在大冬天的寒气里,穿着薄薄的衣服,还光着脚在街上漫无目的地走来走去。听我儿子儿媳说,她也经常来我们家店里。脑子已经痴呆了,经常说些好像久作君还活着一样的话,买下各种各样东西,说是要送给外孙什么的。我儿子媳妇也可怜她,就先顺着她的意思卖给她,之后马上联系鸟越家里,让他们接她回去。我自己也遇到过好几次。关键是，她会把那些辛辛苦苦买下的东西特意放到久作君跳楼的地方去，难道是当作'供品'吗？这可真是太矛盾了啊，明明觉得外孙还活着，怎么又去给他上供呢。大概她自己也时常犯糊涂吧，弄不清久作君到底是活着还是死了。唉，真是够呛，那之后没活太久，嗯，对她本人而言也算是件好事吧。"

"也就是说，那位外婆她已经——"

"嗯，死掉了。是去年的事情。她在冬天里还是穿着很薄的衣服跑到外面转悠，回家以后就得了肺炎。因为已经到了这把年纪，最后没能扛过去，走了。真的是，人生不过如此啊。"

老人的眼睛微微泛起了红。"家里但凡有小孩自杀的，之后都一样，很难熬。鸟越家也是弄得四分五裂。"

"四分五裂？"

"久作君的父亲，说起来是鸟越家的上门女婿来着。唔，之前就已经有这样那样的问题了，但在儿子自杀以后，夫妻俩的吵架就没停过。久作会自杀，都是因为你没教好——诸如此类的话。总之，就是都把不好的责任往对方身上推。最后离了婚，丈夫离开鸟越家。到头来剩下的，就只有伊织子的女儿一个人——要说，真是天翻地覆啊，明明看上去是那么幸福的普通人家，因为外孙的自杀，所有一切都……"

"——说起那对鸟越夫妇，"不知在想什么，高千问道，"莫非，他们俩都是上班族？"

"嗯？哦哦，是啊是啊。确实是这样。女婿在一家食品公司工作，女儿和见，当时在文化教室教授电子琴还是什么的。"

"那也就是说，久作君大部分时候是由外婆照顾的？"

"听说是的。因为父母经常不在,所以很自然地,伊织子女士就照顾起外孙了吧。"

"说到伊织子女士,她是不是那种特别热心于教育的类型?"

"是啊。听说在复习迎考的时候,她也代替做母亲的一直紧跟在外孙身边照顾他。因为这样,后来久作君通过海圣入学考的时候,伊织子那种高兴的心情,那真的是非常非常高兴。"

为什么高千会突然问这种问题,我一下子没想明白。而且她的样子也有些古怪,我无意中看了一眼,发现她叠放在膝盖上的双手微微地发着抖。到底是什么事让她这样大受打击?

"……也许是没能留下遗书,而不是没有留下——"

"嗯?你说什么?"

"啊,抱歉,没什么。不过话说回来,来马先生——"

"哦哦,来马先生。照你刚才说的,自杀的此村小姐大概是打算把那份'礼物'送给来马先生的,是这意思对吧?"

"是的。所以尽管为时已晚,我们还是觉得应该把它交给来马先生比较好。"

"明白了。请稍等一下,我去查一查。"

"拜托。还有——"

"嗯?"

"刚才您说,您告诉警察,不记得见过此村小姐,但在这一带附近,您一次都没有见过她吗?"

"印象中是没有。再说,她本来就不是这一带的居民啊。"

"虽然如此,那比如说,来马先生住在这里的时候,她也没来过他的房间吗?"

"那谁知道啊。我又不会对住客的生活样样都去打探清楚。"

"也对。"

他告诉我们来马卓也的老家地址,是在安槻市旁边再旁边的城市,单程距离大概有八十公里吧,这下子又有相当"远方"的关系人物出现了。事先备好车辆的高千真是有先见之明。

高千站起身来,低头致谢:"太感谢您了。"

"没事没事,很荣幸能跟你这样的大小姐聊天,我也很高兴。感觉像年轻了三十岁哪。"

看来这一次,不管去哪里,高千都是沐浴在男人们的赞美声中。这么说起来,迄今为止她几乎没什么机会离开校园走到"外面"去不是吗?虽然也有几份家教在做,但是也没什么理由与"外面"积极往来。说不定这一次就是证明高千的影响力在"外面"世界也同样管用的巡礼;多亏有她,我们才得以从各色人等那里顺利得到回应。

"等等,这么说起来……"

一直把我们送到玄关的种田老人,忽然露出困惑的神情。高千也停下了脚步。

"什么事?"

"呃,刚才突然想起件怪事——抱歉,刚才的'礼物',能让我再看一下吗?"

我不自觉地望向高千,经她眼神许可后,将"礼物"递给了种田老人。他口中"嗯嗯"地低哼着,把眼镜举高一些然后又放下来。

"这是——"

"怎么了?"原本正要穿上鞋子的高千,转身走向种田老人,"有什么不对劲吗?"

"没,我不是说这件东西本身怎么样——那位此村姑娘,在去世的时候带着这个吗？看这包装纸，好像是在我们店里买的东西——"

"是啊。那怎么了？"

"没，呃，我是想说，这真是太巧了。"

"巧……您指的是？"

"就是我刚才说的那事呀。五年前去世的鸟越女士的外孙，听说他在跳楼的时候，也带着这样的'礼物'；而且也同样是在我家店里买下，包装起来再扎上缎带，完全就像是圣诞礼物的样子……"

"——明天也还是要用车啊。"高千握着方向盘，一边低声说道。

"是啊——这么说，你打算明天去来马先生的老家？"

"嗯，我想今晚先打个电话过去。毕竟要去的话单程就要两小时，如果去了人不在家的话就很头疼了。"

"明天吗，打算几点去？"

"要看对方的时间吧——匠仔，你明天也要打工是吗？"

"嗯，不过没关系啦。申请换个班就好了，反正现在也不是旺季，没那么忙，而且老板其实很好说话的。"

"这样啊，虽然觉得过意不去，不过你这样做的话，我很开心。"

"小事一桩啦。只不过就算我跟着也派不上什么用处咧。"

"没有啊，没那回事的。"

"啊？"

"要是一个人的话，我会害怕哟。"

虽然是玩笑的口吻，但我立刻就知道了，她是认真的。

"害怕？"

"害怕看见真相。"

"真相——你指华苗小姐的自杀？"

"嗯，自杀的理由。"

"这么说起来，刚才你也说了奇怪的话呢。五年前在同一个地方自杀的高中生，不是没有留下遗书，而是没能留下——大概这个意思的。"

"你听到了啊。"

"那是什么意思？"

"如果华苗小姐是因为我想到的那个理由而自杀，那么五年前那个高中生多半也是因为同样的理由选择去死吧，我觉得。"

"同样的理由，那是——"

"现在还不能说。我害怕说出口来。而且，说不定是我想太多了，如果是这样就太好了——总之，全都等到见过来马先生以后再说吧，好不好？"

"可以啊，不过——真的是巧合吗？"

"什么？"

"五年前的事件和去年的事件。总觉得两者之间实在太相似了……"

"我想是巧合吧。如果不是巧合，那就是华苗小姐特意选了那里去自杀。那是为什么呢？世人没有看穿的五年前那位高中生自杀的原因，她因为某种契机看明白了；由此感觉到某种冥冥之中的联系，就选了这同一个地方作为自己赴死的场所——会是这样的结论。"

"但是……"

高千所说的事情我好像可以理解，又好像不太明白。不过，其中也有几处明显的矛盾。

"如果华苗小姐是因为跟过去那次事件的缘分，从一开始就选择御影公寓作为自杀的地方，那么这份'礼物'里装的是什么都无所谓，单纯就只是重复五年前事件的形式,对吧?还有,虽然我也不是很明白,但这么一来,就感觉好像来马先生跟这次的事件完全不相干了……"

"是的,你说得很有道理。匠仔。"

"那么——"

"但是还不清楚,现在我还什么都不清楚。总之,我想还是先去见见来马先生,然后再重新思考一下。关键是,现在都还不确定,这位来马先生和去年平安夜打电话到吉田宅邸找华苗小姐的Kuruma是不是同一个人呢。"

因为原本约好漂撒学长的车只借用今天一天,所以必须得先还给他,然后请他同意明天再借我们用一天。

"哟,你们俩。"

到了学长的家里,发现他并不是一个人。鸭哥,也就是鹏田老师,和他的未婚妻弦本绘理都在,三人正在一起喝酒。

"辛苦了。怎么样?哎呀——"注意到我手上拿的"礼物",学长的肩膀一下子耷拉下去,"什么,又白跑一次啊。"

"但是总算找到目标了。那么小漂,明天也能把车借我用吗?"

"可以啊,要去哪里?"

高千说了来马先生老家的地址,漂撒学长重重叹息一声:"要去那么远的地方'出差'啊。本来是很轻松地拜托你一下的,怎么好像搞成很严重的事情了啊。真对不住。"

"嗯,没事啊。总不能半途而废嘛。"

"真是对不起啊,高千。"

"别在意别在意。"

"真的吗？感觉你最近心胸很宽广啊，怎么讲，简直像是女神一样了。而且今天也穿得超有品位哦。"

"奉承话就免了吧。"

"才不是奉承哟。平时那种特别性感的着装当然也非常好啦，但是现在这样，怎么说，好像严厉的女教师那样的禁欲感，反而感觉特别色情，我整个人都要燃起来了。"

"燃就不用燃了吧，小漂，借你电话用一下。"

"哦哦，请随便用，打到国外都没事哦。"

高千朝电话机走去，学长从冰箱里拿来罐装啤酒。我接过啤酒，朝绘理和鸭哥笑道："今天是来提前庆祝吗？"

"嗯，算是吧。"

三天后就要举行婚礼了，或许由于紧张的缘故吧，鸭哥的表情比平常更生硬。本来就已经是长了一张"生气脸"的人，现在简直已经达到了悲壮的程度。要是让不认识的人看到，简直要误会他是对结婚的决定感到后悔了。

"再最后商议一下流程。"就连平常从来不为外物所动的现代女孩绘理，笑容也显得有些僵硬，"对了对了，我很期待哦，匠仔的歌。"

"啊？什么歌？"

"余兴节目哟。"漂撒学长把一张从打字机上打印出来的纸唰啦一下戳到我面前，"这个，看到没，流程已经全部排好了。要认真练习哦。"

"我不会唱歌啦。"倒不是自谦，我是个完全没有音乐细胞的人，"不行的啦。"

"什么啊，只要有心意在就足够了嘛。"

"拜托请放过我吧。"

"高千、小兔、小鸭,还有小池,所有人都要唱的哦。就连白井教授也一样。这种情况下,就只有你一个优哉游哉的,世人不会原谅你哦。"

"怎、怎么这样……"

"少啰唆,事已定局了。这个话题先放到一边——"他做出个把东西挪到旁边的动作,同时偷偷瞥了眼正在打电话的高千的背影,"到底怎样了?"

"关于'礼物'吗?情况的进展比之前想象的还要复杂。"

"所以我就问你到底是怎么样的。"

"呃……这个,请你问高千吧。"

"你说什么啊?你一直都跟高千在一起行动,结果什么都没搞清楚?"

"没关系啦,匠仔。"大概是明白了我的犹豫,高千用手盖住话筒,回过头来,"请你跟大家说明吧。"

"知道了——其实,事情是这样的。"

我把截至目前所知道的情况,包括五年前的高中生自杀一事,全都说了一遍。

"这个确实很奇怪啊。"鸭哥探出了身体,"五年前和去年,就说是巧合,共同点也未免太多了。"

"是啊。"漂撇学长好像总结陈词似的,抱起胳膊,"首先,是从御影公寓的最高一层,也就是八楼上跳下来这件事。然后鞋子在楼梯平台上整齐摆放着,去年华苗小姐还有外套放在旁边,不过总之也把这一条列为共同点好了。然后是两人的遗书都没找到,而且身边的人谁都想不出其为什么要自杀。何止想不出理由,事实上那两人都正处于最幸福的时候。五年前的高中生通过了非常难的海圣学园入学考，而华苗小姐马上就要跟心爱的未婚夫结婚。"

"还有最关键的，"绘理也表露了好奇，"就是两人都是在平安夜的那一天跳了下来，而且同样都带着在'Smart-In'买的'礼物'……这么多要素集合在一起，真是只是巧合吗？"

随着她的这番话，去年平安夜的情形在脑海里鲜明地浮现出来。今天集中在这里的，都是去年在场的成员。不——只有一人缺席。

是大和，也就是东山良秀。去年这个时候，绘理的男朋友是大和。如今，她是鸭哥的未婚妻。

鸭哥已经请了曾经交往过的药部裕子小姐参加婚礼，那绘理怎么样呢？她打算邀请大和吗？虽然此前从未有过这样的念头，但是忽然之间，对这件事好生在意起来。

绘理在去年平安夜的这个时段，已经确定要去自己家乡的保险公司上班了。但是后来她干脆地放弃了内定的职务，甚至也没有回父母身边，而是开始在安槻打工度日。

理由是，她开始跟鸭哥以结婚为前提进行交往。说是如果离开安槻，就无法跟鸭哥一起生活了。

"话说回来，匠仔，五年前那位高中生带着的'礼物'究竟是什么？"

关于这个问题，我多希望提问的是漂撇学长啊，或者鸭哥也行呀。可偏偏这么不巧，是绘理问出了问题。

"不，那个吗，呃，其实，那个——"

"什么？你不知道里面装了什么东西？"

"不是，我知道的。但是，这个，呃，是稍微有点奇特的东西——"

"奇特的东西？"

"说是……杂志之类的吧。"

"杂志……哪种？"

"呃……就是合订的，然后全彩页——"

"我说你怎么就这么不得要领呢。"漂撇学长很是焦躁地打断我，"全彩也罢单色也罢，随便怎么都好啦。问你的是，那是什么内容的杂志啦！"

"内容嘛，嗯，是成人的那个。"

"啊？"

"就是登了女性裸体照片什么，总之……就是那一类的杂志。"

"也就是说，色情杂志？"

"唔，就是那种东西。"

"欧美的吗，还是日系的？"

因为觉得是来到了自己的"擅长领域"吗，漂撇学长的呼吸变得急促，问出的问题比全彩还是单色之类更加不知所云。

"欧美系。是那种欧美著名杂志的日语版。"

"但是为什么会是这种东西？"

"那我就不知道了。"

"那本杂志确实是那位高中生本人在'Smart-In'买的吗？"

"看来是的呢。说是警察取得了确证。"

"可是，特意让人包装起来再扎上缎带，那位高中生应该是想把这份'礼物'送给什么人吧？"

"正常想来应该是吧，打算包装得漂漂亮亮的，送给好朋友这样。"

"既然如此，为什么在送出去之前就自杀了呢，而且还自己带着那样东西？"

"不懂。在这一点上，也和去年此村华苗小姐的情况完全一样。"

"唔——"

漂撇学长一边进行着上述的提问，一边也没停下手上的动作。他娴熟地从冰箱里取出冰块，在平底玻璃瓶里调着酒，然后再一一递给大家。其他方面姑且不论，一遇到饮酒的事情就很认真，这方面我们俩真是意气相投。

"其他呢，还有什么共同点吗？"

"这个嘛……就这么多了吧。"

"还有一个哦。"鸭哥提高了声音。因为对这个话题很感兴趣吧，他的眼睛闪亮得出奇。

"什么？"

"海圣学园啦。"

"啊？"

"就是说，五年前的高中生是海圣学园一年级对吧？然后去年那位小姐，她本人，她的朋友还有未婚夫，全都是海圣的毕业生不是吗？"

"但是那能算共同点吗，如果从'跟事件有关'这层意义来考虑的话？"

"嗯，谁知道呢。海圣的学生和毕业生数不胜数，所以理论上说，在出事的那一天，发生其他意外的数量应该也有不少。话说我也是海圣毕业的一员呢。"

之前我并不知道鸭哥是海圣毕业的，不过确实，这一点应该是不相干的。还有没有其他共同点呢，我一边想一边啜着冰水调过的酒，然后忽然想到了——要说共同点，还有一个。

高千向种田老人提问时候的情景。高千是这么问的——外婆是不是那种相当热心于教育的类型？然后，确实如她所说。

鸟越伊织子恐怕是溺爱外孙久作的吧。这一点很容易想象。然后——

华苗身边也有一个人,他对华苗就相当于伊织子对久作。不必说,那是就是华苗的父亲正芳。

(父亲看一下女儿的东西哪里不对了!)

如此怒吼的正芳先生的模样浮现在脑海中,那种自以为是、充满了控制欲的态度!作为控制对象的女儿死去,反而激化了他的控制欲。还有——

还有正芳先生就如同伊织子待久作那样,溺爱着华苗。

一个外孙,一个女儿。

因为两个孩子的死,两个家庭各自变得四分五裂。

鸟越家是名副其实的支离破碎;而此村家,尽管家人还住在一起,却显然已经沦为彼此疏离、感情无法修复的境地。从某种意义上说,这或许是另一大共同点了。

可是……想到这里,我忽然陷入了困惑。这究竟是否可以称为"共同点"呢?个人主观上爱护有加,但客观来说不过是有着自以为是的独占欲,像这样的亲人,每个人都或多或少有那么一两个吧。久作和华苗并不是特别的个例。就算是我,或者漂撇学长,甚至高千也一样,多半也都有那样的亲人吧。

因为这样的"关系"就将两者联系在一起,这和刚才鸭哥所说的把海圣学园作为共同点是一样的,理论上说相关的事件就多得数不过来了。可是——

可是尽管如此,我还是不由得觉得这是一个重要的共同点。说不上是什么原因。好像只能说是直觉了。

不,或许这并不是单纯的直觉。可能因为一直从旁目睹高千询问相关人士时做出的反应,在这过程中我也被她的思考方式传染了。

此时高千挂了电话,回来加入我们的讨论。

"怎么样?"

"说明天晚上可以。"

"这样啊。那么'I·L'的打工,白天的班上完以后再去就可以了。"

"什么?匠仔,你还打算死皮赖脸跟着高千一起去啊?"

"有什么关系。"高千从漂撇学长手中接过啤酒,"说起来他可是我的保镖呢。"

"啊?保镖?!你说匠仔?喂喂喂高千,你这么一说,我都搞不清楚到底是谁保护谁了。"

完全没错。我连反驳的心都生不出来。

"说起来,刚才你们说什么唱歌不唱歌的,这是——"高千看着漂撇学长递给她的婚礼流程,发出了痛苦的呻吟,"慢着,等下等下……'爱的赞歌',高濑千帆,这是什么啊?搞什么名堂啊,这个?!"

"如你所见咯。为了庆祝两位新人开启崭新的人生,请尽情歌唱吧!"

"开、开什么玩……"

像是突然想起鸭哥和绘理也都在座,高千倏地吞下了后面的话。她瞪着漂撇学长,眼里满溢着不甘,要不是新人还在这里,她会把议程撕个粉碎吧。

"……我说小漂,至少曲目可以本人自选吧?"

"可以哦。但是绝对要唱!"

"我知道啦。唔,那么安全起见,就唱《瓢虫桑巴舞》好了。"①

---

① てんとう虫のサンバ,日本乐队组合チェリッシュ(Cherish)发表于一九七三年的代表作,演唱者松崎好孝与松井悦子后来于一九七七年结为夫妇。歌曲描绘了在林中小教堂举办婚礼的甜蜜场面,歌词中写到身穿五颜六色花衣裳的瓢虫们跳起欢乐桑巴舞,祝福新人幸福美满。这支歌曲直到现在都还经常被用作婚礼上的表演曲目。

"噢,很好哎。经典中的经典。"

"匠仔,这个我们来二重唱吧。比起一个人出丑,两个人丢脸要好多了。"

"哎哎哎,无视制作人的意见可不行哦。"

"什么制作人啦。看你那体形是要制作瓦斯气罐吗?话说回来,小漂——"高千打量着学长的手边,"那是什么?"

"嗯?这个?"定睛看去,漂撇学长拿了一沓米色底上画着红线的票券,"彩票。"

"哎?"看起来高千很厌恶这种东西,她露骨地皱起了眉,"小漂你居然有这种爱好?"

"有、有什么不好嘛。再说又不止我一个,小鸭也买的哦。"

"我也买了呢。"鸭哥还没回答,绘理探出了身体,"不过放在家里了没带来。高濑同学你们不知道这个吗?"

"不知道。是年末彩票?"面对绘理,高千的态度变得客气。

"有点不太一样。应该是圣诞节彩票吧,名字就叫圣诞彩来着的。"

"简称圣彩,可不是吃的生菜哦。"插嘴讲这种无聊俏皮话的,自然是漂撇学长,"这个中彩的奖金很厉害的,一等奖竟然有——"

在这样的开场白之后,学长接下去说出来的那个数字,一时之间令人难以置信,简直就如同对着线粒体解释银河系的规模一样,对普通人来说根本毫无意义。

"简直是新年甩卖大出血嘛。"

"与此相应的,没有那种只差一个数字的'前后奖',所以很难中。"

"中奖号码什么时候知道?"

"开奖日就是平安夜那天哦。"绘理就好像已经中了一等奖似的,开心得咯咯直笑,"开奖是从正午开始,所以等我们的婚礼开始的时候，就已经开出号码了。若是中了一等奖之后再迎来仪式，哇，真是人生最棒的一天了。"

这会不会想得太美了啊，我苦笑着，然后忽然想了起来："难道去年平安夜，学长说的大家全都没中的彩票，就是这种？"

"没错。圣诞彩每年都会发行，十二月开始发售，平安夜开奖，然后兑奖的有效期一直到第二年的十二月二十五日。一般来说彩票兑奖期都是一年时间，可是这款因为是和圣诞这样代表恩惠的特别时节联系在一起，所以就多了一天，都不知道该说是小气呢还是大方。"

"高濑同学也别这么严肃，买一次看看嘛。说不定新手运气好，一下子就中大奖哦。"

"还是免了吧，我可没兴趣给国库增加财富。"

"净说扫兴话的女人啊，你还真是。"

"没错，就是这样的，小漂。你如果真心想跟我交往，这方面请务必了解清楚了。"

"也就是说，如果不再买彩票的话，你就愿意和我发展到那一步？"

说这番话的时候，或许是被高千平时看不到的严厉女教师风格的禁欲系着装燃起了热情，漂撇学长的眼神比平常更认真。

"嗯，可以啊。只不过，接下去要把烟酒也戒掉。"

噗的一下，漂撇学长把刚刚叼进嘴里的香烟喷了出来："说、说什么胡话呢。你自己本来也喝酒的好吗！"

"再有，看到女孩子的时候，也不能跑上去絮絮叨叨套近乎。"

"既然都说到这份儿上了，我真的戒给你看哦。你不骗我吧，真能跟我进一步发展是吧？"

"务必让我见识一下你的本事吧。"

"很好！我明白了。那么，这些彩票的权利，全部让给匠仔了。"

"啊？"一沓米色的彩票忽然被推到眼前，我整个人都困惑起来，"这要怎么办，学长？"

"什么怎么办，我刚才不是说了吗，全都送给你了。"

"但是，就算不是一等奖，万一中了别的什么小奖怎么办？"

"那毫无疑问，既然已经让出了权利，自然是你去领奖金啊。"

"真的吗？就算你现在这么说，将来万一真的中了，到时候你就会说分你多少多少的，肯定是的。"

"不会。男子汉一言既出，绝无二话，更不养小三，哈哈哈哈。"面不改色插进这种若是正经说来都可能被揍的无聊俏皮话，这正是漂撇学长之所以成为漂撇学长的地方。"——这样可以了吧，高千？"

"也就是说，以后戒女色了对吧。"就凭着能配合他俏皮话的功夫，高千也称得上是修养见长了吧，"然后，烟酒也要戒了哦。"

"我知道了。话说，这些要持续到什么时候算完啊？"

"说什么呢你，当然是一生一世啦。"

"哎？怎、怎么这样！你太不讲理了！"

"连这种程度的决心都没有，那怎么成？还是说，怎么，小漂你觉得香烟和酒都比我更重要？"

"好狡猾呀，高千。明明你自己也喝酒的嘛，有时候还抽烟咧。"

"做朋友的话没关系啊。但是呢，对于抽烟喝酒的人，我绝对不想跟他在一起。"

"为什么？"

"因为会让我想起我爸。"

"想起……令尊？"

漂撇学长露出了茫然不解的表情，并没有继续追问下去。是意识到这是不可以碰的话题吧，于是及时打住，他总是会在这种时候表现出极其细致周到的一面。正因为如此，他才能保持与高千的友谊。

也就是在这时，我才第一次模模糊糊地想到这样一种可能性——或许高千是因为"父亲的问题"，才将死去的华苗小姐和自己等同起来了吧。

"可是啊，你要这么说的话，这世界上的男人大半都没了资格啦。"

"但我期待的是，小漂你和其他男人有所不同呢。"

学长的表情像马上就要哭出来似的。决心在动摇——或者毋宁说，眼看着正在瓦解。高千也真是坏心眼啊。

我觉得他太可怜了。"学长，不要勉强了。喏，这个我还给你好了。好不好？"

"不要。"他自暴自弃般点上一支烟，大口大口地吸起来，"既然已经送出去了，那就是匠仔你的东西。"

"你会后悔啦，真中奖的话。"

"都说了不要了，就是不要。"

"真受不了你，净在这种莫名其妙的地方死撑。既然这样，我就送给'I·L'的老板咯？"

"啊？为什么？等到开奖时，也许会中个几等奖呢？你不要奖金啊？"

"奖金当然想要啊，但是，我可没有能够用在抽奖上的好运气。"

高千凑趣地鼓掌喝彩。

"受不了，真是没意思的家伙。"学长重又拿出罐啤酒，故意示威似的，咕嘟咕嘟往下灌，"太讨厌了！两个人合伙，哼。啊！话说我想起来了,刚才在'I·L'来了个客人——"

"呃,有客人很正常啊,毕竟是餐饮店嘛。"

"白痴。不是那个意思啦,是高千有客人来。"

"我的客人?谁?"

"叫什么此村英生吧。这个名字,莫非是那位华苗小姐的亲戚?"

"嗯,是她弟弟——话说回来我们还没见过他本人。他来过了?"

"是啊。说是想见见高千。"

"等下,为什么英生先生会知道我的名字,我们根本都没见过面啊!"

"这个嘛,是问了他母亲吧。只要知道了名字和安槻大学学生的身份,就有办法调查了。不过为什么会连你在'I·L'出入都知道,我就不清楚了。"

"然后呢?说找我有什么事了吗?"

"这个没说。总之,就是让你给他家里打电话啦。唔,正常推断的话,多半是跟他姐姐的事情有关吧。"

分身的巡礼

次日，十二月二十二日。

和来马卓也约定的时间是晚上六点，只要下午四点之前出发就来得及。我们安排了在那之前跟此村英生见面。

地点是"I·L"。让他在吧台上和高千并肩坐着交谈的话，我也可以一边打工一边听到全部的情况了。

此村英生在午饭时段结束的下午一点左右现身。从窗户朝停车场看过去，那辆绿色四驱车就停在漂撒学长的白色小车旁边。

正巧没有其他客人，看店的也只有我一个。可以定下心来听他说话了。

"抱歉，让你腾出时间过来。"

英生的年龄在二十七八岁吧。以五官端正这层意义来说，和昨晚的那位演员广国相比，他的水准高出了好几段。

"不会。劳烦您专程过来这里，实在过意不去。"

虽然态度周到地挂着和气的笑容，但无论精神上还是肉体上，都好像有意识地削去了赘肉似的，有着一种可怕的禁欲感——在这一点上，高千是一样的。

她今天也是上下一身黑的正装。话虽如此，只是宽领白衬衫打领结这一点和前天一样,其他的就完全不同了。她居然没穿裙子,而是黑色长裤。能够看见高千的裤装形象,这是第一次大概也是最后一次了吧。

大概为了跟裤装配合,她今天没有把头发盘起来,而是像平时一样,让蓬松的半长卷发垂在肩头。或许因为这个缘故,看上去比较接近她平时的感觉了。

"可是您怎么知道我经常来这家店?"

"一开始当然不知道。不过我从母亲那里听说了,你是安槻大学的学生,于是就在校园里抓了两三个还留在学校的学生,问知不知道你住在哪里。打听到你经常到这边来,还说是因为男朋友是在这边打工的。"

英生先生用手支着下巴,朝站在吧台内侧的我露出微笑。感觉并没有什么特别的意思,就像对高千一样的,礼数周到的温和笑容。

"那么,找我有何贵干?"

"听我母亲说,我姐姐好像买了什么礼物,而你们在找那个赠礼的对象?"

"是的,没错。"

"找到了吗,感觉像的人?"

"还没有。有一个人,我们打算今晚去和他见面,但究竟是不是对方,现在还完全——"

"那人是谁?若是不介意的话——"

"他姓来马。"

"哦,那多半就是他了吧,送礼的对象。"

"啊?"

"来马卓也,是这个名字吧?"

"您认识他?"

"以前是我的同事。"

"英生先生您的……"

高千极其少见地,对初次见面的人,而且还是男性,直接称呼对方的名字。

她肯定也是想起了初鹿野先生的话吧。就是——华苗小姐从前交往过的那位男士好像是她弟弟的朋友。

"之前在自来水公司上班的时候,我们在同一个部门,特别合得来。介绍他认识姐姐的,就是我。"

"介绍他们认识的?"

"其实也没那么正式,就是去喝酒的时候,叫了姐姐一起来。就结果来看是介绍的形式——"

"后来呢?他们两位——"

"有一段时间关系很亲密。"

"那是在令姐和初鹿野先生定下婚约以前的事情吗?"

"是的,已经是两三年前了吧。跟姐姐通过她的同学认识初鹿野先生在时间上略微有一段重合。"

"那就是说,令姐那时是同时和两位男士交往吗?"

"像我刚才那样说的话,听上去好像是姐姐在脚踏两条船,但是抱歉,我想她并没有同时和两个人进行深入的交往。最后的结果是,姐姐和初鹿野先生订了婚。应该从跟他交往开始,就和来马疏远了。"

"我下面要问的问题可能毫无意义,不过令姐选择了初鹿野先生而不是来马先生,有什么理由吗?"

"理由?没什么理由吧,就只是因为喜欢上了初鹿野啊,我想。"

"是这样啊。希望如此。"

察觉到高千话语中含义的，看来不止我一个。英生先生脸上还是保持着得体的微笑，微微地眯起眼睛："那是什么意思？"

"就是字面意思。"

"我认为姐姐是真的喜欢初鹿野。他做事认真，我对他也很有好感。本来我是因为来马卓也为人很好，所以介绍给了姐姐，虽然有点遗憾，但还是觉得她选择初鹿野先生是正确的。"

"来马先生住在那幢御影公寓，这件事您知道吗？"

"当然。我还去那边玩过好几次。"

"那么，英生先生，当你听说姐姐自杀的时候，没有想过她可能是去见来马先生的吗？"

"这念头确实在脑海中一闪而过，但是最终对谁也没说。我父母都知道有来马这么个人，但并不知道他住在御影公寓，所以警察来问话的时候也没有说出来马的名字。既然如此，我也就不提了——我是这么想的。"

"这一点我也理解。可是英生先生，您自己对于事实是怎么理解的？"

"怎么理解吗，你是说，姐姐去见了来马是吗？或许是那样的。我是说，姐姐也许是去见了来马。那个'礼物'，就算是买了要送给他的，我也完全不觉得奇怪。只是——"

"只是？"

"并不是姐姐还对来马有什么留恋，不是的。这一点我可以断言。虽然不知道她为什么突然想要送礼物给他，但姐姐并不是那样的女人。以她的性格，不会在心里还想着其他男人的情况下去结婚。作为弟弟，这一点我非常肯定。"

"令姐——此村华苗小姐，是个怎样的人呢？"

虽然是非常抽象的问题，但英生先生的回答简单明快："让大家都幸福的女性。"

"是很温柔的人呢。"

"很温柔啊。但并不是那种只会黏黏糊糊的温柔，而是干脆利落通情达理的。她是那种，怎么说，有着'见义不为无勇也'的，很男儿气概的一面，所以经常会做出让周围人大吃一惊的大胆举动。当然，那些举动都不是为她自己，而是为了其他人去做的。她还曾经请带薪假去灾区做志愿者。"

"所以才会被初鹿野先生那种性格认真的男人吸引吗？"

"也许是的，但理由不是只有这个吧。我也不明白。若只说认真的话，来马也是那种认真的人。"

"有件事情，我不知道该问还是不该问——"

"什么？"

"我听说令姐生前是在邮电局上班，但这份工作是她出于本人意愿选择的，还是——"

英生脸上温和的笑容初次消失不见了。

此前似乎一直都被压抑着的，有如利刃一样的情感显露无遗。对手如果不是高千，恐怕都会承受不住地"流血"吧。

有好一会儿，他就这样睨视着高千，但终于还是移开了眼神，一动不动地盯着已经没有了咖啡的杯底。

"姐姐高中一毕业就去上班了。其实她本来已经考上关西著名的私立大学，但还是选择了就业。说是从最开始就没打算去上大学，只是因为指导老师为了提高升学率，拜托她只要去参加下考试就行，所以才去考的。虽然不方便公开说，但我听说好像连考试的费用都是学校承担的。"

"很优秀的人呢。"

"是很优秀。也许去上大学就好了。其实，她本人从内心来说应该是想去的。"

"这话，是令姐曾经说过——"

"不，她并没有清楚地这样说出口。但我们是姐弟。到底她真心想要的是什么，我还是知道的。"

"既然这样，为什么会选择就业？"

"为了取悦父亲……吧。"

"令尊这么反对她去上大学吗？"

"不，对于上大学本身，他并没有那么反对。只是——"

"更希望她成为公务员——对吧？"

"不知道你是听谁说的，不过既然你了解情况，那解释起来就容易。总之就是这么回事，我父亲希望孩子们都跟他一样，做个公务员。所以不只是姐姐，我也去了自来水局上班——"

"听说您辞去了那份工作，那是为什么？"

"这跟我姐的话题无关吧。你问我的事情是要干吗？"

"我想要了解英生先生，非常想。"

"这话真是意味深长啊——开个玩笑。"浮现起原先那种温和的笑容，他瞥了我一眼，"说出这种话，会被男朋友瞪吗？"

"英生先生您和令姐一样，曾经为了取悦父亲，一度走上公务员的道路对吧。那为什么又突然辞职呢？而且还是在今年——"

"简单来说，就是已经厌烦取悦父亲这件事了。抱歉用一种司空见惯的说法，就是好像，那并不是我的人生……要说的话，就只是这种感觉很幼稚的台词，不过总而言之就是这么回事吧。"

"以前没觉得讨厌吗？"

"是啊,以前没有讨厌。或者说,其实是一心想要让父亲高兴。误以为让父亲幸福就是自己的幸福,好像义务一样的。更准确地说,是被人误导成这样的。用极端的说法就是,被洗脑了。"

"洗脑——"

"你们两位。"他来回打量着我和高千,"见过我父亲了吧?对他什么印象?请不要有什么顾忌,告诉我好吗?"

因为高千正朝着我的方向,于是纯出偶然地,好像变成了她和英生先生两人同时催着我回答的局面。

"此村先生他——"

我刚开口,高千突然抬手制止了我。她的眼中浮现出类似于畏怯的神色,静静地摇头。

看来她不想让我发言。我不知道理由是什么,但既然如此,我也没有必要绞尽脑汁去选个无功无过的表达了,就闭上了嘴。

高千重新转向英生先生,脸上如常浮现出得体的温和笑容。但从她口中说出的话,却是与那表情截然不同的直截了当:"此村先生看起来是那种执着于对子女进行唯我独尊地控制的人。"

"厉害。你真是毫不客气啊。"好像肩头一下子松懈了力道,英生先生的语气中带出了笑意。

"我说错了吗?"

"不,一点没错,那就是我父亲的本质。只是以前,这一点是看不出来的。因为他非常尽心地扮演着一个通情达理的父亲的角色。"

"扮演……"

"没错。而且极其巧妙,我完全被骗住了,觉得父亲是能够理解别人的好人,怎么能让这样的父亲不幸福呢,我以前就是这么想的。那时我相信,实现父亲的愿望,是我身为儿子的义务。但是——"

"但是？"

"因为姐姐的死，破绽出现了。"

"破绽，你是指？"

"这种话，因为他是父亲，所以我真的不愿意说，可是，就算现在我都怀疑——父亲真的会为姐姐去世感到悲伤吗？"

"这是什么意思？"

"得知姐姐的死讯，父亲受了打击，这一点是真的。是那种很严重的打击，甚至让人觉得他是不是精神都崩溃了。可是那打击并不是因为失去了我姐，而是因为发现，女儿的心里竟然藏着自己不知道的秘密，是这个事实打击了他。"

"也就是说，对于令姐的自杀，他想不出来原因。"

"不，关于这一点每个人都是一样的。说真的，对于自杀者的想法，没人知道是怎么回事。通常这种时候都是对自己照顾不周感到懊恼，进行反省；可我父亲不是这样的，他既没有懊恼，也不反省，就只是狂怒。姐姐竟然瞒着他怀有这么深刻的烦恼，甚至不惜自杀，这一事实是不可原谅的。所以，对于'背叛'了他的姐姐，他狂怒了。也许他觉得一定要惩罚姐姐，不，肯定是那么想的吧。但是姐姐已经不在这个世上了，所以也不能亲手施以惩罚。他不知道要把自己的愤怒发泄到哪里，这种无法满足的欲望把他给'摧毁'了。"

"摧毁……"

"他把迄今为止一直巧妙扮演的假面胡乱丢到了一边，不再隐瞒自己是个'独裁者'。总之就是不再扮演通情达理又温和的父亲了。不仅如此，甚至就算性格中的本质完全暴露出来，他也连掩饰一下的力气都没有了，就是情绪肆意宣泄的状态啦。比如，你们之前到家里来的时候，父亲他一回家就开始狂按喇叭对吧？"

"是英生先生的车子挡着,他不能停进去的时候吧?"

"正常情况下,就算是对家里人,能做得出那种事情吗,而且都不在乎给邻居带来困扰。明明只要下车来,说一句'给我把车子挪一挪'就行了吧,可那个男人却不是这么做的。"

之前都称呼父亲,一下子就变成了"那个男人"。从这时候开始,英生再也没有恢复之前的称呼。

"最开始见他那样反应的时候,我吓了一跳。我又不是故意那么做的,只是忘了把车停到里面去而已,结果他却是那样发神经一样地狂按喇叭,正是反映了那家伙内心的失控状态呢。当然了,按喇叭这种行为本身根本没有任何意义,只不过就是宣告'在这个家里还是我说了算哦',真是幼稚。我甚至都觉得,是不是因为姐姐'背叛'带来的打击,导致他心理退化了啊。"

"英生先生,莫非你最近是在故意那样停车?"

"算是吧。我也挺幼稚的,自从看清了那个男人的本质以后,就经常故意用车堵住入口。想让我动动车子的话,就得表现出对我人格的尊重,过来打声招呼吧,我是这样想的。不过最近妈妈会把钥匙拿到房间去,立刻就过去给他让开路,所以我这样做几乎没什么意义了。"

"差不多也该罢手了吧——或者说,反正你也已经打算离开那个家了。"

"你……怎么知道的?"

"大致的感觉。你不是打算开始新的工作吗,而且还是令尊绝对会反对的那种类型——"

"很惊人,你很敏锐啊。没错,我打算和朋友一起开公司,现在做准备呢,不过知道了这件事的话,那个男人肯定会大发雷霆,所以我不会再回去那个家了。反正回家的理由也早就不存在了——从去年的平安夜以后。"

好像卸下了胸中的大石一样,英生先生长长地吐出口气:"怎么感觉,好像来做了个心理咨询一样啊。"

虽然像是开玩笑的口吻,但的确是包含着真情实感的话语。他恐怕还是第一次像这样,在外人面前把自己家里的事情诉诸语言吧。从这层意义来说,他确实有必要接受心理咨询,为了即将开始的崭新人生,把旧日的自己抛弃掉。

"抱歉啊,勉强你听我个人私事了。"

"没有勉强啦。我想要了解英生先生。若是你觉得可以,我还想知道更多。"

"真遗憾哪,时机太不好了。"

"时机?"

"就是遇到像你这样的女孩的时机啦。如果现在我的人生是安定状态的话,一定想让你跟我走的。"

"只是想吗?"

"会当场要你跟我走吧,肯定会的。"

"那,若是你愿意说的话,可以。"

高千对男性,并且还是初次见面的人,说出这样意味深长的话语,按理说是惊天动地的大事件。但我并不怎么吃惊。这也是因为从前天开始,我就感觉到了她很"反常"。

我不知道高千为什么会使用这种让人浮想联翩的措辞,但那绝不是认真的——不对,这样说会有语病。基本上高千不开玩笑,"认真"多半是"认真"的。只是,我也说不太好,只是现在,她并不是平时的高千。她所使用的是和平常所用的完全不同的"语言"——

她整个人都散发着这样的违和感。

"谢谢。"他的脸上现出了笑容,比最初走进店里来的时候随和了许多。他站起身来说道:"说完自己想说的事情就离开虽然不太礼貌,但是我就此告辞了。"

"接下来再问一件事可以吗?"

"什么?"

"初鹿野先生说,令尊是反对他和令姐的婚事的。那是真的吗?"

"是的。"

"那么,刚才你说令尊是知道有来马先生这个人的,他对来马先生是怎样的想法呢?"

"比起初鹿野,我姐要是愿意和来马结婚就好了——他是这么想的吧。"

"因为来马先生是公务员?"

"没错。"

"谢谢。就这件事了。"

"你——"他的眼神从高千身上移开,"我知道你在想什么。"

"请多保重。"

"代我向来马问好。"

"我会转达。"

"和男朋友好好相处,好吗?"

铃铛声响,英生先生离开了。从窗户里望出去,他坐进了四驱车,没再朝这边看一眼就径直开走了。停在旁边的漂撇学长的白色小车被独自留了下来。

高千也没有目送他的背影。只是在吧台上撑着头,盯着自己的杯子。

没一会儿，她抬起头来，一边自然地整理着头发，一边长长地叹了口气。

"不行啊，我也真是。"

"什么？"

"他完全看穿了。"

"英生先生？看穿什么？"

"我在同情他。"

"你说……同情？"又冒出了一个跟高千毫不相称的词语。

"跟同情还不太一样吧。也许我想要代替华苗小姐。为了他，想要代替华苗小姐，一直陪在他身边，是这么想的啦——你明白吗？"

我想我明白。也正是在这个时候，我确信，高千是把自己和那位名叫华苗的女性等同起来了。

"我不是学英生先生说话，不过高千你在想什么，我好像也明白的。"

"是吗？大概就是匠仔所想的那样啦。"

"也就是说——"

高千突然抬起手来，制止了我。是那种在英生先生问起对他父亲有什么印象时，突然制止想要开口回答的我时同样的拒绝。

她的眼中浮现出类似于畏怯的神色，静静地摇头——就连这些也一样。

"……不要说。"

"我知道了，不说。"

"我来说。"

"哎？"

"我来说。因为我不想听它从匠仔的口中说出来。"

"那又是为什么？"

"为什么……真的哎，为什么呢。"真的只是短短一瞬，她显出了沉思的模样。"——怎么说呢，就算是一样的内容，由你来说，和由其他人来说，是不一样的啊。"

"什么东西那么不一样？"

"实感，完全不同。"

"实感？"

"要是你来说呢，就非常'沉重'啊。哐的一下，过来了。"

"那么严重？"

"从第一次见面开始就这样了。"

"第一次？你是说——"

"举个可能有点奇怪的例子吧。你还记得吗，去年平安夜，在'三瓶'，等了大半天小漂都没有出现，我实在受不了了，准备回去的时候。"

"嗯。记得。那怎么了？"

"若是那个时候我走掉了，现在就不会和匠仔啊小漂啊小兔有来往了吧，多半是这样。"

"不好说哎。因为是学长，我想那之后他还是会死皮赖脸去纠缠你吧，所以最终结果可能还是——"

"不，不会一样的。若是那个时候回去了，那以后不管小漂来说什么，我想我都绝对不会再打开心扉了。我自己很清楚。所以，一直都觉得很不可思议——那个时候，我为什么没有回去呢？"

"为什么——"

"你觉得是什么原因？"

"呃……因为肚子饿了，这样的？"

"别胡说八道了——虽然我很想这么说,但大致就是如此啦。其实不管肚子有多饿,想走的话自然也就走了,吃饭这种事在哪里都可以吧。我之所以会想到就在'三瓶'吃算了,是因为匠仔你说想吃点东西再回去。这个,该怎么说呢,非常厉害的。砰的一下,砸过来了。"

"抱歉啊,高千。你说的这些我完全不明白哎。"

"我自己也开始搞不明白了。虽然刚开始解释的时候,觉得自己是知道的。总之就是,在那里吃饭这件事,听起来是个非常棒的主意。但如果是匠仔以外的人说出同样的话,我就会离开。"

"虽然完全不懂,不过你是说,我讲话的方式,就好像神谕那样具有说服力,这个意思?"

"说神谕太夸张了。怎么说呢,好像江湖骗子一样的感觉吧。"

"啊?"

"我说认真的啦。江湖骗子就是这样的吧,旁观者会觉得无法理解,为什么有人会被那么拙劣的谎言骗到?但是那并没有什么好奇怪的,其实是因为受骗者自己心里有着想要被骗的愿望。骗子就是巧妙地利用了这一点,或者说——"

"好吧,若是论嘴皮子的功夫,我倒的确是很擅长的。特别是在喝醉的时候。"

"跟那种不一样啦。到底应该怎么说呢,总之就是,匠仔要是说起悲伤的事情,我就会哭出来——这样子的感觉。要是换成别人来说,我就觉得是陈词滥调,嗤之以鼻。明白吗?"

这番解释我好像觉得懂了又好像完全不懂,不过总之,让她哭出来的话可就不好了,所以我决定还是闭嘴听高千的假设为好。

这么说起来……我想起了今年夏天的那次事件。那时听着从我口中说出的真相，高千流泪了。其实就我自己而言只是胡扯一通的推论，但对高千来说却是哐当一下的那种"沉重感"吗？

"昨晚我说过吧，还不想说出自己的假设。那主要是因为当时还没有和来马先生见过面，我还不知道他到底是不是真的认识华苗小姐。但是昨晚在电话里进行了交谈，他承认自己认识华苗小姐；而根据刚才英生先生所说的，他们两人的关系就更清楚了。华苗小姐死去的原因是在来马先生身上。不对，更正确的说法是，自己想要去见来马先生的那种心情，促使华苗小姐冲动地走上了死路——"

我点着头，催她说下去，之前这番话大致跟我的推想一样。

"现在，把话说回五年前那位高中生的事件，鸟越久作君的自杀，是跟华苗小姐情况中一样的机制在起作用，而且那绝对不是偶然。关于这件事我之后会详细解释，我们先来想想，为什么鸟越君一定要在自己生日这天跳楼自杀吧——其实接下去所说的，因为只是从管理员种田先生那里听了个大概，所以多数是想象。但是我想，多半应该不会错。"

若是以往，高千会把我的这类推断斥之为"幻想"，但是这一回看来她是打算亲自践行编织"幻想"的任务了。

"总之就是鸟越君为了从外婆的精神束缚中逃脱出来，自己选择了死亡。他的父母都要上班，经常不在家，所以他其实是被外婆带大的，理所当然地，外婆视为'正义'的价值观，也就潜移默化根植于他的内心了吧。外婆是热心教育的人。不难想象，在海圣学园入学考试的时候，她更加热切地鼓励外孙，在各种不同的场合交替使用糖和鞭子，控制着久作君。小的时候这样还没什么，他自己也是很信赖外婆、亲近外婆的；或者说，我觉得他其实是很安心于处在被控制的地位的。但是随着年岁的成长，他开始感到那种束缚让人郁闷,开始想要从外婆那种自以为是的控制之下逃出来。"

高千有意识地不带感情色彩地淡淡说来,我意识到了她的这种努力,不知怎么,仍然感到心痛。

"接下去所说的都完全基于我的肆意想象。外婆这边感觉到了外孙心境的改变,想来绝不会愉快吧。她无论如何都要把外孙置于自己的控制之下,平日里大概用了各种办法来试图管理外孙的生活,比如控制零花钱的多少等。有时还会打感情牌,流着眼泪数落说,'我那么辛苦才把你养到这么大,这样的恩情都能忘记实在是太过分了',诸如此类的,先激起外孙的罪恶感,再乘虚而入。这样一来久作君自然会对外婆产生反感。但是外婆这边技高一筹,她让外孙产生罪恶感,觉得自己居然这样大逆不道,应该受到严惩,就这样控制着他,绝对不让他逃掉。"

似乎从中途开始,高千放弃了压抑自己的努力,好像她自己就是那位其实根本未曾谋面过的鸟越久作本人一样,声音颤抖起来。

"久作君被夹在对外婆的罪恶感和想要自立的渴望之间,挣扎,痛苦。但对他而言,还留着一丝希望,那就是眼前的目标——入学考试。他专心投入其中,以此忘却烦恼。或许,只要考进海圣,缠绕着自己的事端就会往好的方向转变吧,他应该是抱着这样的希望。可是考试通过以后,所有功劳都变成了外婆的,'因为我教得好,所以外孙才考上了',或者'就是因为有我在,才能走到这一步',诸如此类。总之,就是用这种自以为是的道理和功名心,把久作君的自立之心连根拔掉了。自己付出努力去获得成功的那种成就感完全被人剥夺,由此,勉强维系着其理性的那最后一根线,啪嗒一下断掉了。他选择了死亡。其动机,不对,应该说目标,是——"

"是为了对外婆实施'报复'……"

下意识地插嘴说了这一句,我猛地回过神来。抬眼看去,高千的眼角染上了淡淡的朱红。

"所以我就说啊,"她的声音让我一下子无法分辨,那究竟是在笑还是在啜泣,"匠仔的话,真的很'重'啊。"

"对不起,一不留神就——"

"很可笑呢。"

"什么?"

"总觉得,我好像老是在匠仔面前哭——这也算是一种命运吧。"

确实,高千在人前落泪是极其少见的现象。

"我好没用啊。在这种事情上,自己怎么都控制不住。一点办法都没有,就是会不由得代入自己的感情,完全不能当成是别人的事情。因为,我……我的父亲,之前就是那样的人。"

她用了"之前"这样的表述,我很在意。

"他是那种只要不是自己'独裁'就不满意的人。彻头彻尾的道德主义者——这里是专指'只有自己的价值观才是正义的'。对外就营造出一副伪善的形象,假装自己是个了不起的父亲,强大的父亲,还固执地强迫家人也接受他那一套;背后的实质却是,让母亲痛苦,让哥哥痛苦,然后让我也——"

"莫非……他过世了?"

"谁?"

"令尊。"

"不知道。"

"不知道?"

"倒是还没听说他死掉的消息,不过对我来说,他已经死了。"

这声音真可怕。那是好像已经穿透了憎恨达到无动于衷程度的感觉。听着这些话的我竟然没有失血而死,这一点反倒不可思议了。

"华苗小姐的父亲也是一样。"

也就是说,这一点才是高千对此次事件如此投入感情的契机。她一定是在此村家里目睹了华苗小姐父亲的奇特行径后,就直觉地意识到,正是在那扭曲的模样之中,隐藏着华苗自杀的动机。

"命运真是太残酷了。若是她和两位男士相遇的时间各自错开一点点,大概就不会发生这种悲剧了。可是华苗小姐差不多是在同时认识了两位男士,而且两人都是合适的理想对象。她当然必须从中选出一位。然后,她做出了抉择,是初鹿野先生。也就是,不是公务员的那一位……"

"你是想说,这时是华苗小姐潜意识里对父亲的反抗心理发生了作用?"

我又稀里糊涂地插了嘴,不过高千已经不哭了,她面无表情地点头。

"就像对方一直扮演一名好父亲一样,华苗小姐也是从小就一直扮演着好女儿吧。放弃大学选择就业,也都是为了让父亲高兴。可是她这样的表演,过了三十岁也达到了一个极限。不管她有多么喜欢来马先生,却偏偏就只有这个人,她不能与之结婚。原因在于他是公务员,跟他结婚只是让父亲高兴而已。这样下去,自己一生一世都无法从父亲的控制和束缚之中解脱——不管是出于本人意志还是完全无意识的,华苗小姐做出了上述的判断。这一判断使得她选择了初鹿野先生,而不是来马先生。"

"只是,尽管做出了选择,她却不能忘记来马先生?"

"大概……是吧。去年平安夜,不知道来马先生到底是因为什么事打电话给华苗小姐,但在接了那个电话之后,华苗小姐就乘出租车去了他的公寓。"

"在那里买了'礼物'。"

"华苗小姐在吉田家里喝了酒,想必是借着酒意来个恶作剧,要带着'礼物'去拜访他——她并不知道,这举动反而杀死了她自己。"

"杀死她自己?"

"'礼物'没有开封,直到最后都留在华苗小姐的手中,所以她最终并没有去来马先生的房间。为什么呢,应该是中途突然清醒了——自己究竟是在干什么啊,这种事是不可以的,自己已经跟人订婚了,竟然打算去其他男人的房间!华苗小姐感觉到了恐怖,但那并非是针对自己意图出轨的愿望。而是切实地认识到了一个事实,那就是自己真正爱着的果然还是来马先生。"

"可是,唯有来马先生,是她无法与之共度一生的人——"

"正是如此。只要所爱的人是公务员,对华苗小姐而言,与之结合就意味着永远无法摆脱被父亲控制和束缚的命运。在这样的夹缝之中,她绝望了。然后,站在最高一层的楼梯平台上时,她想起了五年前那次事件。"

"也就是说,华苗小姐知道鸟越久作自杀那件事?"

"我想是知道的,因为那也就是在她认识来马先生之前两三年吧。那段时间,在进出御影公寓的过程中,从来马先生那里听说公寓里发生的自杀事件,也没什么奇怪的。毕竟是动机不明的神秘事件,如果没在事发现场成为一个茶余饭后的话题,反而更不自然吧。"

"虽然其他人都不明白,但华苗小姐却很清楚对吧?她知道久作君为什么非得去死,那个理由是——"

"没错,完全是出于直觉吧。她大概会想,跟自己一样呢。跳楼的那个现场,恰好抓住了她感到绝望的瞬间,追近到她的眼前。华苗小姐突然一阵冲动,好像被什么东西吸引了一样,越过了平台的护栏。她对自己的人生已经绝望了。"

"从同一个地方吗……"

"经常有人说到'自杀胜地'这样的词吧。就是,对于'这里有人自杀过'的认识,会把其他人也吸引过来。御影公寓的楼顶要说是自杀胜地什么的可能太夸张了,但在那个瞬间,确实是对心灵出现了空隙的华苗小姐发挥了那种'机能作用'吧。"

"唔……大概是。"

"她的自杀之所以对亲友而言成为谜团,是因为华苗小姐绝不是讨厌初鹿野先生。事实上,她应该也是发自内心地期待跟他结婚的。基于这样的事实,乍看之下,华苗小姐的死没有任何动机,变成了无法理解的谜团。由于是一时冲动的行为,所以连留下遗书的时间都没有,但就算是留了,里面的内容也是绝对无法被人理解的吧。"

没能留下遗书——我想起了高千在种田老人面前呢喃的低语。是没能留下遗书,绝不是没有留下。不仅华苗小姐,鸟越久作的情况也完全一样吧。

不对,慢着——

"关于鸟越久作,他的事件里那个'礼物'究竟是什么意思?为什么要带着那种东西跳楼呢?"

"这个也只是我猜的,不过——应该是为了嘲讽吧,肯定是的。"

"啊……"

正要问她那是什么意思,铃铛声响,有客人来了。我们的对话自然告一段落。之后直到傍晚老板娘回来之前,高千都一直坐在吧台位子上,静静地陷入沉思。

跟来马卓也约好在海边的一家餐厅会面。名字是"Edge Up Restaurant"，据说留着胡须的主厨老人的头像就是标记。那是一家无国籍风格的餐饮店，很大的砖造建筑不需要在地图上确认，一下子就找到了。

还差几分钟到六点，高千和我走进了那家餐厅。来马先生已经在事先预约的窗边座位上等着我们了。

"百忙之中打扰，十分抱歉。"

"没关系。"

高千低头致意，来马先生立刻站起身来还了一礼。他虽然年纪不大，头发中却已混杂了银丝，笑容带出深深的皱纹，从其风貌中得以窥见认真守礼的性格。

只是，虽然他为人看起来很好，却总好像有种优柔寡断、不干不脆的印象。至少，初鹿野先生给人的感觉要机敏多了。

按照高千的假设，华苗小姐真心喜欢的人应该不是初鹿野，而是眼前这位来马先生，但在亲眼见到本人之后，老实说，我并没有那样的感觉。不过当然了，这种事情也是萝卜青菜各有所好。

"事情是这样的——"高千迅速地开始解释关于这件"礼物"的林林总总，不知道这已经是第几次重复了。不管重复多少遍，她总能很好地归纳要点，讲述得极其简洁明了。一想到她在这件事情上所投入的感情，我就觉得她能做到这样真是太了不起了。

透过桌子旁边的窗户，海边沿岸的夜景尽入眼底，相当有气氛。店里差不多已经坐满了结伴而来的女性客人，由此看来，这家店似乎从最开始就是以这类顾客为目标人群的。

"事情就是这样，来马先生。"

"请说。"

"抱歉问出这么唐突的问题,不过去年平安夜,打电话到吉田宅邸找华苗小姐的那个人,就是您吧?"

"是的。"他踌躇着,把倒在杯里的黑啤差不多喝下去了半杯,"你说得没错。"

"失礼了,请问您打电话过去究竟有什么事情?"

"其实,那天晚上我感冒了。"

"感冒?"

"是的,华苗小姐之前知道了这件事,跟我说过会在派对结束以后来看我。"

我自然回想起了英生先生对姐姐的评价。温柔的人——就算是会让周围人吃惊的大胆举动,若是为了别人,她也会勇敢去做。华苗小姐就是那样的女性。

"由于发高烧,人也变得软弱,所以一开始是很感激地期待她来的,但后来不知怎么开始觉得过意不去了。她当时不是已经订婚了吗,所以我觉得,让她来单身男人居住的地方,果然还是很不妥。"

"然后呢?"

"然后我就打电话到吉田小姐家里——她预先给过我号码,跟她说还是不要过来了吧。"

"抱歉稍等下,容我插一句话,华苗小姐她最开始是怎么知道您感冒卧床不起的?"

"呃,这个……"来马先生收回已经再度伸向啤酒杯的手,垂下头,"其实,那天傍晚,我给此村家里打了电话。因为家里已经没什么东西可吃,自己又不能出去买,所以想拜托英生君给我带点什么东西过来。但是纯属偶然,正好要出门参加派对的华苗小姐,接起了电话——"

"只是——纯属偶然?"

"不,这个……"他的视线抬起,脸上微微泛红,"也许,说不定华苗小姐会来接电话,若说我心里完全没有这种期待,那就是撒谎了。"

"知道了您因为感冒不能行动,华苗小姐就说会在派对结束以后去探望您,是这样吗?"

"不,一开始是说在去之前先来看我的,但因为实在是太过意不去了,所以才说派对之后再来的。然后,她说要是在那之前有什么紧急情况的话,她会在吉田家里,于是就把那边的电话号码告诉了我。"

"可是之后您躺在那里左思右想,慢慢转变了念头,觉得华苗小姐还是不要过来比较好?"

"是的。所以,我打电话去吉田家里让她不用过来了。"

"然后呢,华苗小姐怎么说?"

"说'我知道了'。她是个明白事理的人,就算再怎么心怀坦荡,毕竟是在即将结婚的前夕,在这种时候不要做出瓜田李下的举动比较好,她是这么判断的吧。至少在那个时候,我是这么觉得的——"

"也就是说,到了夜里,华苗小姐终于没有出现,这对您而言并没有什么可奇怪的对吧?"

"是的。第二天从电视新闻里知道她跳楼的事情,我大吃一惊。而且竟然还不在别处,就是从那座公寓——"

"但是,您没有想到要主动去跟警方联系?"

"说来很没用,的确是这样。当然,英生君是知道我的事情的,他也知道我住在御影公寓,所以如果他讲出我的名字,那我也没办法;可是他好像并没有说。而华苗小姐的父亲和母亲,我虽然见过他们,但不知道他们是根本就没想到我,还是因为不知道我住在御影公寓,总之他们两位似乎也没有提到过我。最终,警察并没有找上门来。"

"我就直接问吧,您觉得,华苗小姐为什么会死?"

"不知道。真的没有一点头绪。"

"为什么她要选择御影公寓自杀呢?"

"完全不明白。事到如今我就老实说吧,其实一开始我想过,会不会是,华苗小姐真正倾心的人是我,但她已经和那位初鹿野先生订了婚,所以在绝望之下选择了自杀。这些自我偏袒、某种意义上一厢情愿的念头,我全都有过。可是再仔细一想,华苗小姐不是那种人。她是个有行动力的人,是能够把自己的想法清楚表达出来的女性。如果她真的要离开初鹿野先生,转投我的怀抱——这说法有点讨厌,抱歉——那么她没采取任何行动就去寻死这一点非常奇怪,不像是她的为人。所以,只能认为她是因为完全不相干的其他事情才——"

"但那究竟是什么事,你有想法吗?"

"完全没有。"

"问一个失礼的问题——若是您不想回答,不答也没有关系。"

"好。是什么?"

"来马先生和华苗小姐之前是什么程度的交往?"

"在她和初鹿野先生订婚之前,我们会去看看电影,喝喝酒——唔,就是这种程度吧。"

"仅此而已?"

"有过想要再进一步发展的感觉——我心里有过那样的愿望,但还没来得及行动,她和初鹿野先生就定下了婚约。所以后来,我们很少再见面了。"

"可是,她之前偶尔会去御影公寓吧?"

"啊?你意思是说,去我住的地方吗?"

"当然是了——没有吗?"

"完全没有。那种情况一次都没有过。"

"咦……可是,至少去过一两次吧?比如不是她单独一人,而是和其他朋友一起去,类似这样的。"

"没有,那样的情况也没有。"

高千和我对视一眼。

"真的没有吗?一次都没有?"

"一次都没有。这我可以发誓,是真的。所以本来,去年平安夜应该是第一次,也是最后一次机会的。但是因为我打了电话让她别来,结果——"

"那么华苗小姐是在那天夜里,特意乘出租车去了该算是她初次造访的御影公寓,最终却没有去你的房间,这是为什么?"

"这个……我也想不出原因。"

"话说回来,来马先生你打去电话告诉她还是不要过来了,她本人也已经知道了情况,可既然这样,又为什么——"

"也许,从华苗小姐的性格来看,大概是出于关心,所以就只是来看望一下。总之……因为她就是那样温柔的人。"

"可是她却在那里自杀了。"

"是的。我不明白,完全不能理解。"

"应该不会是一开始就打算要自杀而去那里的吧。"

"嗯……"

虽然高千并没有打算在这里向来马先生详细解释,但她当然应该还是坚信着自己的假设,即华苗小姐是因为感到无法逃离父亲的控制,对自己未来的人生感到悲观,因而一时冲动自杀了。

华苗小姐生前从来不曾踏足御影公寓来马先生的住处,这确实是意料之外的证言,但就算那是真的,也不是足以导致假设崩溃的瑕疵——高千应该是这样判断的。五年前高中生的跳楼自杀事件,华苗小姐有可能从完全不同的其他渠道得知。

"一定是在去御影公寓的途中发生了什么事。那件事使得华苗小姐决心自杀——"

当着来马先生的面,高千简单地做出了结论。

"这个,多半是——"她再次把那件"礼物"推到了对方的眼前,"她买给来马先生您的礼物,我想。"

"买给……我的?"

"就在公寓下面的'Smart-In'——怎么样?"

"什么怎么样?"

"您自己是怎么想的?您觉得这礼物是买给您的吗?"

来马先生陷入了漫长的思考,时间长到再次印证了我之前对他那种优柔寡断不干不脆的第一印象。终于——

"这个,我可以打开看看吗?"他说着,伸手拿起了"礼物"。

"请。"

包装起来以后原封未动将近一年的"礼物",终于被打开了。

从中出现的东西,是我——恐怕高千也一样——完全没有预料到的。

"想想真不是滋味啊。"握着方向盘,高千如此低语道。

"是啊。"我也很泄气。

意识到"礼物"究竟是什么东西时，那位来马先生的表情，该说是让人觉得可怜的狼狈呢，还是目不忍睹的含泪而笑？不管哪种，作为一个一把年纪的成年人，都已经超出了可以在人前展露的界限。

从包装中取出的，是所谓的快乐家庭计划用品，也就是，避孕套。

"这么说来，华苗小姐她果然是'想那个'……的吗？"

"嗯。可是到底是不是真正意义上的那种想法，我觉得一半一半。因为来马先生由于感冒而卧床，这件事她已经很清楚地知道了。应该不是真的想要诱惑他或者什么，而只是借着酒意半恶作剧地买了那个，想看看打开礼物的来马先生是什么表情，感觉会很好玩。但是一旦来到他的门前，头脑就冷静下来了，或者说在再次认清自己对来马先生心意的同时，也对自己无法摆脱父亲控制的命运产生了绝望。或许她想起了五年前的那件事，感觉到某种宿命般的东西，于是就像着了魔似的，一时冲动纵身跳楼——就是这样的经过吧。"

"但是，有一件事我不明白。"

"什么？"

"华苗小姐知道他感冒了，对吧？既然这样，为什么只买那种东西呢？本来不是应该买些更适合看望感冒病人的，吃的或者喝的什么吗？"

"那是因为她打算先看看对方的情况，再决定应该买些什么吧。毕竟楼下就是二十四小时营业的便利店，用不着急急忙忙的，随时都能去买不是吗？"

"这样啊。是这么回事啊。"

"什么？"大概是我在语气中自然而然地流露出了并未释怀的感觉，高千斜着眼睛瞥过来，"有什么事情让你在意吗？"

"没……就是觉得，这也真是巧啊。"

"什么?"

"就是'礼物'的内容啦。五年前是色情杂志,去年是避孕套。两者都和性有关对吧。那是——"

"巧合啊。"高千断言道,干脆得让我意外,"那个是纯属巧合。"

"咦?可是……"

"华苗小姐确实因为五年前的事受到了心理上的影响。但是,那是上到最高一层以后的事情啦。也就是说,在楼下便利店里买'礼物'的时候,她还根本没有寻死的念头,也做梦都没想到仅仅几分钟以后自己竟然会被那种冲动驱使。所以,她应该是完全没有想过要去重复鸟越久作君的自杀形式。这么一来,'礼物'的内容也和性有关就纯属巧合了。"

"那么,鸟越久作那一边,又究竟是为什么带着'礼物'跳楼了?白天你稍微说过一句来着——为了嘲讽还是什么的。"

"是的。虽然没有确切的证据,但我想多半就是那样。"

"那是什么意思呢,嘲讽?对谁的?"

"当然是对外婆的嘲讽啊。"

"这个,我完全不明白——"

"'礼物'的意思呢,以久作君的情况来说,并不是在圣诞节。"

"啊?"

"那是'生日礼物'呀。"

"生日——谁的?"

"相关人士之中,要说在平安夜过生日的,就只有一个吧。"

回到大学附近已经快到晚上十点了。把车停放在漂撇学长借用的停车场里,我们沿着田边的道路朝学长家里走去。

吹着冷冷的夜风，我突然一句话冒出口来："我说啊……"

"什么？"

"还有一件事，我觉得很在意——能说吗？"

"没关系，说吧。"

"先说好哦，这件事大概说了也没什么用。关于来马先生是华苗小姐真心所向的'意中人'，我总是觉得不对。当然，他看起来的确是个好人。"

"是啊，真的，老实说我也觉得，若要二选一的话，初鹿野先生作为朋友姑且不论，作为男性是真的很有魅力。但问题是华苗小姐本人是怎么感觉的呢。"

"这样啊。所以，这个嘛，唔，其实就算说了也没什么用——"

"除了刚才那个，你还有其他问题？"

"说起来也没什么确切证据，不过从各人那里听来的话中，华苗小姐好像是那种能够基于明确的目的，拥有自己对事物的看法，并且还能在人前清楚表明自己态度的女性，就是这种的印象。"

"是，的确是这种感觉。"

"那么，这样的一个人，就算再怎么孝顺父母，在关于自己人生前途的事情上完全对父亲言听计从，不是有点不太自然吗？更何况，就算是为了违抗父亲的意志，真的可能会体现在对自己结婚对象的选择上吗，我觉得有点疑问——"

"匠仔，你忘记了一件事情，就是英生先生之前说过的。此村先生表露出本性，是在华苗小姐去世之后。在那之前，此村先生在孩子们的面前一直都扮演着完美父亲的角色。也就是说，对孩子们的洗脑也是完美的。华苗小姐优先选择就职，就其主观而言,确实是'自己的意志'，但是实质上那只不过是父亲的意志。虽然说来可怕，但这种错觉本身就显示了洗脑的威力啊。"

"但是,如果对华苗小姐的洗脑真是完美的,她就应该不是选初鹿野先生,而是选当时身为公务员的来马先生作为结婚对象吧。难道她没发现,这样才算是遵从父亲的意志吗?"

"没错,我想华苗小姐最开始多半也是打算选择来马先生吧。可是不要忘记这样一个事实——她已经三十多岁了。再完美的洗脑,总有一天会解除的。在选择初鹿野先生的那个阶段,或许华苗小姐的洗脑还没有完全解除,但至少是已经开始了。她也许并没有清晰地认识到对父亲的反抗,但无意识地,应该已经开始缓缓地朝着违背父亲意志的方向,重新调整自己的人生了吧。"

"但是这种调整却以失败而告终……你想说的是这个吗?"

"没错。所以对她而言,就只剩下自杀这最后一种逃避的方式了。"

或许确实是这样吧……到底应不应该采纳高千的说法呢?在难以委决的纠结心态中,我们到了漂撇学长的家门前。

可是没有灯光。玄关的门也紧紧锁着。

"好像出去了。"

"'I·L'已经关门了,那就是在'三瓶'吧?"

我们决定沿着来路返回,去"三瓶"看看。走到大路上。向右转是"三瓶",向左的话就是御影公寓了。

并排站立的行道树上装饰着华丽的彩灯,好像对镜一样从街的这一头一直连接到另一头。点缀成树形的无数黄金色小电灯,让人感觉圣诞节就在眼前了。

人行道上,人东一群西一群地到处集聚,都是来观赏彩灯的吧。虽然没拿着居民卡来一一对照,但感觉都是平时没在这一带出现过的陌生脸孔。

去年的平安夜，这条马路要朴实多了，没有彩灯，也没有大老远跑来的观光客。现在是因为对安大学生的购买力抱有极高期望的大型书店和CD音像店在同一时期杀进来，从而一下子变成了（仅限这一季节的）热闹繁华的约会胜地。但只要稍微离开大路一点点，就到处都是田地，让人有点儿难以置信。

"华苗小姐或许也是在这种氛围中沉醉了。"挤在人群里，抬头仰视彩灯，高千低语道，"当然，仅以这一带而论的话，去年要安静得多，但是她坐在出租车上经过的那些繁华街道，到处都是这样让人兴奋陶醉的气氛吧。"

"所以会觉得好像稍微去看一下从前的恋人也没什么关系吗，都是因为沉醉在了圣诞节的华丽氛围里。"

"仔细想想，商业化的圣诞节还真是作孽，让消费者超出必要程度地渴望人陪，或是毫无意义地去追逐性爱。"

"说得真直白。"

"因为说到底就是这么回事吧。华苗小姐心神沉醉，并不全是因为酒精不是吗？她是因为被这种圣诞节的气氛捕获了，所以才会去买下那种东西，作为送给未婚夫以外的其他男人的'礼物'。正是因为醉到了这种冒傻气的地步，所以一旦恢复清醒，情绪上的反弹就更剧烈——乃至到了一时冲动去跳楼的地步。"

跟着高千的动作，我也抬起头仰视彩灯。忽然间，夜空中有着白色的东西一闪而过。下雪了。意识到这件事，人群中欢声四起。雪花飞舞着，飘落在年轻情侣们共用的围巾上，在附近加油站灯光的照射下闪闪发亮。定睛看去，加油站的工人们都穿成圣诞老人的样子在做事。

"白色圣诞节啊，气氛越发完美啦。"

"谁知道呢,反正在安槻是积不起来的啦。融化以后留下一摊污泥倒是很有可能。"

"为什么这么浪漫的时节,这么浪漫的地点,我偏偏要跟匠仔你这样只会说扫兴话的家伙待在一起啊。"

"我可不想听能够冷静陈说商业化圣诞节弊害的人说教啦。"

"既然意见一致,那就该走了咯。"

分开人群,我们朝向"三瓶"走去。就在此时,身后响起了好像金属片刮过水泥的那种带有摩擦感的,像脑垂体被一把拧住似的刺耳的声音。

一瞬间的静默之后,此前一直沉醉于彩灯和雪花中的人群,嘈杂声慢慢变了味道。

那个,难道是——女性的尖叫?

"什么事?"

高千回过头去,一个男人的怒吼响起,盖过了她的声音。

——有人跳楼!

人群的惊呼,又如同被这惊呼本身迷乱了一般,一下子爆发出来。

高千冲了出去。我也紧跟着她。

喂!!救护车,快去叫——出现了这样的大声怒吼。

"还有呼吸!"从挤开的人群之中,突然清楚地听见了这样的怒吼声,好像电视机的音量被突然调高了一样。

"还活着!"

"人还活着!"

"快叫救护车!"

此时,忽然映入眼帘的是一部挂着车篷的轻型卡车,车身上印有搬家公司的标志。夜里十点搬家?正在我觉得奇怪的当口,高千抓住了我的胳膊。

"Smart-In"前方的道路上，男人仰面朝天倒在那里，脸上被血染得鲜红。虽然没穿鞋，也没戴那副厚厚的眼镜，但我还是立刻认出了他。

是鸭哥。

在他的身边，滚落着一个包着"Smart-In"的包装纸，粘贴了缎带花球，看上去像是件"礼物"的东西……

噩梦的巡礼

"那家伙……为什么……"

漂撇学长茫然地喃喃自语,瘫坐在候诊室的沙发里。

虽然直到刚才都还在"三瓶"喝酒,但醉意好像已完全消失,暗淡的光源之下,他的表情宛如黏土手工制品那样僵硬。平日里活力充沛好像能量块一样的人,现在,仅仅只是说一句话,就像要耗尽全部精力似的。

高千无言地环抱着他的肩,握住他的手。可是漂撇学长没有任何反应,眼神也一动不动,不知道是在看着哪里。

小兔泫然欲泣地看着他们两人。说是刚才一直在和学长一起喝酒,可此刻却是脸色苍白到让人无法相信那一点。那双平常一喝醉就会变得跟绰号"小兔"一样的红红的大眼睛这会儿肿得厉害,看着让人心痛。

此刻,鸭哥正在这家医院接受急救,到底伤重到什么程度,最终是不是能活下来,都完全无从得知。总之,眼下就只有等待急救结束。

"为什么……"

学长呆呆地自语,高千轻轻拍着他的脸。终于,他的眼中有了一丝生气,好像第一次意识到高千和我的存在似的,环视着四周。

"那家伙——"因为恢复了理智吗,学长慌慌张张地想要站起来,大概因为记起了鸭哥的现状,所以无法安坐了吧。

对于这样的学长,高千以让人难以置信的力道把他按回到沙发上。又或者,也许单纯只是学长全身都没了力气而已。

"冷静点,祐辅。"她直呼了学长的姓名,这当然是第一次,"冷静下来,好好听我说。你今天没见过鹎田老师吗?"

"嗯,今天……什么?"

虽然有那么一会儿连问题都听不懂的样子,但或许是在高千的注视之下恢复了冷静,学长多少能控制住声音了,开始进行解释。

按他的说法,今天(虽然从日期来说已经是昨天了)白天,学长接到了鸭哥的电话,说是有点事情要跟他说。具体是商量什么,学长并没有在电话上问,只约好晚上八点在"三瓶"见面。

可是,到了九点,然后十点,鸭哥都没有出现在"三瓶"。往他家里打过几次电话,但每次都是录音应答。学长担心他是不是会遇上车祸什么的,最后一直等到超过了零点,因为一个人喝酒很无聊,所以中途把闲来无事的小兔也叫来了"三瓶"。

而与此同时,正巧在事发现场的高千和我向警方说明我们是鸭哥的熟人,接受了询问。最初是制服警察跟我们交谈,后来不知为什么出现了身穿便衣像是刑警的男子,要求我们再次说明情况,结果当我们能回到漂撒学长家时已经超过了凌晨一点。学长和小兔从"三瓶"回来正打算再喝一轮,我们把他们塞进车里,带到了医院来。事情的经过就是这样。

"这样啊。约好了八点在'三瓶'见面,可是——"

"嗯,可是那家伙没来。虽然也有些担心来着,但是,但是怎么都想不到竟然会出这种事。"

"那个要和你商量的事情究竟是关于什么的,老师完全没说吗?"

"半点没有。也不是,是我满心以为肯定就是婚礼相关的事情,所以压根儿就没问。"

"对哦。在这种时候说有事商量的话,也不会想到其他——"

"不过确实也觉得有点奇怪。"

"怎么说?"

"昨晚他不是和绘理两人来过我家里吗?之后所有的流程还有相关事务应该全都已经商定了吧,那为什么还要——"

"也许是忽然又想起来有什么事情忘记说了呢?"

"嗯,大概是吧。这么说起来……联系过他家里人了吗?"

"警察应该会做的啦。关于老师的事情,我们已经把知道的所有情况都报告过了。"

只是鸭哥的父母住在县境的偏远地方,就算开汽车一路飙过来,到达安槻市内应该也需要五六个小时。今天晚上是到不了的。

"绘理那边呢?"

"这个嘛,我们不知道她电话号码啊。"

外人听了可能觉得很奇怪,但平常我们这些人都是通过漂撒学长这根支柱来往联系的,所以感觉是,要想见谁的话,先去学长家就行了。因此,朋友之间彼此不清楚对方的联系方式并不稀奇。

"早说嘛。"学长立刻奔向候诊室的电话,但拿起了话筒之后,身体就僵住了。到底要对绘理说什么呢?在拨号之前,话语就已哽住了吧。

"给我。"高千从旁抢过话筒,"我来打吧。"

"高千……"

"反正让口齿不清的人来打,也只会制造混乱而已。"

"抱歉。"对漂撇学长而言,从未像此刻这样感到高千的毒舌是如此神圣。他仿佛拜服似的退开了。

但是——

"不在家。"

"不在家?"

"是应答机。"

"啊?跑到哪里去了啊绘理,在这种时候?"

候诊室里的时钟已经走过了凌晨两点。

"不是出门,而是睡着了吧,肯定的。稍微等会儿,我去叫她。"

"拜托了。"

"祐辅。"

"什、什么?"

"要打起精神来啦。"

高千握拳在学长的胸膛上敲了一下。到这时为止,还是她平常的作风,然而接下去就不是了。她用双手捧起学长的脸,然后亲吻了他的面颊。

若是平时的学长,应该已经欣喜若狂了吧。然而此刻,他只是露出了略显困惑的表情。

事实上,就因为是这样的场合,我也有种好像在梦中徜徉的感觉,只是呆呆地看着她的举动,就连小兔都没了大惊小怪的兴致。这件事作为"大事件",之后过了很久才引起喧腾,而正如高千本人所承认的那样,这时候的她,并非正常的状态。

虽然说出来很是啰唆,但在这次事件中,高千从头到尾都很反常。平日里她是那么地冷漠,相比之下就连冰柱做的美杜莎都比她可爱,这次却待我们极其温柔。如果要打比方的话——是的,简直就像是"慈母"。

"一志哥会没事的,一定没事。"

"嗯……是的呢,肯定。"

虽然这样虚张声势着,但高千一离开医院,漂撇学长就像是失去了精神支柱一样,再度陷入了虚脱状态。他在沙发里捧着头,一动不动。

因为和他平常吵吵嚷嚷的状态实在落差太大,我陷入了一种迷失在坟地里的错觉。不,在这深夜的医院里,昏暗的灯光,冷冰冰的走廊,比坟地什么的恐怖多了。

"匠、匠仔……"小兔大概也有同样的感觉,抽抽搭搭地哭了出来,"为什么,鸭、鸭哥会做这种事……"

"这种事……"脑袋好像无法正常运转,明明清楚的事情又反问了回去,"这种事……是指?"

"为什么会做这种傻事啊?明明从今以后是要让绘理过上幸福生活的,为什么,为什么要做这种蠢事啊。太过分了!过分……过分……"

"这种蠢事——你说的,难道是自杀?"

"对啊。难道不是吗?"

"呃,这个,虽然是这样……"

我都不知道自己在说什么。也不知道自己在想什么。只是,好像不管听到什么都觉得像是噪音,不管看见什么都感觉是雪花马赛克。

小兔也一样,虽然是在说着话,却明显没把我的存在放在心上,只是一边呜咽着,一边不时用手背擦去脸上的泪水。

高千,你快回来吧……

这个时候的我，还不如一个不敢在夜里独自去厕所的哭哭啼啼的幼儿园小朋友。高千不在身边，就不知道要怎么办才好了。

若是独自一人被留在候诊室里，我只会单纯地感觉害怕和不安吧。然而此刻跟异于平常的处于"僵尸"状态的漂撇学长，还有同样异于往日的"呆傻"状态的小兔在一起，却让我倍受孤独与恐惧的折磨。

"打扰了。"身后突然传来声音，我险些跌坐在漆布地板上。回头一看，两位身穿西服的男子正看着我们。"你们是鸭田一志先生的朋友吧？"

因为这番话而"复活"了吗，漂撇学长从沙发上站起身来；而像是受到那股气势的感染，小兔眼中也有了生气。

"……是的。"

"刚才的事情，多谢了——"

两人之中年轻的那一位回答道，向我颔首。仔细一看，是之前到御影公寓来的刑警之一，名字应该是叫佐伯来着。

"容我再次自我介绍一下，我是安槻署的佐伯，这位是——"

他介绍着身边的另一人。对于这一位，我也是初次相见。是个头发斑白，眼皮看着很沉，刚刚上了年纪的男子。

"县警宇田川。你是匠同学吧，非常抱歉，之前的事情，麻烦再说一遍好吗？"

要再一次接受询问，老实说我的体力已经达到极限，但因为是县警的要求，那也没办法了。对抗国家权力，和再重复同样的解释说明相比，哪一种更耗体力，根本用不着做比较吧。

从鸭哥和我们的关系开始，到高千和我出现在现场的原委，以及他即将要结婚的情况，我把刚刚在现场所讲过的事情又重复说了一遍。漂撇学长也把之前才对高千和我讲过的内容重述了一遍。小兔从旁进行了补充。

等到一遍讲完，佐伯刑警转向漂撇学长："也就是说，您和鸱田先生约好了见面是吗？"

"是的，在大学附近一家叫作'三瓶'的居酒屋。约在八点。"

"可是鸱田先生没有露面？"

"是，也没来个电话，我打电话去他家里，但一直都是电话答录机……我们很担心，然后这小子……"他指着我，"就来通知消息了。"

"您和这位小姐，从'三瓶'回到自己家里是什么时候？"

"超过十二点了。"

"在那之前，一直都在店里吗？"

"是的。"

"羽迫小姐——是吧，"佐伯刑警接下去转向小兔，"您被边见先生叫去店里是什么时候？"

"嗯，唔，九点半——不对，我想应该已经接近十点了。"

"那之后，一直都和边见先生在一起是吧，在店里？"

"是的。"

"再后来，跟着边见先生一起去了他家是吗？"

"是的，没错。"

"那么，能告诉我'三瓶'的电话号码吗？"

是打算向店员证实学长和小兔的话是不是真的吧。也就是说，这是在若无其事地调查不在场证明。我正这么想着，佐伯刑警提出了问题：

"鸱田先生有没有被什么人记恨着？"

不由自主地，我们三人对视一眼。问出这样的问题，难道警方认为是谋杀未遂?

"没有……那种事……"漂撒学长还没完全从震惊中恢复,话语中略有些迟疑,"没有那种事的。不,我觉得没有。"

学长的迟疑,是因为突然想到要隐瞒某件事。我意识到了。

"听说鸸田先生是大学老师,那么你们从学生的角度看来,像是职场纠纷什么的,有没有什么线索?"

"我觉得没有。他人品最敦厚了。"

"那么,比如女性关系方面的问题呢?"

"没啦,他是如今稀有的道德主义者,甚至连未婚妻在自己家里过夜都不允许,说是在结婚之前不能失去节制什么的。"

"嚯。"

"这么老顽固的家伙,我想不出会有女性关系方面的纠纷。"

"既然说到了未婚妻,之前听说鸸田先生的婚礼是在二十四日啊。那位未婚妻的名字是——"

事态到了这一步,婚礼不得不无限期推迟了,大约是重又意识到这个现实,漂撒学长的表情好像塞了满嘴的辣椒一样。"弦本绘理小姐。"

"职业?"

"唔,这个怎么说呢,没有稳定的职业,打着各种临工。要说的话,该算是处于新娘修业期吧——"

"请告诉我她的联系方式。"

佐伯刑警记下了绘理的住址和电话号码以后,继续问道:"当时,鸸田先生和那位女士是相亲结婚吗?"

"不,要说的话,该算恋爱吧。"大概没能一下子明白刑警的问话意图,漂撒学长意外干脆地回答道,"我本来以为那家伙铁定是相亲结婚的类型，可是没想到，竟然是绘理这边看上了他——"

这件事我是头一次听说。我原本以为，肯定是鸭哥对绘理生出了迷恋之心，所以坦白说，此刻我很意外。

"那位弦本绘理小姐，和你们关系也很好吗？"

"在今年三月之前，都是大学的同学。"

"那你们很熟对吧？"

"唔，算是吧。"

"她以前有没有和其他男性交往过？"

果然行家就是行家。就算我们保持缄默，对方还是毫无疏漏地寻找着那样的可能性。

"这个吗……"看来漂撒学长也觉得不要勉强隐瞒比较好，于是放弃了遮掩，"也不是没有。"

"是谁？"

"是个叫东山良秀的男人。"

"他是什么情况？"

"跟弦本小姐一样，今年三月刚从安槻大学毕业，现在就职于本地的一家公司。"

"请告诉我他的联系方式。"

虽然这种事说来无关紧要，但从刚才开始，佐伯刑警就一人包办了从问话到记录的全部事项。宇田川刑警什么也没说，什么也没做，一直从旁静静地看着我们交谈。

"这位东山先生，从前和弦本小姐有过密切的交往是吧？"

"是。"

"也就是说，有过恋爱关系？"

"嗯，大概是的吧。"

"或者说，有没有到达谈婚论嫁也不稀奇的程度？"

"这个嘛，不太好说——"

"为什么他们两人会停止交往？"

"这我也不清楚……没听他们本人说起过的事情，很难知道啦。"

"原来如此。"

"那个，刑警先生，"看来漂撇学长终于忍不下去了，"警方认为那家伙——鸭田一志，不是自杀，而是被人谋杀的吗？"

此时，一直沉默的宇田川刑警初次开口了："那座公寓从前发生过两次跳楼事件，你知道吗？"

"是的。也是巧合，去年此村华苗小姐跳楼的那次，我们正好在场，去告诉便利店的店员让他们报警的人，就是我——"

不过严格说来，只有小兔当时不在现场，而且对于五年前那件事，她到现在为止也还不知情。

"这可真是奇妙的缘分啊。"到底出自几分真心姑且不论，宇田川刑警看上去一脸木然，"该不会五年前住在附近的高中生跳楼那次，你们也正好在场吧。"

"没有，要说那一次，我们完全——"

"原来如此。其实，五年前那件事是我负责的。"

"啊？"

"虽然存在一大堆的疑点，但最终还是判断为自杀。因为死者正处于不稳定的年纪嘛。最后得出的结论就是，想来是有着什么大人无法理解的烦恼吧。然后，去年和今年，又接连发生了类似的事件。两次也就罢了，或许还勉强能归入巧合的范畴，但是出现了第三次，就不能只是说可疑了。更多的详情我没法告诉你们，但总而言之就是这样。明白吗？"

"我明白了。"

"可是……"我终于插嘴道,"我觉得鸭田老师他没有穿鞋,也没戴眼镜来着——"

"是的。"这次回答的是佐伯刑警,"你说得没错。"

"那鞋子和眼镜怎么样了?"

向宇田川刑警递出个请示的姿态之后,佐伯刑警回答说:"放在御影公寓的楼顶平台上了。鞋子摆得整整齐齐,眼镜也端端正正地收起了镜腿,放在鞋子上面。"

那不就是,简直和五年前以及去年的事件一样吗……虽然这么想着,我却说不出口。总觉得,一旦诉诸语言,最终就会作为某种咒语呈现出来。

"也就是说,自杀未遂的可能性也很大——"

"我先把话说在前面,我们从来没有提过半个字,说这是谋杀未遂。"

是这样的吗?我一瞬感到头脑混乱,但这样措辞严密其实没什么意义。很明显,警方是在以谋杀未遂为前提进行调查。

"那遗书呢?"

"至少从现场没有发现那样的东西。"

跟五年前还有去年的事件越来越像了……像是看透了我心中的想法,佐伯刑警又加了一句:"也许,说不定是在鸭田先生自己家里吧。"

"可是,那家伙才不会去自……"

"什么?鸭田先生应该没有理由自杀——您是想说这个吗?"

"嗯,是啊。就像刚才说的,马上都要举办婚礼了。我都没听他说过有什么烦心事。"

大概是心理作用,我觉得两位刑警都露出了"那是自然"的表情。果然是在怀疑这是一起谋杀未遂案吗?

"这么说起来……"突然,刚刚见过的那番情景鲜明地浮现在脑海中。"那个'礼物'呢?"

"礼物?"

"掉在鸭田老师旁边的,那个……"里面是什么东西,正要问起这件事的当口,高千回来了。这当然是好事,可是就只有她一个人,绘理的身影没有出现。

"绘理呢?"

"那个,"眼睛看都没看两位刑警,高千调整着呼吸,"不在啊。"

"不在?那是怎么回事,什么叫不在?"

"就是不在自己家里啦。我按了好多次门铃,一直都没人出来。因为情况特殊,所以我向管理员说明情况,借来了钥匙。可是,房间里一个人都没有。"

"她到底跑去哪里了啊,偏偏还在这种时候。"

"小漂,你有什么头绪没有?"因为看到学长已经大致"活过来了"吧,高千也恢复了日常的称呼。

"怎么可能,我又不会成天去监视绘理的生活。"

"那小兔你呢,知不知道她可能会去什么朋友那里过夜?"

"嗯——这么说起来,应该有几个学妹的。"

"是吗。很好。"漂撇学长口沫横飞地插嘴,"电话号码告诉我,我打去问问。"

"说什么呢。都这个时候了,被男人的电话吵起来可不行吧。我和小兔去打啦,稍等下。"

丢下似乎想说什么的两位刑警,他们三人围在电话旁边,小兔报出电话号码,高千一个个地打过去询问,她的身后,学长竖着耳朵聆听。

"那位小姐,"佐伯刑警悄悄靠近无所事事的我,"也是刚才在现场说过情况的吧?"

"是的。"他说的应该是高千。"没错。"

"真是位相当漂亮的美女啊。"

其实是佐伯刑警想说却又忍住没出口的台词,却被年长的宇田川干脆地抢了过去,这场面还挺好笑。

高千和小兔打了一圈的电话,结果全都扑空。

"不在啦,哪里都没有。"小兔又哭丧起了脸,"能想到的地方,就只有这么多了啦。再也没有别人了。"

"啊啊啊,真是的!"在她们身后焦躁不已的漂撇学长猛抓着头发,"后天就要做新娘的女孩子,到底跑去哪里夜游了啦!"

"是明天哦。"对于漂撇学长的慨叹,高千以奇特的冷静态度纠正他,"婚礼是明天。"

"明天……是哦。"看来是再次意识到现在日期已经变成了二十三日,学长的肩头颓然耷拉下来,让人担心他是不是又回复了"僵尸"状态,"这样啊……已经是明天了啊。"

"抱歉打断一下,"佐伯刑警插入了我们的对话,"你们不知道弦本绘理小姐去了哪里吗?"

"是的,不在公寓,也没在朋友家,到底是去哪里……"

"是不是还有一个地方,你们都忘记了?"

"啊?什么地方?"

"就是,住在未婚夫家里了。"

"不,那不可能。鸣田家里我今晚已经打过无数电话了,但是一直没人接。再说,那边的钥匙鸭田应该还没给过她。说是在婚礼之前,新娘不能住进新居什么的。"

"原来如此。这么说起来,刚才也提过这个话题来着。那么,剩下的可能性就只有一个了。"

"你的意思是?"

"以前交往过的那位男士的家里。"

"请等一下!"深夜的医院里蓦然回荡起自己的声音,学长缩了缩脖子,压低音量,"这是什么意思?你是说,她竟然是住在东山家里?"

"事到如今,就只能这么想了不是吗?"

"怎么可能!她可是明天就要和鸭田举办婚礼了啊!"

"或许就因为这样才会对他旧情复燃啊。"

"那不可能。"

"这不是外人可以断言的吧。"

"可以的。若是还有什么留恋,她一开始就不会和东山分手;再者刚才我也说过了,是她先对鸭田有了感情,后来才——事到如今了怎么可能回去?"

"哎,"在一旁看着学长和刑警的交谈,高千伸手拍拍我的肩,"那是怎么回事?"

"哪个?"

"绘理这边先对鸭田老师有了意思——是真的吗?"

"好像是,我也是刚才第一次听说,也觉得有点意外来着——"

"总之,姑且先去问一下东山先生怎么样?"佐伯刑警提议道,"也没有必要去问弦本小姐有没有住在那边。也就是探个口风,说现在找不到她,问问他有没有什么头绪,这样子总可以吧?"

天亮的时候,我们得到消息,鸭哥总算是保住了性命。

他之所以能够幸免,据说是多亏了那辆搬家公司的轻型卡车。后来我们听说,好像是御影公寓的一位女性住客被可疑的男人纠缠上了,害怕得想要搬家,于是就打算趁着有大量游客来看彩灯的时候,混在人群里面偷偷地搬走。鸭哥掉下来时,那辆轻型卡车正好就停在下面,车篷起到了软垫的缓冲作用。

只是,在从车篷摔到地上的时候,鸭哥的脑袋撞到了地面,所以还没有恢复意识。

在白蒙蒙的晨雾之中,我们决定暂时先离开医院。

坐在车里,漂撇学长突然开口:"匠仔啊。"他的声音中有着奇特的凝重感。

"什么?"

"你觉得究竟是谁?是哪个家伙想要杀死小鸭——"

原本因为鸭哥总算保住了一条命,在安心之余紧张的情绪放松下来,彻夜未眠的脑袋里开始潜入了睡意,然而学长的这句话,却让我整个人清醒过来。

"等、等下啦学长……"我从副驾驶座上扭过头,瞄着后排的座位,"难道你认为这次是谋杀未遂事件?"

"那是当然的啊。"

"可是刑警先生说的那些你也听到了吧?在最上一层的楼梯平台上,鸭哥的鞋子和眼镜都整整齐齐的……"

"笨蛋啊。那种事情怎么伪装都可以吧。关键是没有遗书,这也说过的吧。"

"说是——现场没有找到。"

"就算在小鸭自己家里,也肯定找不到那种东西的。因为本来就没有什么遗书。小鸭根本就没有理由去死。你想想看吧,他马上就要和绘理结婚了啊,这是人生最幸福的时光了。这种时候有什么好伤心的,为什么要去自杀?他是被谋杀的,被某个人。肯定是这样。再说了,那些刑警好像也在以此为前提进行调查。"

"但是,跟自杀一样,他杀也是没有动机的。"握着方向盘,高千冷静地提出,"会有人想杀死鸥田老师吗?"

"这个嘛,唔,就是,虽然我也不愿意这么想——"

漂撇学长含糊其辞,但高千当然立刻就意识到了:"是大和吧。"

"我也不想怀疑啊,可是就形式来看,那小子是被小鸭横刀夺爱了。也许他对此怀恨在心——"

"但是,"在后排位子上坐在学长身边的小兔歪着脑袋,"刚才电话里大和的反应怎样?"

刚才,在佐伯刑警的催促之下,学长给大和家里打了电话。大和在家,但他当然是回答说,完全想不出绘理会去什么地方。

"反应?你是说?"

"就是听到鸭哥的事情时他的反应,感觉是怎样的?"

"那个嘛,吃了一惊啊,非常吃惊。但那也说不定是表演出来的。也许他在接到我的电话之前,就已经知道小鸭跳楼的事情了……"

"稍等下。"高千这时接过话来,"在怀疑大和之前,有件事情先要想清楚。"

"什么?"

"不管是自杀未遂还是谋杀未遂,这件事归根究底,到底是不是巧合?"

"你到底在说什么啊?"

"昨天匠仔说过了吧,五年前高中生的那件事,还有去年此村小姐的那件事。"

"喂喂,高千,你在说什么啊。你该不会想说,那些过去的事情和小鸭这件事有关吧?"

"应该认为是有关的吧。因为若有第二次的话,或许还能勉强称之为偶然,但是出现了第三次,就很难再说只是可疑了。"

高千此刻所说的,和刚才她不在场时宇田川刑警所持的观点相同——大概因为意识到了这一点,漂撇学长原本要反驳的嘴闭了起来,陷入沉思。

"等一下啦,这也就是说——"想到从这番发言之中可以推导得出的理所当然的结论,我有点着慌了,"也就是说,高千你是要撤回你自己刚刚做出的结论吗?本来,五年前鸟越久作和去年此村华苗的事件都可以各自作为自杀给出合理的解释,可是现在,又要重新推想一遍——你是想说这个吗?"

"是的,很遗憾,不得不这么做吧。因为你也看到了,这三次事件的相似点实在太多。"

"唔。"学长抱着胳膊,点点头,"这么说起来的确如此。"

"三个人都是从御影公寓最高一层的平台上跳下来;鞋子、衣服、眼镜之类的个人物品都整齐地摆放在平台上;没有找到遗书。鸭哥的情况是现在开始还有可能找到,但若是找不到……"

"就会成为重大的相似点……对吧?"

"跳楼的日期,高中生和华苗小姐是平安夜,鸭田先生是十二月二十二,这一点有所不同,但三者都在十二月,这一点是相似的。"

"的确如此。"

"然后,最大最大的相似点是,这三人都正处于人生最好的时光。鸟越君刚刚顺利通过海圣学园超级难的入学考,华苗小姐和鸭田老师，各自都在婚礼举办之前。"

"是啊。应该没有理由自杀。"一句一句应和着高千的话，漂撇学长大概觉得这下不会有错了吧，手握成拳敲着膝盖，"至少小鸭是绝对不该自杀的。那么说不定，那两位也是被人谋杀的。"

"就是这个。"

"啊？"

"这就是在怀疑大和之前，我们必须认真思考的问题。也就是说，假设三次事件全都是被伪装成自杀的谋杀案，那么凶手是各有其人，还是同一个人——"

"你说……同一个凶手？"

因为太过震惊吗，学长一把抓住了驾驶席的靠背。他的动作引起车体一阵摇晃。

"你怎么想？"

"呃——判断材料太少了，现在还什么都不能说，但应该不可能吧？毕竟，三个人之间应该没有任何关系的。"

"也许是无差别杀人。"

"无——"彻夜未眠的疲劳也起了作用吧，学长好像连吃惊的力气都没有了，只是瞪着眼睛，一个劲儿地呻吟，"可是，你啊……怎么……"

"凶手也许是出于某种理由，执着于把人从御影公寓最高一层的楼梯间平台上推下去。只要有了机会，就把人推下去，对方是谁都无所谓，就这样。"

"难道……"好像是想起了刚才我在医院里提出的那个问题，小兔感觉心里不适似的扭歪了脸，"每逢这种时候，就在'牺牲者'的身边供上'礼物'？"

"不知道啊。不过，关于去年华苗小姐的情况还没查出来，但至少五年前的久作君，好像是他本人去买的那个'礼物'。"

"鸭哥怎么样？掉在旁边的那个'礼物'，是他自己去买的吗？还是说，是其他人……"

那之后，我们向佐伯刑警大致问了问关于"礼物"的情况，但也只是被支支吾吾地敷衍过去而已。因为那是重要的物证，所以他这么做也算理所当然吧。

"说到机会我想起来了，"我转变话题，"鸭哥他到底为了什么事要去御影公寓啊？"

"对哦，还有这个问题。"

"仔细想想，五年前鸟越久作君也是这样，要是以自杀为前提来考虑倒没什么奇怪，但如果他是被人谋杀的，那么他是因为什么理由而去御影公寓的呢？"

"不知道啊。目前在几名'被害者'中，知道去现场理由的，就只有第二位，此村华苗小姐。"

"该不会，"渐渐地，小兔好像也感染了高千的想法，好像怕冷似的缩起了肩，"也许……是凶手把他叫去的？"

"大概吧。"

"但会是谁呢？"漂撇学长也认可了那种可能性，但同时又好像提醒着自己绝不能草率断定，"我已经说过好几次了，小鸭约好了八点跟我会面的。之后任何取消的信息都没给我，究竟会是去见谁呢？"

"谁知道。总之——"高千把车停在停车场里，拉上手刹，"还是稍微睡一下比较好吧，我们。"

"说得也是。"

下了车，昨晚的雪果然没有积起来。就像雨停了之后一样，只剩下融雪的残迹。

"之后的事情，我们回头再商量吧。"

"知道了——对了高千。"正要在停车场前道别，漂撇学长叫住她。

"什么？"

"刚才，多谢了。"

面对他伸出的手，高千坦然露出笑脸，回握上去："消沉沮丧的小漂最讨厌了。"

"已经没事啦。看看，如你所见，我复活了哦。啊，对了！这么说起来，之前高千你亲了我呢！哇哈哈哈！"

到了此刻终于涌上实感了吗，学长的眼角和鼻子下方唰的一下垂下去，好像集中受到了地球引力的牵引一样。那种就算用特殊化妆术都无法实现的表情崩坏程度，哪怕说是欣喜若狂都显得太过平实了。

"哎呀，你说什么啊。"高千的反应也在我的意料之中，正如漂撇学长恢复到平时的状态一样，她也完全变回了正常时候的自己，表情冷淡，"我一点都听不懂呢。"

"又来了又来了，高千啊，你这人真是的，用不着这么害羞嘛。你我都已经是这种关系了，对吧？对吧？那么，在去美美睡一觉之前，先来个晚安之吻——"

说着，学长神魂颠倒地闭起眼睛，把脸凑了上去。高千干脆利落地一把推开那张脸，动作之大简直让人担心会不会把他脖子都扭下来，继而一个扫堂腿，把学长结结实实地摔在地上。手下留情？哪个世界有这种概念啊？

"呜哇，好惨！"小兔瞪圆了眼睛。

"痛痛痛……"

重要的当事人漂撇学长趴在地上痛苦挣扎,脸上却洋溢着莫名的喜悦。看着这样一如往日的他,我终于有了切实的感觉——鸭哥他真的活下来了。

但是,和高千、漂撇学长还有小兔道别之后回到自己的公寓,只剩下自己一个人时,鸭哥几乎死去的事实再度伴着恐怖袭上心头。我一边担心着会做噩梦,一边先躺了下来。

我睡不着,想要喝瓶啤酒,但又觉得在这清晨的阳光之下喝酒实在有点说不过去。当然了,把窗帘拉起来,光就进不来了,可是清晨的氛围还是无处不在。

我忍耐着对于酒精的渴望,躺在从不整理的床铺上,各种各样的思绪在整晚没睡的冰凉头脑中不断卷起旋涡。

鸭哥真是被人谋杀的吗?若的确如此,会是如漂撇学长所担心的那样,源于围绕着绘理的三角关系,由大和动的手吗?还是像高千所说,他是无差别杀人模式之下的牺牲品呢?

无法断定。但就我而言,我觉得漂撇学长的说法更有道理。虽然不得不怀疑大和这一点让人很遗憾,但在有着鸭哥最开始为什么要跑去御影公寓这个问题的前提下,就没法儿不怀疑其中有着熟人的存在。

因为已经和学长约了见面,所以很难想象鸭哥会被陌生人叫出去,若无其事地去对方的地盘。但是,如果是大和找他,说不会花很长时间,鸭哥就会决定先让漂撇学长等一会儿,先去大和那边吧。那也就是说,果然……

这样那样地展开着讨厌的想象,我浅浅地进入了梦乡,不出所料地做了噩梦。

梦里,我在楼梯平台上被人从背后推了下去。怎么会有这么毫无艺术感、这么直白的噩梦啦——我还记得,在梦中我如此地气愤着。

要坠落了。在自己的惨叫声中,我醒了过来。整个人都很不舒服,感觉好像噩梦的残渣也一道被带来了现实世界似的。

看看表,还没到中午。时间长短姑且不论,从情绪来说,不能说是经过了充分的睡眠。想要再睡一觉,又觉得还是会做噩梦,我索性从被窝里爬了出来。

正想着该去吃点什么东西,房间的门被敲响了。

"哪位?"

"嘿。"漂撒学长走了进来,他看上去像是睡了足以恢复平常体力的一觉,表情十分清爽。"出门了哦。"

"啊?什么啊,突然来这么一句。"

"之前那两位又来了。"

"那两位?"

"刑警啦,刑警。"

公寓外面,佐伯刑警和宇田川刑警,跟高千和小兔一起等在那里。

看到高千,我稍微有些迷糊。因为她已经恢复了平时的穿衣风格——设计感奇异到让人不觉得那竟然是服装的独特品位,然后是露出了长腿的裙裤。只是,颜色依然是黑的。除去这一点,还是平日的高千。她果然还是穿着"丧服"啊。

"打扰你休息了,抱歉。"佐伯刑警自己恐怕完全没有睡过吧,这一点可以想象,却完全感觉不出来。"各位都到齐了,我想请问一下,有人去过鸭田一志先生的家吗?"

"我经常去。"漂撇学长回答道。

而高千和我其实都还没有去过鸭哥的新居。他从之前那间地板塌陷了的公寓搬出来以后,好像先在其他公寓里住了一阵子,然后为了跟绘理结婚,买了一套四室两厅的新居。

"那么,拜托你一件事。"

"什么?"

"我们打算去鸭田先生的住处进行调查,可以请你们去见证一下吗?"

"见证?"

"也就是想请你帮忙确认一下,以你熟悉的眼光来看,有没有什么地方不对劲。当然了,你们几位也请一起吧。"他依次看着高千、小兔和我,"站在不同的立场来看,可能又会有新的发现。"

两位刑警坐进了便衣警车,我们四人坐进漂撇学长开的车里,朝向鸭哥的新居驶去。

那是一幢十二层高的大楼,周围还插着现场看房通知的旗子,看来房子还有挺多没卖掉。这么说起来,好像之前听鸭哥说过来着,之所以会选择买这里,是因为房价比起最开始降下来了一大截。

鸭哥的房子在一楼的角上。说起四室两厅,世人一般都会觉得对新婚夫妇而言房间好像多了一点,但就鸭哥的情况来说,为了他收集的那些书,这么多的房间无论如何都是必需的。

佐伯刑警在有着自动锁的玄关按响了门铃。"哪位?"女性的声音传来。"是我。"他简单地回答后,响起了咔嚓一下的开锁音。

待在一〇一室的是位年轻女性。佐伯介绍她的名字是七濑。看来也是位刑警吧,结实的体格有着中性气质。

照佐伯刑警之前的口吻,感觉像是现在要开始对鸭哥的房间进行调查,但从现状来看,他们的检查应该已经大致结束了。当然,这是因为他们一开始就是以谋杀未遂为前提(恐怕是以宇田川刑警为主导),加上寻找遗书这一目的,开展了初步搜查。

"找到遗书之类的东西了吗?"高千问道。对此,宇田川刑警只是摇摇头。

"我有点事想请教一下。"佐伯刑警带我们走到靠近玄关的西式房间,视线范围内全都是书。并列摆放的一排又一排书架之间,只能勉强容许一个人通过。

"鸭田先生好像很喜欢书本,但就我所看到的,发现同样的一本书有两本,甚至还有十几本之多。这是为什么呢?"

原来如此。之前佐伯刑警说的意思好像是,期待从熟悉环境的人眼中有什么新发现,但总而言之,他是为了解开这类疑问,才特意带我们来这里的。

漂撇学长作为代表,大致说明了鸭哥的"爱好"。为了保存而买下备份,不同版次的版本全部收集起来,这些对佐伯刑警来说好像都是无法理解的世界。他措辞谨慎地表达了心中的些许不解:"请恕我直言,这还真是相当惊人的爱好啊。特别是像这样——"

他指向的那个书架上,同一个标题的书,猛一眼看上去,排列了有百本以上。那是在大约十年之前卖出了几百万册的畅销书,著名的恋爱小说。而鸭哥是那位作家的粉丝。这部作品不断地一再重版加印,听说是竟然印刷了一百五十多次。要是把这些不同的版本全部收集在一起,那同一个题目的书当然会有一百五十多本并排在那里了。即使在鸭哥为数众多的藏品中,这也是最大数量级的一部了吧。

"还有——"不知何时,佐伯刑警已经戴上了一副白手套。他伸手从书架上抽出一本新书，问"这是什么？"

翻开书来，中间夹着一张浅绿色的券，上面印着红线绘就的圣诞树。是圣诞彩票。前天在漂撇学长家里给我们看的那张是米色的，看来是每年的颜色都不一样。既然米色是今年的，那浅绿色就该是去年的吧。

"如你所见，这是当书签用的。"

"书签？"

"就像我刚才说的，那家伙有这种爱好，所以经常到旧书店里去买书。"

"原来如此。为了收集不同的版本，每次都去买新书也是笔大开销。"

"但是旧书的话，很多都没有书签了。而那家伙，若不在自己每本书里都夹上书签就觉得心里不自在，所以就像这样，没中奖的彩票也不丢掉，拿来当书签使了。"

原来如此，是这么回事啊——去年的平安夜，漂撇学长和鸭哥之间那番谜一样的交流，我终于明白了其中的意思。

"这么说起来，这是去年的票啊。"佐伯刑警是因为自己也买过圣彩吗，语气中显得深有感触一般。"但是，再怎么说是爱好，这么大量的书还是挺够呛的。一般都会趁着结婚的机会，把这种收藏处理掉的吧，鸭田先生是打算结婚以后仍然保留这项爱好吗？"

"是吧。毕竟他可是连地板塌陷都不会吸取教训的人呢。"

"地板塌陷？"

"他以前住在木造结构的公寓里，因为书太重，把地板都压塌了。"

"嚯，那场面还真是够壮观的。"

"正巧当时我们也——哦，现在这些人里面只有我——当时在场来着,那可真是不得了的体验。"

"请等一下。"宇田川刑警插嘴道,"你刚才说'我们',那也就是说,当时在鸭田先生家里的,除了边见先生你以外,还有其他人是吗?"

"是的。"

"是谁呢?"

"鸭田的未婚妻——不对,当时还没有定下婚约来着,弦本小姐和——"

"还有?"

"就是昨晚也说起过的,东山良秀。"

"当时是什么情况,请再详细告诉我们一下。地板塌陷那究竟是什么时候?"

虽然不清楚是什么事情让宇田川刑警这么感兴趣,不过,或许他是想到,围绕着绘理、鸭哥与大和之间三角关系的火种就隐藏在那之中吧。哪怕再不起眼的事情都必须予以关注,刑警这份工作也是够辛苦的。

"那是在去年的平安夜。"

"也就是说——是发生此村华苗小姐坠楼事件的同一天?"

"是的。说来也巧,那天晚上,我们约好了邀请这两位——"他示意着高千和我,"一起去喝酒。约的时间是五点,但在那大概一小时前,我们去鸭田以前住的木造公寓里集合,预备对一下中奖号码。"

"中奖号码?哦哦,圣诞彩,是吧。"

"因为我们四个人都买啦。白天是开奖,中奖号码刚刚出炉,所以大家都兴致勃勃,结果一个都没中。"

"地板是在那时塌掉的吗?"

"是的。说得再详细一点,一开始是我买的那些彩票,大家一起一张一张地核对,但是全都没中。接着是大和——不对,东山的彩票,大家也是一张一张地对号,结果也都没中。然后是绘理的,同样全军覆没。最后轮到核对鸣田的彩票了,结果就在那时——"

"地板塌了?"

"是啊,轰隆一下子。"

"你们吓了一跳吧?"

"怎么说呢,在那种时候,人会产生奇怪的反应。地板塌了,虽然清楚地认识到了这一点,但是好像也没什么实际感受。没顾得上慌乱,还是先去对号了。"

"嚯,很了不起啊。"

"当然了,因为地板塌掉,彩票散开来落得到处都是。全部捡起来以后对了号码,有一张和一等奖就只差了一个数字,好可惜啊。要是这张中了,就能赔偿地板了,大家这么说着,都觉得好沮丧,然后才开始忙乱起来。现在说起来,我自己都觉得真是好笑。"

"那个时候有没有引起什么麻烦?当然了,地板塌陷本身就已经是大麻烦了,不过,房客之间,有没有因为这件事发生什么纠纷之类的——"

"没,那种事倒是没有啦。可能因为是平安夜的傍晚吧,其他房客都出门了,也没人来看热闹,在我们去通知之前,连房东都不知道发生了什么事。"

"听不到声音吗?"

"房东的住处跟那里虽是同一块地皮,但在另一栋建筑里。"

"那位房东的反应怎样?"

"表情有些怨恨,又有些可怜,说'不是早就提醒过你要小心的嘛',倒没有我们想象的那样勃然大怒,大概是强忍着没发火吧。"

"然后呢?"

"总之,这么一来鸤田就不能睡觉了。我们先把房间大致收拾了一下,暂时让他去我家里避难,只带了必要的行李,先用我的车运过去。"

"然后呢?"

"那时约定的时间已经过了很久,本来是想这两位肯定已经回去了,但因为我们都还没吃饭,姑且就先去店里看了看。"

"是哪里的店?"

"之前在医院里也提到过的,就是大学附近那家名叫'三瓶'的居酒屋。"

"然后,去看了以后呢?"

"那时已经差不多十一点了吧,可是这两位还在等,所以就决定先喝一点酒,再一起去我家里。在那之前,因为正好是平安夜,想要去买交换礼物,就去了'Smart-In',差不多要准备回去的时候,此村华苗小姐坠落在我们眼前。"

"那天夜里,你们六人之间起过什么争执吗?"

"没啊,没什么特别的——是吧?"

"完全没有。"因为学长在找人帮腔,所以我回答了,"大家全都是其乐融融的气氛。当然鸤田老师他因为地板塌了,彩票也没中,再加上刚刚跟女朋友分手,所以感觉稍微有那么一点消沉。"

"就是说,鸤田先生在和弦本小姐订下婚约之前,有和其他女性交往是吗?"

"哎?是啊……"由于佐伯刑警的突然接口,我后悔自己是不是说漏嘴讲了什么不该讲的话,但已经迟了。

"是谁呢,那位女性?"

还是不要拙劣地隐瞒比较好。

"药部裕子小姐，在安槻大学做事务性工作。"

"鸫田先生为什么会和那位小姐分手？"

"这个嘛，我就不清楚了……"

"我也知道得不是很详细，不过好像说是，对于他的'爱好'两人意见不一，发生了点冲突什么的。"漂撇学长代我回答道，"药部小姐这个人，是那种讲求合理主义的类型，认为在这种电子出版时代，书本什么的根本就没必要买。不，准确来说她到底怎么讲我并不知道，总之就是这种意思的批评吧，然后就和鸫田争起来了，差不多是这样。"

这又是我第一次听说的事情。不过，真不愧是身为安槻大学"地头蛇"的漂撇学长啊，谦虚地说着什么详情也不太清楚，可是各种各样的人和事他全都了解啊。我真是佩服得五体投地。

"他们吵架了吧。"

"唔，我想是的，其实真的就只是一些鸡毛蒜皮的小事，我觉得。"

"两人因此而分手。也就是说，是吵架分手的。"

"唔……"大概是想象得到刑警在想些什么吧，漂撇学长露出了不快的表情，"算是那样吧，嗯。"

"那位药部小姐的联系方式是——"

"抱歉，关于这个，您得去和校方联系了。"

"我知道了。"佐伯刑警的表情像是恨不得现在就立刻去见药部小姐。当然，他们要去见的并不只是药部小姐一人，应该还有绘理，还有大和。

"那么，回到之前的话题——"这一次，是宇田川刑警走上前来，"可以看下这个吗？"

他也戴着白色手套,手上拿着的正是那部超级畅销的恋爱小说,是刚刚才成为话题中心的"鸭田收藏"中的魁首。

首先翻到版权页,摊开让我们清清楚楚地看见第七十二次印刷的字样。接下去,哗啦哗啦地从最后一页开始向封面翻动。

"注意到什么不对劲吗?"

被突然问到这样的问题,我们都只是迷惑地彼此交换着视线。然后——

"没有书签呢。"高千的表情却像是明白了什么,指出道。

"正是如此。里面没夹书签。其他书里全都夹着,只有这一本里什么都没有。"

"可是,也许是老师偶然忘记了也说不定。"

"其实这本书不是这间屋子里的东西。昨晚,在鸭田一志倒地的地方,身边就掉落着这本书。"

"哎?"

也就是说,看来这就是那件"礼物"的内容了。这真是太过意外的东西,让人大吃一惊,可是这究竟意味着什么,我完全摸不着头绪,困惑不已。

"我们检查过了鸭田先生的书架,确实就只少了这本书的第七十二次印刷本。若是他已经集齐了这本书的全部版本,那么这件'礼物',应该就是从这个房间里拿出去的吧。"

宇田川刑警接着把"Smart-In"的包装纸,还有装饰用的缎带花球拿出来,递到我们眼前,"我们没有找到证言说,最近有像是鸭田一志的人物在'Smart-In'买过东西。这样看起来,就是他原本已经有了这样的包装纸和缎带——"

"请等一下。"高千打断他,"您是认为,准备这份'礼物'的,就是鸥田老师本人？"

"可能是这样，现在我们正进行调查。或者说，也是因为这个包装的手法比较粗糙，像是外行人做的，而且包装纸本身，你们也看见了，有点老旧的感觉。解释为并非在店里而是由自己完成的包装比较妥当吧。但是，如果判明了他并不曾有过这样的包装纸，那当然得去探寻另一种可能性了——也就是说，是其他人准备的。怎么样，他有没有这样的东西，你们知道吗？"

"可能是有的。"漂撒学长沉思了片刻，犹豫着低语道，"去年平安夜，我们进行了交换礼物的活动——"他简单解释了当时的情形，"所以，有可能是那时候的东西。从他使用废彩票当书签的习惯也可以知道，鸥田是很会废物利用的那种人。在我家里打开礼物之后，想着也许下次什么时候能用到，就把包装纸和缎带拿了回去，暂时收起来，这种可能性是存在的。当然了，我不能对此下断言。"

"原来如此。对了，高濑小姐——"宇田川刑警露出了认识他以来的第一个微笑，"据御影公寓的管理人说，你在寻找去年去世的此村华苗小姐的'礼物'收取人？"

"是的。但是那个'礼物'已经不在我手上了。因为终于找到了真正的收取人，所以就转交给他了。"

问了来马卓也的联系方式，写在记事本上以后，佐伯刑警朝着高千露出略显笨拙的温和笑容。"并非要责备你，不过关于这类物品，希望下次能先找我们警方商量吧，高濑小姐。"

"非常抱歉。我是因为觉得华苗小姐是单纯的自杀，才以为没问题的。"

"嗯，当然是那样吧。我明白的。关于去年平安夜她的'礼物'落到你们手上的原委，也并非你们故意导致的嘛。"

不知怎么，我感觉佐伯刑警好像还在替高千辩解一样。

"真是不愉快啊。"

跟刑警们道别，离开鸭哥的新居之后，漂撇学长握着方向盘低语道。

"什么？"

"什么什么啊，高千，看起来警察是认为，小鸭他是因为男女关系的纠纷而遭到谋杀的啊。"

"可是，也许真的就是那样。"

"啊？喂！"学长吃惊地扭头转向副驾驶座上的高千，"若真是那样，嫌疑对象不就变成了大和，或者药部小姐吗！"

"哎——"后排位子上，坐在我旁边的小兔提高了嗓门，"大和先不去说，为什么药部小姐想杀掉鸭哥啊？"

"你想啊，那家伙可是给药部小姐送上了婚礼请柬哎，正常人谁会做这种事啦。那家伙离群索居的，时不时就会做出这种让人匪夷所思的举动。"

"那，意思是，药部小姐被这种没神经的行为激怒了，所以就想杀掉鸭哥？"

"这种可能性大概是有的。大家都想想啦，高千之前还说什么无差别杀人，但那是不可能的。小鸭他是自己去御影公寓的，多半是被谁叫去的吧。那么会是谁呢，让他觉得可以暂时搁下跟我的约定的熟人？会是药部小姐么，还是大和——"

漂撇学长的想法跟我之前的思路一样——我正这么想着，高千开口了：

"又或者，是绘理？"

"绘理?"学长再度吃惊地朝她扭过头去——这倒也没什么,可是别忘记自己还在开着车好吗。"你、你说什么啊?为什么绘理非得杀掉小鸭?"

"我怎么知道。不过,比如说,就在婚礼前夕,忽然觉得不想结了……"

"哪有这种蠢事。"

"还有,也许跟药部小姐的情形一样,绘理对鸥田老师的'爱好'有意见?毕竟结婚以后是要生活在一起的,住处的一大半都被藏品占领,这对绘理来说也是很严重的问题吧。"

"可是,就为这种事情——"

"当然了,我没觉得这样就会直接引起杀意,只是,有可能会成为两人之间产生裂痕的起因。"

"就算真是这样,会一下子就发展到杀人的地步吗?更何况,以绘理的个性,会做出这么草率的举动吗?"

"这么一来,果然——"高千沉默下来。小兔很是焦躁地插嘴道:

"是大和,对吗?"

"也许吧……可是,都已经事到如今,为什么?大和跟绘理分手是今年年初的事情啊。"

果然什么都知道呢,我如此感慨着,随即想起那个一直都很在意的问题,就问了出来:"我说学长,大和跟绘理分手的理由到底是什么啊?"

"那个我也不太清楚。"

"哎?"因为吃了一惊吧,小兔发出了近乎尖叫的声音,"竟、竟然还有学长你不知道的事情?!"

"之前我不太正式地分别向大和跟绘理问起过一次,但两人都说没什么,看起来不像是吵架了的样子。好啦,反正男女之间嘛,也许单纯只是彼此厌倦了,不也是常有的事吗?"

"假设,小漂的这个想法是正确的,"高千再次开口,"那就不存在鸭田老师把绘理从大和身边抢走的说法了。也就是说,大和完全没有憎恨老师的道理。"

"也许是吧。但也可能是这样:一旦分手之后,才发现自己始终还是忘不了绘理。假设大和提出复合,绘理不予理睬,那么突然间,大和就会对鸭哥产生敌意了吧。"

"总之,大和,绘理,还有药部小姐,他们三人各自的不在场证明是怎样的呢?"

"要直接去问他们本人吗?"

"今天就不要了吧。或者说稍微等一下比较好,反正那些刑警先生也都会去找大家问话的,撞在一起就不好了。"

撞在一起就不好了,这种话又不像是高千的做派了。我这样的人姑且不说,高千可不是那种会对刑警怀有畏惧的人。所以,她应该是还有别的想法吧。

"那要怎么办呢?"

"我在思考几个问题,小漂,你能不能帮我调查一下?"

"当然!"许是因为从没想到会从高千口中得到具体的指示吧,漂撇学长气势高昂起来。对于向来擅长四方奔走的他来说,此刻的心情简直是如鱼得水。"要查什么?"

"查一查绘理的情况。"

"绘理?可是,不是暂时不见她比较好吗?"

"不用见她本人也可以,就帮我调查一下她身边的情况。"

"身边的情况,具体是指哪些?"

"刚才小漂你在医院里也说过吧,是绘理先迷上了鸭田老师的。"

"是啊。"

"这个我第一次听说。"

我也是。

"这样吗?"

"我非常意外。"

我也是。

"这个嘛,唔,其实我最开始知道的时候,也觉得意外。"

"不仅如此。绘理竟然连老家已经内定的工作都放弃了,选择留在安槻。在此之前,我一直都以为是鸭哥一心恋慕绘理,说服了她不要回老家。但实际上却是她完全出于自己的意愿,牺牲了自己的未来,留在安槻。"

"仔细一想,真是了不起的纯爱啊!"

"你说什么呢,小兔。"高千对小兔说话的声音中,有着不同寻常的严厉,"不要说这种轻巧的胡话。"

"哎?"

"你不觉得很奇怪吗?"

"奇怪?哪里奇怪啊?我是觉得,这种好像电视剧一样的浪漫故事,有时候还是会真实发生的嘛——"

"这一点我也承认。但是去年这个时候,绘理在跟大和交往,自然也是有着和他共度未来的展望的。然而那时她却并没有为此放弃工作,而是计划和大和维持一段时间的远距离恋爱——当时情况是这样的吧?"

"嗯……啊,这么一说,确实是这样。"

看来小兔也终于意识到高千想说什么了。

"绘理后来喜欢上了鸭田老师——这件事本身并没有问题。可是呢，请原谅我这样把两位男性放在一起比较，当时觉得可以跟大和进行远距离恋爱的绘理，究竟是为什么又会为了鸭田老师下那么大的决心？这就是问题所在，你觉得呢？不管怎么想都很不自然吧。"

"要说的话确实是这样。可是为什么呢？为什么绘理要那样做？"

"就是啊。"学长好像也不能理解，"高千，这个问题，你是有了什么具体的想法后提出的吗？"

"算是吧。要是以鸭田老师并非自杀，而是险遭谋杀作为前提，就会自然导出一个假设。"

"那是……"

"绘理为了某个原因，勉强被留在了安槻——这样的想法。"

也就是说，因为鸭哥……高千隐约透露的，是这个意思吗？

鸭哥为了得到绘理，抓住了她的某个弱点，胁迫她留在安槻，跟自己结婚。绘理虽然一度屈服，但最终无法再忍受，决心要杀掉胁迫自己的鸭哥。

漂撒学长好像也想到了同样的假设。我从后视镜中看到他面色苍白，喉头上下蠕动着。

"也、也就是说……"可是，那个假设好像怎么都说不出口了，学长换了个话头，"……这么说起来，前天你们到我家来，讲起过去两次跳楼事件的详情时，他们两人都在呢，小鸭在场，绘理也在。"

绘理是听了那番说明之后想到犯罪的——漂撒学长是想这么说吧。若是模仿两件连续发生的充满谜团的自杀事件，制造同样的特征杀死鸭哥，就可以不把自己暴露出来了。

不，等下啦。应该不是那样吧——我重新想到。可是，具体来说什么事情应该不是那样，我也不知道。或许是牵涉到朋友吧，脑筋总也不能很好地运转。

"总之,拜托你先不动声色地调查一下绘理身边的情况。她是真的纯粹因为鸭田老师而留在安槐,还是因为有着其他的情况。"

"知道了。这么说起来,关于那件'礼物'要怎么办?不调查也可以吗?"

"你是说那本第七十二次印刷的书?那个没关系。我心里有数。"

"哎?真的吗?"高千说得太轻描淡写,漂撒学长看来有些不安,"那么,高千你打算怎么做?"

"我和匠仔去查另一条线。"

"咦?又带匠仔一起?还以为这次是要我来帮手呢。"

"他好不容易适应了做我助理的角色啦,不是挺好的嘛,事到如今也不用再变了。"

高千到底是不是需要一个真正意义上的助理,对于一直跟着她一起行动的我来说,心中是有些存疑的。但也是因为性急的缘故吧,漂撒学长干脆地接受了这个理由。

"知道了。那我就和小兔一起咯。"

"哎——"小兔提出抗议,"我要和高千一起啦!"

"什么,这也太失礼了吧小兔。你是对我有什么不满吗?"

"啊?哪有啦,哈哈哈。我没别的意思啦。哎呀,是真的啦,对了对了,高千,"她生硬地转过话题糊弄着,"你说另一条线是什么?就只透露一点点而已,告诉我一下好不好嘛。"

"我想在此重回原点看看——反正,原本就打算要找个时间去打听一下的。"

"原点,你说的是?"

"五年前的事件。"

母神的巡礼

和小兔、漂撇学长道别之后，我们直接去找御影公寓的管理员，种田老人。

种田老人好像非常喜欢高千，虽然我们是突然上门，他也没觉得麻烦，反而兴高采烈把我们迎了进去。这不仅仅是因为高千的魅力，似乎也有从昨晚开始就被警方调查询问弄得不胜其烦、急欲找人发一通牢骚的缘故。

"真是的，我们家公寓是不是被人诅咒了啊，竟然接二连三发生相同的不幸事件。"

严格来说，鸭哥幸存了下来，不过我决定不去纠正他。

"是不是得找个人来驱驱邪才行啊，看这样子。"

高千和我的面前都摆上了咖啡杯，和上次一样是速溶的，但今天还附送了蛋糕。估计只是正巧有人送的，若是我独自前来，应该就不会端上来了。

"种田先生也被警察问这问那了吧？"

当然了，负责提问的还是高千。我是乐得正好，上午起床以后还什么都没吃，早已饥肠辘辘，便很没出息地大口咬起了蛋糕。

"可不是嘛。有没有注意到什么可疑的事件或是人物啦，又是什么公寓的租客们有没有举止可疑的啊，净问这些了。干吗非得问这些呢。于是我就反问,昨晚那个跳楼的不是自杀吗,当然了,他们什么都不告诉我。"

"那么,您是怎么回答的呢,之前那些问题?"

"没什么啊。我又不能说租客的坏话,本来大家就都是普通人啦。因为是在这个地段,所以学生很多。这其中,确实是有些会让你觉得挺困扰的,想说就不能再稍微懂点儿道理吗,这样的年轻人确实有。但整体来看,全都是普通人啦。把别人推下楼去什么的,哪有人会做那种事!"

"就是嘛。"

"说到底啊,我可是说了,对那些刑警先生们——"

"是宇田川先生他们吗?"

"嗯?不是的。我想不是这个名字,虽然也没记得很清楚。"

看来这里是由其他刑警负责的。正想到这里,种田老人挺不好意思地继续说道:"这么说起来,我对那些刑警说到了你的事情,该不会给你惹麻烦了吧?"

"没那回事呢。对警察毫无保留地提供证言是良好市民的义务呀。"

"啊呀,听你这么说我就放心了。说真的,我家那些儿媳啊,要是有你一半贴心就好了。呃,这先不去管,我可是说出口了哦,对那些警察。我跟他们说,归根结底呢,包括过去发生的那两桩案子在内,从最高一层上跳下来的,全都是外面的人啦,没有一个是住在这里的租客。"

"是这样啊。"

"要把这当成是公寓租客里有人心怀不轨,那就大错特错啦。基本上呢,人要是想做坏事啊,是绝对不会在自己的老巢边上惹麻烦的。

要在完全无关的地方作恶。要说的话,就是那种,'兔子不吃窝边草'的感觉。嗯。"

打的比方或许有点不太对,不过这种主张本身还是有道理的。

"犯罪者的心理也是一样啦。干吗非得在自己住的地方制造奇怪的事件呢,没这种道理吧。如果被害人是同座公寓里的住客,那么照那种情况来说,提那些问题还不难理解。可是三个人全都是外来者啊。如果说这不是自杀,而是存在着某个凶手,那么他肯定也是外面的人。这种事情,不是稍微想想就知道了吗?"

他一脸愤愤不平的样子,条理却相当清晰。

"然后呢,警察是怎么回答的?"

"什么都没说,就只是一个劲地重复'我知道了'。我都想问他一句,到底知道什么了啊。真的是,一点都不知道别人的心情。"他的声音忽然低沉下来,靠在椅子上仰望着天花板,叹了口气。"这种房子,要是当初没造就好了。人啊,手里一有钱,就不干什么有用的事了。本来是因为儿子们都说不愿意继承家业,最后想出的妥协方案——"

"您的意思是?"

"呃,不清楚你是不是知道,我家原本是经营酒店兼药店的。"

"是啊,听说是这样的。虽然我也不是很了解,不过这种形式的店相当少见吧?"

"大概是吧。至少我就几乎没见过这样的兼营呢。话是这么说来着,其实店面是各自分开的,出入口也不在一起。只不过走进店里以后,可以彼此走得通,所以就好像是两边兼营一样。从前也经常被人讲坏话,说什么破坏身体的东西和治疗身体的东西放在一起同时卖,简直就是诈钱嘛。唔,总之,是从我祖父那个时代就一直经营下来了，我本来打算让自己的儿子继承下去的。我有两个儿子，觉得随便哪个都可以吧，一直都没怎么在意。可是没想到，后来一把话挑明，两个都说，这么老旧的店才不要继承呢。"

"那您怎么办？"

"对我来说，随便什么形式都好，就是希望店能继续存在下去。于是加入了连锁超市，觉得这样一来多少也算是跟上时代了吧。可尽管这样，大儿子还是不乐意，最后从家里搬出去了。小儿子就说，若是便利店的话他就接下来。这么一来可算万事大吉了，我原本满心这么想的——"

"还有别的问题？"

"你也看到了啊。跟我说什么，反正肯定得改建，光弄个便利店太浪费了，既然在大学附近，建个单身公寓不挺好吗？"

"令郎说的？"

"我觉得多半是儿媳妇出的主意吧。什么这么好的地段，客源绝对不成问题，可以靠房租过得舒舒服服，诸如此类的好听话说了一堆。可是我并不想做这种事。公寓什么的，干吗呀？说到底，那么多的钱从哪来呢。我就这么说了，可是儿子他们不死心，说什么用山里的土地做担保，银行肯定愿意借钱。我想哪有那么容易的事啊，就假装被他们说动的样子。反正最要紧的资金筹不到的话，他们也该死心了吧，我是这么想的。可是没想到，银行居然给借钱了。"

"还是因为选址和条件都很优秀，所以银行方面判断盈亏核算的前景比较好吧。"

"是吧。不然的话，我又不是什么大人物，银行才没理由融资给我。总之，既然事已至此，那就没办法了。我也下定决心，同意建造公寓。养老积蓄什么的全都拿了出来。唔，也是因为我想着，只要最后能和小儿子夫妻俩住在一起,怎么样的形式都好。所以为了这一点,就只有一楼的这部分特意造得很大,就是为了能住下两代人。"

原来如此,我终于明白了。上次来的时候我就觉得,就算管理员的房间规格不同,但以一人独居的情况来说也实在是太宽敞了。原来是有着这样的内情。

"可是,等到新的店面和公寓一造好,小儿子他们就不跟我住了。去别处安了家,每天到隔壁店里来上班。明明自己的父亲就住在这里啊,实在太无情了。可是当时的情况已经变成了如果我坚持住在一起,他们就不再继承店面了,所以我也没办法啦。到头来,公寓的管理也全是我一个人在做,真是丢脸啊。叹口气的功夫,五年唰的一下就过去了。由于这些原因,现在就连想看一眼小孙子都没那么容易了。真是悔不该把资金弄到手啊,反而加深了家人之间的鸿沟。"

这里也有一位,我如是想到。

一位主观上觉得自己满怀爱意,其实(尽管是不自觉地)就想把小孩置于自以为是的控制之下的父亲。

当然,我绝不是说种田老人是坏人。相反,他是个非常好的人。而在他自己的立场上,所有的选择都是为了孩子好。

可是,这就是所有一切的元凶。就因为是好人,这才具有了悲剧性。

种田老人期待让自己的儿子继承家业,这毫无疑问是出于他本人的意愿和希望,然而从中呈现的,却是一种名为"都是为了孩子"的自我欺骗。继承家业说到底也是为了儿女自身的未来与幸福,潜藏在水面以下的,就是这样一种强加于人的价值观。

当然,那并不是"恶"——不该是"恶"。为人父母者,希望儿女生活得比自己更幸福，这样的心情，怎么可能会成为"恶"呢？

然而那是可能的——可能会成为"恶"。就算呈现为父母之爱，但只要从结果来看，其间起作用的是独裁控制，那么站在儿女的立场来说，就只能是束缚——是毫无疑问的，阻止儿女自立的"恶"。儿女为了守护自我，就只有反抗父母一途了。成长过程中之所以会有一个俗称反抗期的概念，绝不是说来时髦或者好玩儿。若是真爱子女，绝不能对这一现实视而不见。但，恰恰这种"爱"，是阻止父母正视现实的元凶。世上还有比这更令人伤感的悲剧吗？

种田老人算是勉勉强强躲过了这一"悲剧"。那是因为他虽然这样那样地各种抱怨，但最终还是认可了孩子们的独立。只不过他恐怕并没有意识到自己是"躲过了悲剧"，从一系列的事情中，他似乎只读出了一个典型"故事"：自己被不孝子愚弄了。就这样，"悲剧"的火种得以保存下去。

"那么，您一直是一个人生活？"

"是啊，老婆早就去了另一个世界啦，所有家务都只得自己来做。嗯，上了年纪以后，每天都变得很长，所以倒是成天忙这忙那的，就不会想各种稀奇古怪的事了，要说生活安定嘛，确实也是安定了——哎，怎么说到这么奇怪的事情上去了。本来没打算让你们听这些唠叨的。抱歉啊。"

"没关系，千万别在意。不过话说回来，今天来拜访，是想问一些上次谈话时候提到过的鸟越家的事情。"

"鸟越家？什么事？"

"听说五年前去世的久作君的父母后来离婚了，但是我想，不知道能不能见到其中哪一位呢？"

"先生那一边的情况不清楚哎。说是去了很远的地方，完全不知道在哪里。不过,女儿——我是说伊织子女士的女儿和见,她的情况我倒是知道。她到现在都还一个人住在这附近的娘家。"

"一个人,那就是说,没有再婚?"

"好像没有吧。都还不到五十岁,真可惜啊——呃,可惜什么的,现如今这种说法会有问题吧?歧视女性之类的。我是不太清楚啦,总之她好像还是一个人。有时候在路上遇见会聊几句,没听她说过有了新家。唉,儿子出了那样的事,大概是不敢再成家了吧。"

"我们想去见见她,能行吗?"

"这个嘛,我想可以吧。现在多半应该在家。"

"您意思是说,她的工作?"

"以前是到文化教室去上班,不过现在是在自己家里开了课,教学生。"

"那现在正在上课吧。那个——唔,电子琴是吧?"

"是的。说不准呢,先打个电话去问问吧,看她时间方不方便。"

"可以拜托您吗?真的是太麻烦您了。"

"什么啊,举手之劳啦。请稍等下。"

种田老人高高兴兴地站起身,去打了电话。看来对方正好在家,我们听见他快活的说话声——有学生来我这里,说想见见你,云云。

"说是傍晚的时候可以。"老人挂着和善的笑容回来说,"只是还有很多事情要做,所以请在四点到五点之间过来,她这么说的。"

现在还没到三点半,还有好久啊。我正想着,高千开口了:"那么,在去鸟越女士家之前,可以再问您一件事吗?"

"当然可以,随便什么都行。"

"您之前说过,五年前,久作君去世那段时间前后,伊织子女士卧床不起了对吧?"

"哦哦,是的啊。"

"可是,您也说过后来她又恢复了是吗?"

"好像说过吧。"

"那意思就是说,是有一个具体的原因导致她卧床不起,然后又痊愈了吗?"

"嗯,是啊。她是受伤了来着。"

"受伤?"

"具体不是很清楚,不过说是从自己家里的楼梯上摔下来了。具体什么症状我不知道,大概是受到久作君自杀的打击,脚下无力造成的吧。"

"抱歉,就是关于这一点,我想知道得再更清楚一些。"

"嗯,这一点是指?"

"伊织子女士从楼梯上摔下来,是在久作君去世以后的事情吗?"

"久作君去世以后……哎呀?"他叉起胳膊,沉思,"本来我一直以为是这样的,但被你这么重新一问,又有点拿不准了。不过,确实应该就是那个前后。"

"抱歉,这是很要紧的事情,请务必帮我回忆起来好吗。"

高千如此执拗地强求别人做出回答,至少我是第一次看到。种田老人明明没有义务,但大概是想要帮上她忙的心情占了上风,所以拼命地试图回想。

"唔嗯,到底是五年前了呢——这个,当时是怎么个情况呢。唔,确实是在某个地方遇见了和见,那是在久作君死去以后,我记得有说过节哀顺变来着。就是那个时候听说了伊织子女士因为受伤卧床不起的事情——果然是在后面啊。"

"后面……是吗?"

"不对，好像不对？嗯，记得当时的确想过，在圣诞节的日子里，儿子死了，母亲又卧床不起，太可怜了。也就是说，那是久作君去世以后的第二天吗。那么，哎呀——大概是同一天呢。"

"同一天？"

"嗯。我现在想起来了，在那个圣诞节，我听和见说起了前一天送伊织子女士去医院的事情。没错的。这么一来，大概久作君去世，和伊织子女士从楼梯上摔下来是同一天，就是五年前的平安夜。"

"同一天——那么，哪件事情是先发生的呢？"

"哎？呃，这么详细的情况我就不知道了。"

"是这样啊。太感谢您了。"

鸟越和见用发圈箍起了一头长发，总感觉有种很久以前女学生的那种气质。

高千和我被领到了宅邸里一处独立的房子，看上去像是教授电子琴的教室。我们被安排坐在原色的大沙发里。

从一开始就很清楚，我们并不怎么受欢迎。若是直接联系，她大概是不会见我们的吧。因为有种田老人介绍，才能见上面，关于这一点，从鸟越和见的表情里完全显露无遗。

尤其是对高千，和见并没有隐藏她的敌意。在这件事情的调查过程中，迄今为止，我们去了解情况的各方人士都对高千非常欢迎；然而眼下，我们终于做了一回与"侦探"身份相称的不速之客。

"请问有何贵干？"和见的开场白简单直接，看样子像是打算一待我们开口就立刻回绝。听到她这句话，我就有了不祥的预感。

虽然我刚才形容她有一种很久以前女学生的气质，但那绝不是什么好话，不如说是负面的评价。

她在对外的时候，完全是那种一举一动都透着清纯感的类型——直截了当地说，就是所谓"白莲花"——设法激起男人的保护欲，总把自己置于被害者的立场，从而保持对别人的有利地位（所以不管年龄多大，这种女性大多打扮得很年轻，甚至扮嫩到有如漫画效果的程度）。她们对外锲而不舍保持着纯情又柔弱的小女子形象，可一旦转到暗处，就可以若无其事地做出连杀人狂魔都恨不得赤着脚逃走的冷酷之事——特别是对同性。

第一次见面，才听她说了一句话，就给出如此脸谱化的定义，我也觉得自己挺不对劲，但就结果而言，这一直觉却完全命中。话虽如此，那也并不是因为我直觉敏锐。如果是我单独与和见会面，这种直觉肯定不会发生作用；我应该会被她"被害者的假面"蒙蔽，误以为她是一位失去孩子、失去母亲，又被丈夫抛弃的可怜女性。

可是，现在有高千同时在场。和见的本质不需要我去看穿，就已经因为高千的存在而自然显现了。和见恐怕一眼就已察觉，高千是自己的"天敌"，一旦大意就会"落败"——这样的精神准备，无意识地暴露出了她的真实面孔；而通常若有男性在场时，绝不可能发生这种情况。

和见对高千——绝对是场火爆大战啊。之后的结果证明，这一预感果然是准得不能再准。

"是关于令郎久作君的……"

"那已经是过去的事情了。"她直接截断了高千的话头，以此轻轻地放出一记"刺拳"，"事到如今，能不要再旧事重提翻老账吗？"

"请不必担心，我要说的就只有一句。"

"哎哟，那是什么？"

"久作君的遗书，你怎么处理的？"

和见的形象就在这个瞬间从容易受伤的小女子一下变成了狰厉的恶鬼。她好像完全忘记了我这个"第三者"的存在，为了与高千这名强敌展开彻底的战斗，决心把那些虚饰全都甩在一边。然而表面上看，却是彻头彻尾的冷静。

"很抱歉，你说的是什么事？"

"我是在问你，久作君的遗书，你是怎么处理的？"

"你到底在说什么啊，我听不懂呢。不好意思，请你回去好吗？"

"我当然会回去。看你现在的这种态度，我就已经明白了。久作君是留下了遗书的。大家都很难理解为什么没有遗书，其实根本没什么难懂的。遗书原本是有的，久作君当时有好好地留下遗言，然后才去跳楼，但是你却把遗书销毁了——为了不让世人发现。"

"什、什么啊，你想干什么！"原以为是轻松的"前哨战"，却没料到一下子就被深入突击到腹地，和见略显狼狈。"难道想威胁我？马上走！立刻给我离开！不然的话，我就报警了！"

"请便。那正好呢。你知道吗？昨晚又有人从御影公寓跳楼了，那个人恰好是我们的朋友，所以现在我们正在接受警方的询问。那位刑警先生说了，他对五年前久作君的事件至今都耿耿于怀。刚才那番话，我希望务必也让那位刑警先生听听。"

"你想要什么？"和见好像对自己露出了狼狈的一面颇感羞耻，闹起了情绪，"钱？"

"不必担心，我会回去的，什么都不要。那么，的确是有过遗书的对吧？你承认了是吗？"

"谁承认了啊？你是傻瓜吗？谁会那样特意把自己的弱点说出来啊？"

这一番话本身就已经形同承认高千所说是正确的了，但和见这种人是不会因此而畏怯的。就连自己一秒钟前刚说过的话，她都能在下一瞬间面不改色地否认。

"说到底，哪有父母会把儿子的遗书销毁的啊？"

"通常是不会啊。就连你，若那只是封遗书，也不会去销毁它。可是久作君写下的，却是绝不能让世人知道的内容。"

"别……"看来被高千说中了，和见从沙发上站起来尖声叫道，"别说得好像你看到过一样！"

"那内容就是，久作君他杀死了外婆伊织子，自己也要去死。"

和见沉默下来。她目不转睛地凝视着高千，坐回到沙发上。

说句实话，我很想从这里逃出去。两个女人的对决，并不只是有压迫感，那简直就是生死搏杀。

"久作君先是从自家楼梯上把伊织子女士推了下去，然后去附近的御影公寓，从那里的最高一层上跳了下来。这一系列经过全都在遗书里详细地写着，恐怕也包含了之所以这么做的动机。"

和见依然沉默不语。单看这幅情景，会让人感觉是高千在单方面地持续进攻。但是仔细观察，高千此刻与和见对峙的冷静同她平常状态下的那种冷静略有不同。在把对手"打倒"之前绝不放缓力道——这已经是近乎悲壮的拼命状态了。

"久作君把外婆从楼梯上推下去，误以为她已经死了。当时大概是因为太激动，所以并没有进行确认；他看到伊织子女士一动不动的样子，就以为是已经死掉了，但其实她只是受了伤。接着久作君自己也出门去寻死；当时，家里其他人都不在吧。久作君离开以后，你回到家里发现了伊织子女士，不知道出了什么事，便先叫了救护车。照我想来，你是在等救护车的时候发现了久作君的遗书，他多半应该是把它放在了一个马上就会被家人发现的地方。"

和见还是什么都没有说，但仔细一看，她的唇角徐徐地向上扬起了——她在嗤笑。

高千的"底牌"被看穿了……我有这样的感觉。此刻，和见是在使出无言的"反击"，以一种任何人都绝对无法打败的、登峰造极的"犯规技术"。

你说的是什么事情，我完全不明白哦——仿佛如此说着似的，还故意露出装傻的嘲笑——你脑子不正常吧，到底在说什么啊，完全听不懂哦。

与简单地突然疾言厉色有所不同，她把原本应该是自己背负的心之桎梏巧妙地进行了转嫁，使之变成了对手的负担。本来应该是自己承受的伤害完全让对手去承受了，实在是恶魔般的沉默，还有那装傻般的嗤笑。

"你立刻就决定销毁遗书，然后选择乘上救护车，陪在伊织子女士身边。若是当下开始行动，应该还能阻止得了久作君，可是你却没有那么做。为什么呢？因为你的行动日后很可能会成为遗书曾经存在过的证明，这对你来说是个威胁——比独生子死掉还要严重！"

高千果然受到了伤害。她已经没有看上去的那么冷静了。不止如此，她分明已是受到了重创的"濒死"状态。这是因为，原本应该由身为母亲的和见来背负的丧子之重，转嫁给高千承受了。

与华苗小姐的情况一样，高千把那位名叫久作的少年与自己视同一体了。痛苦于母亲、外婆自以为是的控制，最终只能选择一死。从他的身上，她看到了挣扎着要从父亲身边逃走的自己。虽然最终和见未必能看透这些并展开"反击"，但这样下去高千会"输"。唯有这一点是确定无疑的。或者说，其实已经输了。无论怎样的战斗，动了感情的一方就是输家，这条大原则总是对的。

"够了，别再说了。"

忽然，有这样的声音响起。真是个疲倦极了的男声啊，我想着，随即意识到这居然是自己的声音，不由得吓了一跳。

"已经够了，高千。不需要你指出来。这个人心里非常清楚的，她全都知道。"

和见收敛起嗤笑。看来她此前已经完全忘记了我的存在。她瞪着我，眼神就好像在看着一个打断她午睡的小偷。

糟糕。原本不过是无心一说，可是现在看来似乎比预想中更严重地戳到了她的痛处。哪怕要被人说胆小鬼没骨气也好，我是真的没想要跟和见这样的女子正面交锋。不，虽然我没有这份心，但遗憾的是，对方不会放过我。

"你说'知道'是什么意思？你说我到底知道些什么东西？我对你们所说的事情，根本一无所知哦。没错，根本就一点都不知道。"

大概是出于平时和普通异性接触时的习惯吧，她的口吻比起面对高千的时候似乎柔和了一些。但是，这能维持多久呢。

"举个例子吧，"总之，不能只让高千遭受炮弹攻击，所以我也横下心来，"您是哪里不明白呢？"

"已经说过了啊，是全部。对了，比如说遗书。你们说我儿子生前留下了遗书，证据呢？"

"实物证据虽然没有，但心理证据应该是有的。"

"心理证据？"

一下子冲太猛表现过头了——瞬间我闪过这样的后悔念头，但说着话的同时却忽然意识到，我很清楚自己接下去该说些什么。或许，是在迄今为止一起行动的过程中，高千的想法也不知不觉转移到了我的脑子里吧。在和来马先生见过面后的归途中，她在车里低语过的那句"生日礼物",其中的含义我想到了。

"是'礼物'。"

"礼物?"

从和见惊讶的表情来看,她并非装傻,而是完全忘记了。

"久作君在'Smart-In'买了一本杂志,而且还特意让人把它包起来,扎上缎带,之后就带着'礼物'跳了楼——当然,我想您是记得的。"

"那种——"看样子和见是想了起来,她的脸因为羞耻而扭曲,"那种下流的杂志才不是久作买的。根本就是偶然掉在现场的而已,要说那是……"

"不,警方已经认真核实过了,从'Smart-In'的店员那里。"

"就算是吧,那又说明什么?"

"平安夜是久作君的生日对吧?"

"是的,没错啊。"

"那,外婆每年都会为他准备很棒的礼物对不对?"

"当然了。总是精心挑选,全都是对最心爱的外孙有好处的……"

"所以,就是这个了。"

"哎?"

"我并不知道外婆每次买给久作君的具体都是些什么礼物,但无论哪一件,对他而言都只是价值观的强加。"

"你说……价值观的强加?"

"正如和见女士您刚才所说的那样。全都是对最心爱的外孙有好处的——可是,那都是从外婆的立场来看有好处的东西,并不一定就是久作君想要的。不对,就算偶尔正好是他想要的东西,对于外婆送礼物这一行为本身,久作君也已经无法再忍受了。因为他很清楚地知道，外婆是要通过这种行为来控制自己，把自己置于她的管辖之下。于是，为了反抗这种控制，他不停地挣扎。"

"不知道你在说什么，你讲得也太抽象了吧。"和见的口吻慢慢变得严厉，如同面对同性一样了，"我不明白呢，完全不懂你到底想说什么！"

"那么我就来具体地说吧。那本杂志，其实是久作君在临死之前送给自己的生日礼物。"

"送给自己……为什么要在寻死的时候特意去买，而且，还是那种杂志？"

"就算不是那种杂志也没关系。总而言之，只要是能对外婆形成嘲讽的东西，随便什么都可以。"

"嘲讽……"

"久作君刚刚成为高中生。对此，我自己有过亲身经历，所以可以肯定地说，那正是无法压抑对性的好奇的阶段，自然也会被那种杂志还有影像作品吸引。我就是那样过来的——到现在也还是那样。"

"久作跟你可不一样。"

"那么你的意思是说，令郎不是正常的男性吗？"

"请不要文不对题地抓人话柄。"

"偷偷藏起裸体照片，是每个正常的思春期男孩都会经历的阶段，不管从大人的眼中看来这行为有多下流、多愚蠢，它都是一个重要的过程节点。拥有不让父母知道的秘密，是人生自立的第一步。"

"那么恶心的秘密，小孩还是不要拥有的好。"

"所谓没有秘密，意思就是无法确立健全的自我。禁止小孩拥有秘密，就是阻止这个孩子在精神上健康成长。这一点，和见女士你——不，我改成外婆伊织子女士吧——是不明白的。抱歉我是根据想象来说，不过恐怕伊织子女士是不允许久作君看那种杂志的。说不定，还把他藏起来的杂志不加知会就随意处理掉了。是这样吧？若要直说的话，伊织子女士是连外孙的性事都想要控制、管理起来。就连青春期的觉醒这样一种必经仪式，都不允许自己被排除在外。对此，久作君无法忍受。"

"当然应该忍受啊。小孩子怎么能想那种下流事啦。或者你的意思是说，将来变成罪犯也没关系吗？"

"少年有性欲就是有犯罪倾向，这种说法就好像说女人就是没脑子一样，是毫无根据的谬论。伊织子女士过度侵犯久作君的个人隐私了。他被剥夺了自立，在精神层面上被逼到死角，终于决定杀死外婆然后自己也去死。他选择了平安夜，自己生日这一天，是为什么呢？因为要向作为控制者的外婆的'礼物'，也就是'价值观'表示反抗。他想表达，所谓'礼物'不应该是被强加的东西，而应该由自己去选择。他带着外婆所厌恶的那类杂志跳楼，是在以行动表明，自己是为了反抗外婆的控制而去死的。这一点才是那件'礼物'的含义。"

本以为会遭到反驳，可是和见却沉默着。她的眼睛没有看我，不知道是在注视着哪里。

"这么一想，就会知道久作君不是没留下遗书。他应该有很多话想说，对妈妈，还有对爸爸。可是，正如刚才和见女士您所说的那样，这个问题无论怎么讨论都会变得抽象。只用一封遗书终究无法说尽，光靠'礼物'当然也说不完，所以要两者结合才能说清楚。他有那么多思绪想要表达，绝不可能只留下'礼物'而离开，应该还有遗书的。所以，呃——"我示意高千的方向，"我认为这就是她想说的。"

什么反应都没有，简直令人毛骨悚然。和见的视线焦点依然十分古怪。恐惧感再度袭上心头,我慌慌张张地站起身说:"呃,想说的就是这些。那么,差不多也该告辞了——是吧?"

"嗯。"我一开口,高千就点头了,态度干脆得令我意外。看着她的表情,我忽然明白了——对哦,原来是为了这个啊。

高千坚持带我一起行动的理由正在于此。她对此次事件的情感投入已经到了十分危险的程度,必须要有一个能够理解自己,并在自己情绪暴走之后为自己收拾"尸骸"的人。当然,这个人未必是我——最低程度上,只要能理解这个"问题"的本质就行。

或者,说不定是为了在自己"阵亡"之后,给对方(她是否预见到会出现和见这样的"强敌"则另当别论)带来出其不意的打击,才"准备"了我作为"伏兵"。又或者也是因为考虑到,比起女性,这一类的问题从男性口中说出会更有效果。若是这样的话,高千实在是相当厉害的谋略家了。

"等一下!"

和见叫住正打算离开的我们。好可怕。这让我想起了《圣经》中的某一节——罗得的妻子回头去看身后,于是变成了盐柱。

高千和我终于还是回头了。

"你们俩几岁了?都还没结婚吧?也没生过孩子吧?根本就没为人父母的体验吧?"

"没有。"高千立刻回答,"但是,我们做过儿女。"

在我看来,没有任何反驳能比这句话更加触及问题的本质了,可是和见明显不这么觉得。非但如此,她似乎还认为高千这是在被逼到绝境之下做出的牵强辩解。其证据就是,她的脸上依然挂着笑——毫不怀疑自己对我们占据了上风的嘲笑。

没有任何根据的自信满满的眼神。看那眼神,她对自己的"慈爱"

没有丝毫怀疑,对不理解这一点的人,则不由分说视之为愚人。

突然间,恐惧感难以置信地消失了。我已经不再害怕和见。要说原因的话,是因为她终于疾言厉色起来了。不论在哪种场合,情形都是一样的,那些突然疾言厉色的人,都只不过是因为他们通过这一举动,错觉自己正处于"优势地位"。但实际上,哪有什么"优势地位"啊,根本就连原本的"战场"都还没有踏入呢。

不过,就算指出这一点也是没用的。面对疾言厉色的人,跟他讲正理已经说不通了;而和见的程度还更严重,她举起了被绝对化的"慈母"招牌,所以根本就无计可施,最好就是不说话了,听她说。

"小孩子家根本就不懂父母的心情。我们到底是怀着怎样的心思,费了多大的力气,才好好把你抚养长大。根本一点都不懂,还以为是靠自己力量长大的呢。你那说的是什么话啊——什么自己痛苦于外婆的束缚,你却一直视而不见?居然能对我说出这种话?!你是在冲着你的母亲大呼小叫吗!"

看起来,好像是久作君的遗书里写了那样的内容。

"小孩子啊,终究是对这个世界一无所知。父母多爱你,多辛苦,全都不知道。你以为我们是为了什么才夫妻两人都去上班的?不就是为了能让你进一流大学吗?为了送你去学费超贵的私立高中名校,然后再去最好的大学!所有一切,都是为了你将来能过好日子……"

她突然说起你啊你的,让我吃了一惊。看起来,和见是不自觉地开始对着死去的儿子说话了。这一点我明白,但却感到很不可思议。(主观上)她应该已经占据了上风,为什么又会像这样暴露自己的破绽呢?看这架势,简直就好像她才是被逼到死角的一方。

不,或许和见是真的被逼到了死角。被沉默地站在那里,注视着自己的高千——面对疾言厉色的和见,连我都能毫不在意,对高千来说就更加不值一提了。

"都是为你好啊!所有一切,每件事情,不全都是为了你好吗?比起那些父母双方都要工作的孩子,你有外婆陪着就已经幸福好多倍了,至少不会孤单吧。可是你说了什么?竟然说会被外婆杀死?!"

鸟越久作的悲鸣……在爱的名义之下,人格被否定,仅仅作为被强加价值观的对象遭到物化,然后灵魂也将被抹杀,这样的他在临终之时发出了呻吟。

而和见,她听不见这"悲鸣"吗?若真是这样,就太不可思议了。她明明也像是受到过母亲伊织子自以为是的控制,经历过同样的痛苦。可尽管如此,当她自己也成为母亲的时候,也就是在成为"加害者"的时候,立刻就把那些事情全都忘了吗?

不对,不是的。我突然醒悟了。不是这样的。和见并不是忘记了,绝不可能会忘记。

这是"报复"。

也就是说,自己曾经遭受的那些,要让自己的孩子也同样遭受一遍。或许,人只是为了这个目的,才选择成为父母的。鸟越久作是作为"供品"而降生的——存在于此的,是人类永恒轮回的"报复"之环。

所以和见才会对伊织子对久作的管束和控制视而不见。因为那是为已经被"抹杀"了的自己的青春施加的"报复",就仅仅是因为这个。

"那么温柔的外婆,怎么就杀掉你了?你太不正常了。说什么讨厌被束缚?束缚本来就是保护人的义务啊,为了不让你走上邪路,认真地管好你的生活不是吗?应该感谢外婆啊你!结果却净说些不懂事的任性话——不要根据考试分数来决定零花钱的多少?不要对你的未来指手画脚？不要随便看你的东西？不要不打招呼就没收杂志？不要偷看日记？别跟我说那些无聊又任性的废话了！这些鸡毛蒜皮的小事！要不是有外婆一直好好地看着你，你的生活早就被那些脑袋空空的女人搅得一团糟了！"

是再次陷入了自己正处于"优势地位"的错觉吗，和见冷冷地笑了起来。高千和我转身把她留在身后，但是和见对我们毫不在意，继续发表着她的演说：

"根本就不懂啊，反正小孩子就是什么都不懂！像你们这样不会操心的，怎么可能明白我们的辛苦！等你们做了父母之后再来找我吧，到那个时候，若还能说出一样的抱怨，就说来听听好了！那些狂妄自大的狗屁借口，等你们成了父母之后再来说吧！"

欲望的巡礼

"我们打听到了很奇怪的事情。"

同一天,十二月二十三日,晚上七点。我们在"I·L"跟小兔和漂撇学长会合。

本来以为是糖,舔了舔才发现是小石子,想要吐掉,却又因为不得已的情况而吐不出来——似乎学长内心就是这样的感觉,神态怃然地开始向高千和我进行说明。

"是在到处打听的过程中得知的,就是,最近一段时间,绘理跟他见过面了——跟大和。"

我偷偷看了眼高千的表情,但她似乎不怎么吃惊的样子。或者不如说,是那种已经料到了,甚至是理所当然的感觉。

"见过面了,那比如说,是在什么样的地方呢?"

"什么样的地方吗,每个人说的都不一样。有看见他们在街上走路的,也有看见是在茶室里喝茶的。"

"然后还有,"小兔从旁补充,"在百货店地下的副食品卖场哦。"

"那么,两个人在那里做什么呢?"

"也没什么。好像就只是说说话之类的。"

"具体说什么内容呢?比如说,大和要求绘理跟他复合之类,这样的感觉?"

"没,我也是这么想的,所以问了问,但说是看不出是那么严肃的气氛。或者说,其实是相当平和的感觉。具体说什么内容并没有听见,不过感觉就只是从前的恋人在街上偶然相遇,于是顺便聊两句,或者去喝个茶,这样的印象。"

"再说大和是穿着西装,从时间段来看应该是工作中出外勤,所以让人感觉是偶然遇到绘理的。"小兔再次进行补充,"大部分人好像至今都没有特别在意——是大部分的人哦。"小兔以这种让人浮想联翩的方式打住了话头。

"但是,从这些话来判断,他们俩当然不止见过一次吧。"高千像是打算先把情况概括一下。

"是的呢。说是偶然看见的人好像都以为就只有自己看见的那一次,但因为这样的情况不是个别,所以不管怎么想,他们俩应该都是见过好多次的——并不是偶然相遇,而是事前就约好的。"

说起来这个也无关紧要,但是高千提出调查的委托是在今天下午,那之后才刚过了几小时而已,他居然就已经从这么多人那里打听来了这么多的事情。漂撇学长向来人脉广,擅长收集信息,但是到眼下这种程度,或许应该称为才能了吧。

"也就是说——"高千给我的印象则是,她从一开始就清楚自己嘴里的并非糖果而是小石子,并且做好了不能把它吐出来、必须吞下肚去的思想准备,"看来,即使跟鸭田老师订了婚,绘理还是割舍不下跟大和的感情啊。"

"就是这样的感觉吧。真不是什么愉快的话题。或者应该说,实在是岂有此理。因为我去打听消息的那些人里面,有一个说他昨天也见到他们了。"

"昨天?是说二十二日?"

要是二十二日，那不就是绘理跟鸭哥为了商量婚宴的最终流程而一起造访漂撇学长家的第二天吗？是说在那晚议事之后，绘理还能若无其事地去跟大和密会？

"而且，看到他们的人其实是小池。"

小池跟我们一样，是安槻大学二年级的学生，虽然是本地人，但家在隔壁城市，现在应该不在校园周边才对。

"啊？你们都跑到小池家那么远的地方去打听了？"

"没啦，也不是特意要去找他打听消息，只是想去找找在那一带活动的人问问情况，就开车过去了。路上小兔说肚子饿……"

"啊呀，学长，那跟事实不符吧。最开始的时候，说出'嘿，肚子饿了么'这话的人明明就是学长你吧？我就只是回答了一句'是啊'而已嘛。"

"都一样啦。总之，我们就去了附近的中餐店，正巧小池就在那里呢。他啊，在吃拉面来着。"

小池同学，其实小池不是他的姓，而是个绰号。其由来是他微胖的体形，戴眼镜，天然卷的头发，这些外观特征再加上异常爱吃拉面的嗜好——没错，跟那部享誉世界的名作《哆啦A梦》的作者另一部漫画作品《小鬼Q太郎》中出场的，那位总是捧着大碗拉面的谜样大叔小池先生超级像，所以得来了这个绰号。

若是说到那位小池同学吃拉面，或许就会让人想到完全跟"Q太郎"的小池一模一样了；但实际上，他经常宣扬自己对拉面的热爱和精深造诣，却并不想让人看到他当真吃拉面的场景。偶尔他会来"I·L"点个拉面，那也只是因为明知道这里没有，开个玩笑而已。

"其实那家伙相当在意啦。自己和漫画里的小池先生如此相像，特别是捧着大碗拉面的时候，那简直就是一模一样。所以，其他的面类也就算了,唯有拉面,他是尽量不在别人面前吃的。"

也就是说,这一次,他是被小兔和漂撇学长抓了个现行。

"怎、怎么回事啊。什么事啊,到底?"

听说小池在发现小兔和漂撇学长走进店里时,顿时慌张起来,应该是没想到竟然会在自家地盘上遇到大学里的熟人吧。据说他被刚刚吃到嘴里的拉面噎到,面条都从鼻孔里面喷出来了。真是够可怜的。

"什么什么事啊,你这是什么话嘛。"漂撇学长当然是完全无视店里大片的空位,笔直走向小池所在的桌子坐了下来。"是我啦,我哟。恩人的这张脸,你不记得了?"

"学、学长是哪门子的恩人啦?"

"我看应该是冤家吧,冤家路窄嘛。"坐在学长旁边的小兔捣乱道。若要以为她是在给小池帮腔,那可就错了。"对了小池先生,那后来怎么样了?"

"啊?什么啊,什么后来?"

"跟小凛的约会嘛。"

这一回,小池又把刚刚因为被面条噎住而喝到嘴里的水噗的一下喷了出来:"才、才没有什么约会呢!"

"咦?为什么啦?你们不是前阵子说好了要再约着见面的吗?"

"结果被拒绝了啊,在最后关头。"

"咦——好、好可怜哦。那太悲惨了。为什么啊小池?"

"没事啦没事啦,反正像我这样的……"

"什么啊,了不起的话说了那么多,结果是被甩掉了啊。竟然打校花的主意,根本就是奢望嘛,大笨蛋。"

"有什么关系啊,你少管我啦。话说回来,今天的组合相当少见嘛,竟然是学长和小兔。"

"为啥?小兔和我的组合,哪里奇怪了?"

"因为会想到匠仔他们怎样了嘛。你们在这里干吗啊?"

"哦哦,说到这个啊,既然碰到了,就顺便也问问你吧。是关于绘理——"

"绘理?绘理她怎么了?难道是甩了鸭哥,回到大和身边了?"

"哎?"

这一次轮到漂撒学长和小兔把刚刚吞进嘴里的拉面喷了出来。实在是脏死了。

"为、为什么你会这么想?"

"哎呀,果然是那样的吗?我就说感觉怪怪的嘛。"

"也就是说你有什么具体线索的咯?"

"唔,就是昨天才发生的嘛。我看到了哟。"

"看到什么?"

"就是绘理跟大和两个人嘛。"

"在哪里?"

"这附近的录像带租赁店。"

也就是说,绘理跟大和是特意挑选了远离大学周边的地方,偷偷摸摸约会吗——小兔和漂撒学长也有着同样的疑惑吧。

"呃,其实最开始我也没觉得哪里不对,只是躲在边上偷看,结果就发现了奇怪的——"

"等一下。"

"啊?"

"既然一开始没觉得哪里不对,为什么又要躲在一边偷看他们俩的样子？"

"呃，这个嘛，是因为……就是稍微，有点儿尴尬。"

"啊？为什么？"

"因为，那个……正好……在成人影片那个角……"

"哈哈哈哈哈！"小兔不由自主地大笑出声，"这么严肃的场面，一下子整个人都泄气了啦。"

"可、可是，亏得我躲了起来，之后听到了很有趣的事情哦。"

"有趣的事情？怎么有趣了？"

"与其说听到，其实是看到的画面啦。大和，那个，该怎么说呢，就是，该说是碰到了绘理的身体吧，总之，是类似那样的……"

"碰到身体，具体是什么样啊。小池先生，用不着那么谨慎啦，拜托说清楚嘛。反正是在公共场合，也不可能有太过火的行为吧。"

"话是这么说没错，可是考虑到她是已经订了婚的人，那就可以说是相当过火了。大和他竟然，像这样，摸着绘理的屁股啊。"

"哇——"小池做出了抚摸圆形物体的手势，配上他严肃的表情，显得很是滑稽。小兔反倒忍俊不禁了。

"可是，当时感觉是怎样的？是强行乱来的那种感觉，还是胡闹开玩笑？"

"我不清楚啦，不过要说的话是后一种吧。说起来，绘理还笑着把大和的手挪开呢，说着些奇怪的话……"

"奇怪的话？是什么？"

"唔——再稍微忍耐一下子啦……诸如此类的，就是这种感觉。"

"再稍微忍耐一下子？"由于高千在沉思着什么事情，我就代为提问了，"那是什么意思？"

"谁知道。小池听到的就只有这么多,实在也很难讲。"

用不着这么急,再稍微忍耐一下子,我们不就能在一起了嘛,因为鸭哥很快就会死掉的……用类似这样的两小时电视剧里坏女人的风格来解释,也不是说不通。

"可是,"好像是读懂了我心里所想,漂撇学长毅然反驳,"就算绘理跟大和打算重归于好吧,小鸭当然会碍事,但不可能因为这个就要杀了他吧,再怎么说都没道理的。与其要杀人,不如先解除婚约吧。"

"确实,你说得没错……"

"可是这么一来,就是说绘理跟大和的秘密相会与这次鸭哥的事件完全无关了,我觉得也不是这样子的。"

"正常来想的话,对哦,如果绘理跟大和最近那么频繁见面的话,很可能因为什么偶然的情况被鸭哥亲眼看见了,或者是听到了什么传闻,这种可能性是有的。"

"这样啊。"漂撇学长好像一不留神咬到仍然含在嘴里的"小石子",崩掉了牙齿一样,脸上浮现可怜兮兮的表情,"问题就在这里啊。"

"因为受到了打击就打算自杀……是吗?"

"也就是说并非什么谋杀未遂,而是真的自杀未遂……是这样吗?"

白天还激昂地坚持说鸭哥不可能自杀的漂撇学长,到了此刻也不得不承认了吧,足以使之寻死的理由或许是存在的。这下子,他的表情阴郁不已,好像不知道该怎么处理口中那颗崩掉的"牙齿"一样。

"虽然很遗憾,但不得不说,那种情况也是完全有可能的。"

"那么,鸭哥他果然是——"

"可是为什么要在那里？为什么小鸭非得从御影公寓跳下来？要跳的话，他才买下房子的那幢楼不是有十二层吗？既然这样，他有什么必要特意跑去那么远的地方？"

"因为鸭哥去年的平安夜正好也在此村华苗小姐的自杀现场啦。"

"哎？啊，哦，这样啊，是这样的啊。"

"那个时候的场面，应该也在鸭哥脑海里留下了极其鲜明的印象。所以当他决定寻死的时候，就被那个现场所拥有的'磁力'给拽过去了，我觉得这也能说得通。"

"唔……这个嘛，说得也是啊。再加上前天他还在我家里听了你们讲的事情，是吧？就是五年前，也在同一个地方，有过一次令人不解的跳楼那件事。"

关于五年前的那件事，我们已经知道其间根本没什么不能理解，不过是出于某种原因，遗书被人销毁了而已，但高千和我都不打算告诉漂撒学长。倒也不是要隐瞒什么，只是，高千怎样我不清楚，就我自己而言，无非是单纯地不愿意再去想起鸟越和见这个人而已。

"跟去年那件事一样，五年前的事件也是没有遗书的跳楼。"

关于华苗小姐的情况，已经不可能得到像鸟越久作事件那样明确的证言了，但之前的假说——她认识到了对于来马先生的留恋会导致父亲的束缚一直持续下去这一现实，深感绝望之余一时冲动地跳了楼——多半是正确的吧。

但是，关于这一点同样也提不起精神来积极地向漂撒学长解释。因为此村正芳那个人，我也同样不乐意想起。大概高千也是同样的心情吧。

"也许他是在听着那件事的时候，感觉到了某种宿命般的东西，因为他自己也是打算不留遗书地自杀的。在那之前，小鸭并不知道过去的两次事件中都没有留下遗书，但至少他是觉得，导致自己萌生死念的动机，别人是不可能理解的吧。未婚妻回到了前男友的身边，这固然是事实，可如果就这样照实写进遗书，大概只会被人瞧不起吧——这么没出息的男人。所以他决定不留遗书。而就在这时，他听说了御影公寓曾经连续发生不留遗书的跳楼事件，感觉到某种宿命般的东西；也就是像匠仔所说的那样，被'磁力'给拽过去了。想着反正都不留遗书，就去那里死吧。也许，模仿之前两次跳楼事件的特征，连同'礼物'都包括在内，是想让自己的死更具神秘色彩。因为他不想直面被未婚妻背叛的现实，哪怕只把世人的目光挪开一下也是好的。"

也就是说，虽然还不能断定，但这次的一连串事件，到头来全都是自杀（虽然严格说来，唯有鸭哥这桩是自杀未遂）。感觉上是这样。

每一次事件中都没有发现遗书，自杀的动机都属于他人无法轻易理解的类型，现场情形也都一样，由此让人疑惑：这会不会是伪装成自杀的连环杀人案？然而，简单来说，只不过是因为第一次事件中鸟越久作的遗书被人藏了起来，由此开启了之后那一连串难以理解的状况。

在他之后的华苗小姐、鸭哥，都只是单纯地因为各自的情况而没有留下遗书，仅此而已。也就是说，所有的事情都是巧合。华苗小姐只是偶然地在去拜访住在御影公寓最高一层的来马卓也时感受到突如其来的绝望，一时冲动跳了楼；至于鸭哥……

哐啷啷，铃铛声响。不经意地抬眼去看，是药部小姐。

平日里气色圆润的她，不知是不是我的心理作用，此刻感觉脸颊都陷下去了，走路也是轻飘飘的毫无精神，完全没有平日里那种快活的感觉。看着这样的她，我忽然反应过来了。

她去见过了鸭哥。

"药部小姐。"高千也意识到了,连忙朝她跑去,"那个,你是去了老师的……"

"嗯。"虽然神情虚弱,药部小姐还是微笑着点头说,"刚刚从医院回来。"

这么说起来,昨天晚上我们完全忘记联络药部小姐了。她大概是通过佐伯刑警等人的造访,才得知消息的。

怎么会这样。诚然,优先联络现在的未婚妻绘理这件事本身并没有错,可就算是迟一些也好,我们应该主动和药部小姐取得联系才对……我惭愧得无以复加。

"医生说,他已经恢复意识了。"药部小姐的声音低沉而沙哑,但是言辞很清晰,"虽然还不能会面,但总算度过了最危险的阶段……"

我们的口中同时泄出沉重得如同巨大岩石一般的叹息。

这么说起来,明天就已经是平安夜了吗……想到这里,我下意识地在心中低语着——当然了,我并不是什么基督徒,而是跟高千还有漂撇学长一样(说起来,不知小兔如何呢)是无神论者,但——

上帝啊,感谢您。

"总之,快请坐吧。"和之前相比,漂撇学长的声音也恢复了精神,"那就是说,他们也去找过药部小姐了,我是说警察?"

"是的,今天白天来的。我才知道一志出了事……"

一志,从对鸭哥的这个称呼中,我不由得感觉到某种痛切的东西,而有着这种感觉的,看来并不只有我一个。

"我吓了一跳。高濑同学你们的名字也被提到了,所以我想见见你们,从医院离开以后,马上就过来这边了。"

毕竟"I·L"的位置就在大学正前方，所以就连身为事务员的药部小姐也经常过来吃午饭，自然也知道我们经常泡在这里。

"话说，这种时候问这种事情有点不好意思，你是不是被问到了不在场证明之类的事？"

"嗯，问了啊。昨天夜里十点左右，在什么地方做什么事情之类。"

"你怎么回答的呢？呃，若是不方便说就算了。"

"我回答的是——在睡觉。"药部小姐神情柔和下来，为自己的话而忍俊不禁，"本来就是真的，所以也没办法啊，可是却被挖苦了呢，说现在连小学生都不会这么早睡觉了。"

"药部小姐应该是和父母一起住的吧？"

真不愧是漂撇学长，对这种根本无关紧要的事情都了如指掌。之前以为他通晓的都只是跟学弟学妹相关的信息，现在看来，至少对女性职员，他也会很认真地去了解的。

"是的，没错，可是我爸妈正巧都出门了，所以也没有家人能给我做证。"

"这可真是麻烦啊。不过我也没觉得警方是真的在怀疑药部小姐。"

"关于这件事，我想问问边见同学和各位……"药部小姐表情认真地端正了坐姿，"一志他真的是被人谋杀的吗？还是说……"

"呃，这个我们也不清楚啦。不过警方好像是因为跟过去两次事件的关联，略倾向于谋杀未遂……"他简单地说明了一下鸟越久作和此村华苗两件事，"所以，他们一直来找去年事件时也在场的我们问话。"

"药部小姐，"高千突然问出了一句没头没脑的话，"今村俊之这个人，你认识吗？"

"哎？谁？"

"今村俊之，好像是我们大学经济专业的三年级学生。"

也就是此前问来的在"Smart-In"里打工的学生。

"好像听到过名字，不过我并不认识——为什么问这个？"

"他现在好像回老家了，你知道他家里的电话号码吗？"

"为什么要问这个？"

"关于鸭田老师的事件，或许能从他那里打听出一些什么。"

我困惑了。说起今村俊之，那是去年平安夜在"Smart-In"当班的学生，为华苗小姐和我们的"礼物"进行包装的——虽然我并不清楚记得——应该就是他。事到如今，想要和这位今村同学交谈，高千难道认为鸭哥这件事和去年华苗小姐的事件存在着关联？

可是华苗小姐的事情本身不是独立的吗？不仅华苗小姐的事情，这一连串的事件到头来，彼此间应该都不存在直接关联。

五年前的鸟越久作，单纯只是被冷漠的家人隐瞒了遗书的存在；华苗小姐的死应该与之无关。原因是，如果采信来马先生的证言，华苗小姐生前并没有去过御影公寓，那么很合理地，她不知道鸟越久作事件的可能性就非常之高。当然了，通过别的渠道得知此事也是有可能的，但无论如何，那并没有太大差别，至少不足以改变如下事实——华苗小姐在对人生感到绝望的时候，正好位于公寓最高一层来马先生的房门前，因而一时冲动从那里跳了下去。

鸭哥的情况也是如此，虽然有可能得知了过去两次事件而受到"模仿"的诱惑，但即便这样，我也不觉得其间关联重要到再去向今村俊之打听的程度。那么，高千究竟在想什么呢？

"可是，学生家庭情况的记载都是完全保密的啊。"

"我知道，所以才要拜托你。"

"这很重要吗?"

"是的。"

"什么时候需要?"

"越早越好。"

"早到什么程度?"

"若可以的话,今晚就——"

"我知道了。"果然还是因为高千太有说服力吧,药部小姐站起身来,"既然你说到了这个份儿上,反正学校就在眼前,我去查一下好了。"

"你能进事务室吗?"

"让值班的人帮我开一下就好。是经济专业三年级的今村俊之,对吧?"

"给你添麻烦了。"

"这样的话,一志的事情就能弄明白了?"

"也许。"

"我马上回来。"

"拜托了。"

药部小姐出去以后,高千静静地低语:"我撒谎了呢。"

"哎?"不由自主地,我们几个面面相觑。

"你指什么事?"

"这个信息,就算查到了,也跟鸭田老师的事没关系。"

"啊?"

"你说什么?"

"因为鸭田老师这件事,我已经明白了。"

"那个,也就是——"

"你是说,小鸭为什么会跳楼?"

"是。当然了,正确的情形必须要问过本人才知道。既然他已经恢复了意识,那么早晚都能进行确认吧。"

"这是怎么回事啊,高千你解释下,那小子果然是因为绘理感到绝望吗?还是说,竟然是被人谋杀……"

"在此之前,小漂——"

"什么啊?"

"能叫绘理跟大和出来吗?"

"啊?你说……现在?"

"嗯。"

"这当然了,若是必要的话,用拖的也能把他们带来——那你的意思是,他们果然和这次事件有关,对不对?"

"我想他们俩今天白天应该都接受过警方问话吧,应该会很不安,所以要是表现出'我已经知道所有一切,别担心'的态度,他们很容易就会答应过来的。"

"搞不清楚状况——不过我去试试吧。"

漂撇学长走向店里公用电话的时候,药部小姐回来了。

高千在打电话。这里是漂撇学长的家。电话的另一端,就是那位今村俊之的老家。

不知道他们在说什么,但是已经交谈了很久。绘理跟大和惴惴不安地注视着那个长卷发垂落的背影,老老实实地等待高千打完电话。

大和像是从公司下班回来,穿着西装打了领带。原本留得很长的头发就只剪短了一点点,感觉外表变化并不大,但大概是神情中带着些忧郁的缘故，整个人已经完全是进入社会的气质了。

绘理紧紧地挨在他身边。似乎并不是因为两人重修旧好的事情已经暴露，就此堂而皇之起来，她只是单纯感到不安吧——对于接下去的事态发展。

急不可耐地等待着高千讲完电话的并不只是他们俩。漂撇学长也一样，他焦急的心情有如被来回摇晃的罐装啤酒，明白无误地写在了脸上。虽然很想快点拽开罐上的"拉环"冲着高千爆出疑问，但是以自己已经知晓了一切的借口叫来了绘理跟大和，又没办法抢先开口提问，因而痛感隔靴搔痒般的焦灼吧。

小兔虽然很冷静，但在面对他们两人时，再度受到了绘理背叛鸭哥这一事实的打击，因而显得不同寻常的沉默。

"好的，抱歉这么晚来打扰，非常感谢——哎？"高千又拿起了刚刚准备放下的话筒，"啊，对不起，我现在有交往的人了。"

虽然我们不认得对方，但今村是认识高千的，难得运气好她有事相求而把电话打到家里，便乘机提出约会之类的请求了吧。

"那么——"高千放下电话转过身来，见绘理跟大和抬起头，"我就直接切入正题了，弦本学姐和东山学长，你们都从警察那里听说了吧，鸣田老师出事的事情。"

勉强点头应答的，是大和。

"那时被问到了昨晚的不在场证明吗？"

这次，虽然两人都没有回答，但那种沉默只能解释为肯定。

"那你们是怎么回答的？"

大和张了张嘴，像是要说什么的样子，但没能吐出句子。至于绘理，则好像是打算把眼前的事务全都交给大和处理，自己就保持沉默了。

"喂，你们俩！别不说话，好好回答啦！"漂撇学长是忍不下去了吗，大声吼了一嗓子。那音量似乎把他自己也吓了一跳，他干咳一声道："呃，说起来，绘理啊，你昨晚到底跑去哪里闲逛了？都是要结婚的姑娘了！"

这是监护人的姿态吗？那感觉好像下一刻就要吼出"老爸我不允许"一样。

"我们到处找你啦，想要告诉你小鸭出事了。可是却——你到底跑去哪里了？"

"大概，"高千插嘴道，"是在东山学长的住处吧。"

"啊？什、什、什么？"

"我没说错吧？"

对于高千的追问，纠结于回答还是不回答的，就只有大和一人，绘理看来从一开始就没打算要开口说话。

"怎么回事啊，你们？"

"我想是很难回答的吧。因为两位都觉得，就算说了实话，大家也不会相信。事实上，他们已经提出了自己的不在场证明，但是警方并不相信——对不对？"

本该是下定决心做旁观者的绘理大吃一惊地抬起头来。

"说来是我自己的想象，不过两位都是在昨晚十点前后，被某个神秘人物叫去了某个地方，是不是？"

"是……"嘴巴张得好像衔了个乒乓球似的，绘理脸色啪的一下亮起来，急不可待地点头，"是的啊！真的就是这样啊！"

"可、可是，为什么？"相反地，大和的语气却变得警惕，"为什么高濑同学你会知道这件事？"

"两位大概都被威胁了吧，'若是不来，你们还继续保持关系的事情就会暴露给鸭田老师'，差不多是这个意思，还说这件事不能告诉任何人，我想多半是通过书信给出的威胁——对不对？"

两个人都好像颈部支撑轴被抽掉了的人偶一样，不停地点着头，让人感觉他们现在就一心依靠高千了。

"被叫出去的地方是？"

"我是大学后门前面的那块空地。"

"我是校园里的停车场。"

平时姑且不论，现在这段时间，一到晚上，那两个地方都是完全看不到人影的。确实，就算说了被人叫出去，事发时身在那样的地方，警方也不会相信吧。更何况，地点又是在距离鸭哥跳楼的御影公寓极近的大学周边地带。

"两位都等了一段时间，可是谁也没有出现就姑且先回家了，但是心里又很不安，就联系了一下对方，随后得知被叫出去的不只自己一个，便越发不安了。所以昨晚弦本学姐就去了东山学长的家里，住在了那边。小漂打电话去东山学长家里询问弦本学姐去向的时候，其实她就在那里，两个人在一起。"

"喂，高千！"是终于忍不下去了吧，学长暴露出了自己其实根本对情况一无所知，"这个我已经明白了，可那是谁干的好事，把他俩叫出去？到底是谁要这样陷害他们……"

"还会有其他人吗？"

"啊？"

"是鸭田老师啦。"

"啊……啊啊？！"

最吃惊的，或者说，真正感到吃惊的人，就只有漂撇学长一个。小兔好像泄了气似的，神情木讷。而绘理跟大和，虽然并不平静，但感觉他们好像在某种程度上已经预料到了这样的结果。

"我先从结论说起吧。鸭田老师把自己的鞋子和眼镜整整齐齐地摆在平台上,然后跳了下去。当然,他是抱着求死之心的。万幸的是楼下停着一辆有篷的轻型卡车,才使他保住了性命。"

"可是……可是为什么?"

"因为老师想让事件看起来不像是单纯的自杀,而是谋杀。所以他重复了过去两次事件的模式,把个人物品好好地摆放在楼梯平台上,但不留遗书。他推测,这样一来,人家肯定会首先判断他是被推下大楼的,也就是谋杀。接下来的发展果然如此,警方甚至连过去的那两个事件都打算重新调查了。"

"等、等下啊。小鸭本人在昨天夜里把这两人叫去偏僻的地方……也就是说,难道他……"

"自然是打算剥夺弦本学姐和东山学长的不在场证明了。"

"怎、怎么这样……怎么会!"

"虽然这样,但老师是不是真的想让他们俩蒙上杀人犯的污名,我觉得可能性是一半一半。不过,想给世人留下印象,让他们知道这两人就是自己自杀的原因,这一点是肯定的吧。"

"这两人就是原因……也就是说,那家伙果然已经知道他们俩重归于好了。"

"不是啊。"

"啊?"

"他们俩并不是重归于好。"

"啊?"

"他们从一开始就没有分手啦。我没说错吧?"

再一次,绘理跟大和颇为难堪地低下了头。

"两位从一开始就没有分手。所谓分手，不过是个姿态，只是弦本学姐为了跟鸭田老师进行交往埋下的伏笔而已。"

"为了……跟他交往？这……这是什么名堂啊？"

"我想弦本学姐一开始并没打算和鸭田老师走到结婚这一步。只是想着，能够发展成亲密关系，可以进出他的住处就够了。再之后，随便找个借口跟他分手，再回到东山学长的身边。"

"你、你在说什么啊，高千？不明白，我一点也听不明白啦。"

"可是，鸭田老师属于时下罕见的那种洁癖人士，就算跟弦本学姐交往了，也绝不同意她在自己家里留宿。大概，学姐这边已经做好了思想准备，就算要发生肉体关系也不会拒绝；可是却没有那种必要。只不过这么一来，最要紧的目的却无法达成了。"

"目的？"

"圣诞彩票啦。"

"哎？"

"圣诞彩的一等奖券，那就是弦本学姐和东山学长一心瞄准的目标。"

"哪、哪来的那种东西啦！"

"看样子就在鸭田老师的家里吧。"

"那种东西他什么时候——咦，等下等下，高千，你说什么呢。怎么可能有那种东西啦。圣诞彩的开奖日应该是在每年平安夜这天呀。那不是明天吗，要到了明天才会知道一等奖的号码，所以哪里会有你说的那种东西啦？"

"你说的那是今年吧。"

"哎，今年……"

"去年啊，我说的可是去年。"

"去年……但是我们买的那些全都没中啊。那你的意思是，那小子瞒着我们另外买的？"

"不是的，总之事情是这样的——鸭田老师自己买的那些彩票，大概有几张是连号的吧？"

"嗯，是的啊。几张分开，几张连号。好像一直都是这样买的。"

"你之前说过，鸭田老师买的那些彩票里面，有一张就只差一个号对吧？"

"确实有啊。当时还遗憾地说，要是这张中了的话，地板的修理费就能轻松解决了，所以我记得很清楚。"

"可是，那张中了奖的票就在一沓彩票里面——混在里面了。"

"但、但是怎么会……那不可能啦。我可是亲眼确认过哎。每个人的都看过，一张一张，简直就是带着赤裸裸的欲望，一个号码一个号码核对过的。绝对没有中奖。我拿脑袋跟你赌都行。"

"确实，在小漂你对过的那些彩票里面，应该是没有吧。"

"这就不会错了。我啊，可不止号码，连张数都数过的。若是有多出的彩票，我应该会记得的。"

"那大概是因为，小漂你在没中的那些彩票当中，有同样的号码对了两遍吧。"

"哎？"

"原本打算挨着顺序对中奖号码的，但是其中某张和另外一张的顺序交换了。"

"别傻了，怎么可能。"

"明摆着的吧，在确认鸭田老师的那些彩票之前，地板塌了。你不是说，彩票因此都飞起来了吗？"

"啊……"

"那个时候,原本是打算好好整理在一起的,但只有一张在没有经过核对的情况下,被放到了已经核对过的一边。那就是——"

"一等奖……你是这个意思吗?"

"这件事,"高千转向绘理他们,"是谁发现的?"

"是我啦。"绘理大概是死心了吧,态度反倒开始积极起来,"我在当时也没留意。但是后来,老师把大家没中奖的彩票集中起来,作为书签一张一张夹到书里面,我看着他的手边,忽然——"

房间地板都塌了还在核对彩票有没有中奖,这一点已经很厉害了,可是在书里面夹上书签,那个更加厉害。

"忽然就发现了啊,中奖了!虽然吓了一跳,但是没有错。确实是一等奖,就在老师买的那些彩票里呢。可是,它被错当成已经对过了号码的,混在那一堆彩票里了。"

"可是,你却没有说出来?"

"我说不出口啦。"

"这个,一般情况下是没办法说呢。"

小兔态度纯真地点头表示赞同,这让绘理的表情变得好像略感安慰。

"就算被人看不起也没办法,可是那时候,我就是想着要有什么办法把那张彩票弄到手才行。脑子完全被这个想法占据了。老师都以为那是没中的奖券,放在书里当书签用了嘛,偷偷拿出来他也不会知道。我就是这么想的。"

"然后你就和东山学长商量了。"

"是的。因为女生是不能单独去老师房间的,所以无论如何都需要有他协助,只能一起去玩时进到老师家里,趁着老师离开座位的间隙,一本一本地检查。最开始,我就记住了那本夹进一等奖券的书的名字，乐观地以为可以很容易找到，但是……"

"但是找不到。"

"那本书，偏偏是那部畅销的恋爱小说啊，有一百五十个印刷版本那么多。"

那部恋爱小说……忽然，我好像想到了什么，但又想不起来，不由得心情焦躁。

"那部作品，老师从初版一直到最新一次印刷，全都收齐了。也就是说，在最坏的情况下，必须要检查一百五十本书啊。可以偶尔去玩一次，偷偷地检查几本，但是要全查一遍根本就不可能。这么一来，我不得不下定决心，无论如何都得留宿才行了。"

"为了这个目的，你选择了成为老师的女朋友这种方法。"

"因为想不到其他途径了啊。最开始的时候也想过，能睡几次的话，总能办得到的。可是老师却绝对不让我在那边过夜。我很焦躁，真的很焦躁。明明巨额财富就在眼前，却因为这样而不得不放弃……想到这里，我就下定了决心，无论什么都会去做。"

"也就是说，到了这一步，跟老师结婚也好，什么都好，你都会去做，是吧？"

"是啊，连老家的工作也放弃了。我打算尽可能早地结婚，一找到彩票就找个理由马上离婚。由于各种准备事项，计划全都偏了轨道，但总算是定下了在圣诞前一天举办婚礼。时间虽然只有一个晚上，但只要有一晚，我想是赶得上第二天的兑奖有效期的。"

"老师估计很早就意识到你的企图了吧。"

"也许是的。具体是因为什么事情引起了他的注意我不知道，不过现在想来，我随随便便就想在他家里过夜，新居定下以后又想搬进去，说不定是这些事情让他产生了怀疑……"

"真是……这都什么事!"抱着脑袋的漂撇学长忽然抬起头来,"喂,我说,要怎么办啊,高千?"

"什么?"

"明摆着的吧,一等奖券!在小鸭的房间里吧?要怎么办啦?"

"不知道啊,想要的话就去拿咯?"

"不是啦,不是那个意思……"高千如此干脆利落的反应,漂撇学长显得有些心虚,"反正也没有钥匙,又进不了房间,对吧。"

"我并不是在讽刺啊。那么大一笔钱,觉得可惜也是人之常情啦。"

"就是说呢,那是人之常情嘛。"心情又好了起来的小兔点头应和。

"喂。"大和小声地,碰了碰绘理的肘部。

"哎?"大和似乎以眼神对她说着什么,绘理看上去有点吃惊,突然犯着拗劲似的抿紧了嘴,随即从提包里拿出一只信封。"这个,是刚才回家的时候,在邮箱里发现的。"

信封中拿出来的,是一张淡绿色的券——去年的圣诞彩票。

漂撇学长急急忙忙去拿了一本看来是有关彩票信息的杂志。他核对着号码,喉咙里发出咔咔的声响,好像小龟一样地翻了个身。

"中、中了……一等奖,是、是真的!"

今天在邮箱里面发现的,也就是说,是鸭哥事先找出了这张彩票然后寄出的吧。多半是昨天——在出发去御影公寓之前。

也就是说,尽管不清楚是通过怎样的方式,但鸭哥果然已经清楚地知道绘理接近自己的真实目的了。他配合着自己跳楼的日期,给绘理送上了"礼物"。

当然很难认为他这是出于善意。该说是讽刺吗,那感觉就好像在说"你们想要的是这个吧"。或者,若是绘理跟大和的其中一人作为谋杀自己的嫌疑人遭到逮捕的话,这大概会成为相当强烈而辛辣的最后一击吧……

"那……那么,那个落在鸭哥身旁的'礼物',莫非就是……"

"是鸭哥自己准备的。"

小兔半张着嘴,朝着漂撇学长点头。

"明明一定得夹张书签才行,第七十二次印刷本里却没有,那张书签到底去了哪里——这个谜题总算解开了。当然,同时也有模仿前两次事件的意思。"

"那张书签其实跟我的跳楼有关——鸭哥他是想说这个吧。"

对于鸭哥的恶意,不知道绘理跟大和究竟感受到了多少,可是毕竟付出了这么大的牺牲与辛苦,所以就收下好了——至少在一开始,他们是这样决定的吧。但是终究又感悟到,走到这一步若真的把奖券据为己有,那么在拿到奖金的同时一定会失去些什么,所以才——我愿意相信情况是这样。

"那么,怎、怎、怎……"因为头上有奖金额的无数个零在飞舞吗,学长口吃起来,"怎么办啊,这个?"

"当然应该是物归原主才合理吧。还掉以后,鹈田老师要怎么处理都随便啦。"

"可是在后天以前不去兑奖的话,这个就失效了哎。那样一来,就只是废纸一张了。就算你说我贪心也好,我总感觉这样好可惜。"

"就是说啊——"小兔点头道,"好不容易物归原主了啊,却在当事人什么也做不了的时候变成废纸一张。虽然鸭哥他大概已经死心了,但总觉得事后想想感觉会很差哎。"

"是啊。那么,想要换回奖金的话,就给鹈田老师找一个代理人怎么样?"

"代理人——你是说?"

"还会有谁啦？药部裕子小姐。"

当然了，我并不觉得用奖金就可以弥补一切，可是毕竟，感觉这样做可以稍稍得到一点安慰。

爱的巡礼

意识恢复以后，鸭哥亲口说出的真相，大致就跟高千的假设一样。

本以为这是起谋杀未遂案而准备大干一场的宇田川刑警最终白费了力气，可是当然，这样很好。说到底，这种事最好是一开始就没发生。

鸭哥说，其实他在去年的平安夜就意识到自己的书签里面混进了一等奖的彩票。那也是因为绘理窥视着他的手边，他注意到了那道视线，就在跟大家道别之后，又进行了一次核对。结果发现，那是张一等奖的彩票。

所以鸭哥很早就知道了，突然试图接近自己的绘理究竟是盯着什么目标。只是他满心以为只有绘理一个人盯着那张彩票，理由什么的不去管，只要她能跟自己在一起就好，因此才一直保持沉默。他也是因为刚刚才和药部小姐吵架分手，心里很寂寞吧。说起来正好在心有空隙的那段时间，绘理挤了进来。

要说糊涂是真糊涂，要说纯情也是够纯情，鸭哥好像完全没有想过，绘理要是拿到了奖券，马上就会把自己抛弃。虽然意识到了她的目的，却没有看穿她跟大和的分手只是在演戏。

在离婚礼日期很近的某一天，他在街上非常偶然地看到了绘理跟大和在一起。最开始，他以为只是单纯的故人重逢喝个茶什么，但毕竟还是有点在意，就委托了征信所进行调查。结果发现，绘理仍然跟大和保持着深度交往。直到此时鸭哥才第一次想到，她是打算在拿到一等奖券之后就抛弃自己。

恰在受到打击的时候，他从高千和我的口中得知，御影公寓过去曾发生过两次难以理解的自杀事件，其中发生在去年的那一次，自己还是现场亲历者。或许也有当时印象十分深刻的缘故吧，鸭哥感觉到某种宿命般的东西，好像被魅惑了一样，开始策划让自己成为"第三起事件"的当事人。当然，他也期待着事件会衍生出"是不是被人谋杀"的疑问。

二十一日，在漂撒学长家里，讨论过去两次事件共同点的时候，他特意提出了海圣学园这一条，还说自己也是毕业于那所学校，这是一个若无其事的伏笔，为了让人想到他跟事件的关联。接下去的事情，就跟高千所说的一样了。

发生在过去的两起个别自杀事件通过"灵气"把鸭哥吸引了过来——这不由得让我感觉心里发毛（若这么形容太夸张的话，就说是感觉不太舒服好了）。确实，从结果来看三起事件彼此互不相关，可也正是从这层意义来说，御影公寓这个"现场"，的确让人感到存在着某种可以称之为灵异的因缘。

鸭哥虽然出了很多血，但伤势本身没什么大碍。接下去要做详细检查，不过多半用不着担心留下后遗症吧。考虑到是从八楼坠落，这可以等同于奇迹了，多亏有那辆带顶篷的轻型卡车。综上所述，由一件陌生"礼物"而引发的年末骚乱，到此算是结束了。

——我是想这么说来着，但其实，还剩下一件事让我比较在意。不必说，就是高千给今村俊之打的那个电话了。那件事到底是怎么回事呢？是单纯地没有任何成果吗？既然跟鸭哥的事情没有关系，我也只能这么想了。

证据就是，高千没打算对此做任何解释。不做解释，是因为没有价值，还是不想说呢？到底是哪种？正当我如此思忖的时候——

"你很在意吧？"高千主动开口了。此刻，她坐在"I·L"的吧台前，用手支着下巴，我刚才端给她的咖啡，一口都没有碰过。

今天的她，装束略微有些奇怪（意思是说跟平常不一样）。是感觉很正式的西装，但颜色是柿漆染的紫色。裙子没有平常的迷你裙那么短，是略短的紧身裙，穿着背线丝袜，还有于她而言极为少见的带跟皮鞋。莫非是原本打算在鸭哥婚礼上穿的衣服吗——不知怎么地，我如此想到。

"唔……你是说，那个电话？"

"是啊，你果然还是很在意吧。既然这样，为什么不问呢？"

"我想要是高千有心解释的话，总会告诉我的吧。"

今年看来要过一个安静的平安夜了。若是平常，应该会去什么地方喝酒，然后痛痛快快玩一场，可是最关键的活动发起人漂撇学长因为鸭哥的事，看来完全没那种心情，根本就没来召唤。唔，偶尔有个这样安静的夜晚也不错。反正我们差不多每天晚上都是在一起喝酒啦。

"我说，匠仔。"

"嗯？"

"你在这里要待到几点？"

"这个嘛——"我停下擦拭器皿的动作，看了看挂钟。很快就要七点了，今晚我应该在店里值班到晚上九点。"还有两小时。"

"不能要求早点儿回去吗？今天可是平安夜呢，对不对？"

"不知道哎。我觉得是可以啦。"反正店里空荡荡的没什么人，除了高千以外，就只有在桌旁看杂志的一对小情侣了。"等等，我去问一下。"

老板今晚也不在，好像是因为我把学长硬塞给我的圣诞彩票送给了他，但是一张也没中，就跑去喝闷酒了。其实本来就是别人送的彩票，用不着这么当真吧。

我去问内堂的老板娘可不可以早点回去，她说请回吧，今晚一个人也可以应付。这位太太似乎也是高千的秘密粉丝，所以给我了特别优待。

"我们去'Smart-In'吧。"带着我走出店门，高千立刻迈开步子。

"啊？为什么？"

"跟去年一样——去买'礼物'。"

"礼物……"

不明所以地，我感到有些不安。就先跟着她吧。

可能因为时间还早，"Smart-In"里还不太拥挤。今天是平安夜，现在开始到半夜，应该会有很多客人吧。我想着诸如此类的事情，但高千并不打算进店。

"怎么了？"

"之前那个人在啦。"

"啊？"

从玻璃墙面往店里看过去，果然，之前跟高千套近乎的那个名叫大庭的学生，正神情悠闲地吹着口哨，动作轻快地摆放着商品。

"我也不觉得他是坏人啦，就是有点纠缠不清，碰上了大概又会啰唆吧。"

"那怎么办？"

"就当已经买好了,去下一个地方吧。"

"下一个地方?"

"我想体会一下华苗小姐当时的心情。去年的平安夜,华苗小姐下了出租车,在这里买了那个东西,然后去了御影公寓的最高一层——大家都是这么想的。"

我愣住了——她说的是"大家都是这么想的"。

"你的意思,其实并不是这样?"

"唯一确定的就只有一个事实——华苗小姐去了最顶层的楼梯平台。"

"这个,或许是这样吧……可是……"

"她多半应该是乘的电梯。"

"哎?你怎么知道?"

"因为她是去见来马先生的,应该没什么理由非得特意一层层台阶走上去吧?"

去见来马先生——这一点确定无疑吗?我忽然有了这样的疑问,但并没有说出口。

高千和我走向御影公寓的门厅,乘上电梯,按下八楼的按键。

电梯向上升去,有一种浮游的感觉。可以将人类的身体在地面上摔得粉碎的势能逐渐蓄积起来——这样想着,我不由得感到一阵恶寒。

我们下了电梯。角落里有个房间,夹在电梯出口和安全梯之间。

"这里以前是来马先生的房间,现在肯定已经住进了其他人。"

高千转向楼梯的方向,站在楼梯平台上,从那里向下俯视。

我也试着做出同样的动作。其实我并没有恐高症,可是想到已经有三个人从这里坠落,其中两人因此殒命,不知怎么就觉得好像要被吸到地面上去似的。

是有"磁力"……吗？

"来到了平台上的华苗小姐，就从这里被推了下去。"

"现场"漂荡着的"灵气"——我被这种咒符困住，一时间没能理解高千在说什么。

"你说什么？"

"不是自杀啊，华苗小姐。"

"那……"对于并没有那么震惊的自己，我也很困惑，"那，是谁？"

"她的外套被叠了起来，鞋子也好好地摆在一边——这就是所有真相的关键了。只有可以做到上述这些事情的人，才能够杀了她还让事情看起来像是自杀。"

意思也就是说，是熟人做的。

"这么说来，华苗小姐进过房间是吗？她去过来马先生的房间？"

进到房间的话，就会脱去外套。当然，鞋子也会脱掉吧。

迄今为止，我们一直都相信华苗小姐是从平台上坠落，这一点从未被怀疑过，但实际上并没有什么确凿的证据。能够作为判断依据的，是她的外套和鞋子都在楼梯平台上——仅此而已。

其实她是从来马先生住处的阳台上被推下去的，只要紧接着把她的外套和鞋子在楼梯平台上整整齐齐摆好的话，就可以伪装成她是自己下决心跳楼的了。

原来如此，原来是这么回事吗……

"不对，不是那样啊，匠仔。"

"啊？"

"不是的。凶手不是来马先生。"

"可是——"

"来马先生,他没有动机。"

"可是,那种事我们又不清楚,他和华苗小姐之间究竟发生了什么。"

"不是的。"

"啊?"

"我说的,不是来马先生杀死华苗小姐的动机。那种事我当然也是不清楚的。说不定,他的确对她抱有杀意。但是,那不是问题所在。"

"那什么才是问题?"

"是'礼物'啦。"

"啊?"

"为什么要让'礼物'从这里落下去,来马先生没有动机,我要说的是这个。假设那是华苗小姐送给他的礼物,假设是来马先生把她推下去,那么理所当然地,必须要消除她曾经在房间里面待过的痕迹,所以'礼物'也必须处理掉,不应该把它同样丢到地面,跟她的尸体落在一起。如果这么做了,不就会被人发现她是带着礼物来拜访公寓里的住客吗?是这样没错吧?"

"可是,如果说到这一点,把华苗小姐从公寓楼上推下去的行为本身,就已经把嫌疑引到了作为御影公寓住客的自己身上了啊。幸运的是英生先生保持了沉默,来马先生才得以躲藏起来,直到最后都没被发现——"

突然,来马先生住过的那间房的房门开了,一位年轻的女性探出头。从她责难的眼神可以察知,她是嫌我们停在这种地方讲话太吵了。

"我们走吧。"高千催着我,迅速地乘上了电梯。

我们就那样沉默地走出来,高千朝向自己的公寓迈步。没办法,我跟在她的身后。

高千的住处是个一居室，位于一幢白墙建筑的二楼。在这里，我没有什么太好的回忆。今年夏天的那次事件，我也是在这个房间向她说出真相的。

走进屋子，我有一点点吃惊。因为有一株小小的花瓶尺寸的圣诞树在迎接我，金黄色的灯饰一明一灭。就算外面的世界满眼都是这种情形，可是居然连高千都有这份兴致在自家房间里装饰圣诞树，老实说，我很意外。

"来马先生并不是凶手。凶手，是那个有必要让'礼物'和华苗小姐一起从楼上坠下去的人。"

"那是谁呢？"

"是在楼下的'Smart-In'买下了那份'礼物'的人。"

"所以我就在问，那到底是谁啦？"

"鸟越伊织子。"

"你说什么？"

"今村俊之同学记得很清楚呢，去年的平安夜，买了避孕用品，还要求包装起来的那位客人。当然了，他并不知道对方的姓名，可是却认识那是五年前——当时还是四年前——由于外孙跳楼自杀而受到打击变成痴呆的，住在附近的可怜老婆婆。"

"等一下，鸟越的外婆买那种东西干吗？"

"当然是为了送给久作君。"

"啊？"

"据说她本人就是这么说的，'要送给外孙'。今村同学虽然觉得有点惊悚，但还是照她的要求包了起来——然后，紧接着就发生了华苗小姐坠楼的事。"

"等……等下啊。"明明没有喝酒,却有酸苦的胃液涌上喉头,"你……你到底在说什么……听上去,就好像是说,伊织子女士就是把华苗小姐推下楼去的凶手一样。"

"不是'就好像',事实就是如此。"

"为什么?到底是为了什么……"

"为了给久作君送上'礼物'。"

头晕目眩,我眼前的世界晃动起来。不是因为无法理解高千所说的内容。毋宁说,是因为瞬间就已理解而造成的影响。

"在伊织子女士已经痴呆的头脑里,外孙是还活着的。种田老人说过的事情,你还记得吧?她有时会去店里买东西,说要送给外孙——那天也是这样,平安夜是久作君的生日。"

礼物——生日礼物。

"就像失去孩子的父母经常做的那样,伊织子女士每一年都会数着久作君的年纪,今年已经几岁了,这种感觉。到了去年,若是久作君还活着的话,就满二十岁了。"

高千的房间里,虽然空调还没开始发挥作用,我却全身都冒出了冷汗。另一方面,胃里却像装着冰块似的变冷,然后痉挛起来。脑海里就只浮现出一个单词:怪诞……

"难道从很早以前开始,伊织子女士就已经从公寓的楼梯间把东西……"

"没错,今村同学也说了。他曾经遇到过一次,就是在上一年的平安夜。她一方面认为久作君还活着,但在脑中的某个地方,还是知道他已经死了,并且也知道是死在哪里。种田老人也说过吧,她说给外孙买了东西,又把买来的东西放到久作君死掉的地方去,说她多半是把那东西当供品来着。每年的平安夜,伊织子女士都会去御影公寓的最高一层，在那里为久作君供上生日礼物——用丢下楼去的形式。"

"这也是管理吗……全都是为了管理外孙吗，为了不让宝贝外孙踏上邪路？"

"那其中也包含了对于性事的管理。大概就是像匠仔你之前对和见所说的那样，久作生前一直被灌输所谓'长大成人之前不许想那些肮脏的下流事'的道德理念。事实上，久作君对于外婆擅自处理自己的杂志感到很愤怒，这件事和见也是承认的。在外婆看来，小孩子对那种事不可以看也不可以想，她甚至打算连外孙的性事也管起来——等你长大了，我也会好好照看你的——就是这样。"

"也就是说，避孕工具和女人……"

"或者是，伊织子女士很清楚地明白，久作君带着色情杂志跳楼这一行为当中蕴藏着什么含义，就对此展开反击——替你管理女人问题的，终究还是我……"

当然了，最开始应该只是打算把避孕套作为"礼物"吧。可是恰在那时，运气极其差的，前来探视来马先生的华苗小姐从此处经过。

"华苗小姐看到伊织子女士时应该吓了一跳：她在这么冷的天气里，穿着薄薄的衣服，还光着脚在公寓的楼梯平台上徘徊。她立刻就意识到这是位痴呆老人，打算先把来马先生的事情放到一边，把老人交给某个了解情况的人。就是在这个时候……"

"她决定把自己的外套和鞋子借给伊织子女士。"

"没错。华苗小姐富于博爱精神，并且很有行动力。她是想到，如果老人家着凉得了肺炎什么的就严重了吧。可是，伊织子却把这样的华苗小姐推下了楼。"

"一个老太太会有那样的力气吗？"

"多半是找了个什么借口,让华苗小姐形成了某种别扭的姿势吧。比如外套穿不好,请她帮个忙,诸如此类的。从华苗小姐的立场来看,做梦都想不到对方竟然想把自己推下楼,就照她说的做了。这时只要趁机搬起她的脚,就算没什么力气的老婆婆也完全可以把一位成年女性推下楼。伊织子把华苗小姐推下去以后,把外套和鞋子放在原处,又开始徘徊起来,因此得了肺炎,死掉了。"

"可是……可是为什么外套和鞋子要整整齐齐地放在那里?"

"因为她并没有意识自己是杀了人。在伊织子的主观认识里,她只不过是给外孙选了个合适的女人而已。等华苗小姐和久作君办完'事情',她应该还是要回来的——为了让她在回来时不致为难,自己是特别怀着好意把鞋子摆整齐、衣服也叠好放在那里的。她大概就是这么想的吧。"

眩晕终于停止了。高千也是像这样,将自己的感情移入到素未谋面的鸟越久作身上了吗?

"他到底是怀着怎样的想法……"

圣诞树的装饰灯一闪一闪。我忽然有种错觉,那灯光似乎被雨水晕染了。

"不知道。不过,是觉得只有死亡一条出路了吧。只有先杀了外婆,然后再自杀……"

"好沉重……"

"啊?"

"高千你说过的。"

"抱歉,只有这一回,我不能让匠仔来说出真相——只有这真相……"

原来如此,所以才……

"要是从匠仔的口中说出来,我觉得我会疯掉,因为太沉重了,实在无法承受。唯有这次,我想比匠仔更早地找到真相。从自己口中说出来当然也很痛苦,但是会好一点,比起让匠仔来说要好一点。所以我隐瞒了最关键的一张牌。"

仔细想来是很奇怪的理由,但确实,我又很奇妙地认可了这番道理。

"我就是为了逃避这类问题才来到安槻的。总之,我是想从父亲,从那个'独裁者'的身边逃开。我想选一个离得尽可能远的大学,所以来到了安槻。是出于一种随随便便的心态做出的选择,反正去哪里都是一样吧,类似这样的感觉。可是没想到……"

"选错了?"

"大概吧。"

高千利落地站起身,从厨房的橱柜里拿出一样东西。她用双手捧着拿来的是——

小咖啡杯。我在去年平安夜从"Smart-In"买的那一只。

"不要露出那么奇怪的表情,又不是要送给你。因为啊,这个是我的,可不值什么钱。是我收到的礼物,所以就不能送给匠仔啦。不过,姑且让你看一眼好了,当作我送给匠仔的'礼物',就只是份心意——之前在说什么来着?对了对了,说到来安槻是个失败。真的很辛苦啦,麻烦死了。若是从前的我,才不会做这种事呢。"

满是嘲讽意味的笑容。那是我所熟知的,平时的"高千"。

被举起的小咖啡杯反射着圣诞树的闪烁灯光,熠熠生辉。

"还得一直把这种东西珍而重之地好好收着……你说有多烦?"

KOHITSUJI TACHI NO EVE by Yasuhiko Nishizawa
Copyright © Yasuhiko Nishizawa 2008
All rights reserved.
Original Japanese edition published by Gentosha Publishing Inc.

This Simplified Chinese edition is published by arrangement with
Gentosha Publishing Inc., Tokyo through East West Culture & Media Co., Ltd., Tokyo

图书在版编目（CIP）数据

羔羊们的平安夜 ／（日）西泽保彦著；夏木译．——2版．——北京：新星出版社，2022.12
ISBN 978-7-5133-4994-9

Ⅰ．①羔… Ⅱ．①西… ②夏… Ⅲ．①侦探小说－日本－现代 Ⅳ．① I313.45
中国版本图书馆 CIP 数据核字（2022）第 164823 号

羔羊们的平安夜

［日］西泽保彦 著；夏木 译

责任编辑：刘　琦
责任印制：李珊珊
封面设计：冷暖儿

出版发行：新星出版社
出 版 人：马汝军
社　　址：北京市西城区车公庄大街丙3号楼　　100044
网　　址：www.newstarpress.com
电　　话：010-88310888
传　　真：010-65270449
法律顾问：北京市岳成律师事务所

读者服务：010-88310811　　service@newstarpress.com
邮购地址：北京市西城区车公庄大街丙3号楼　　100044

印　　刷：北京美图印务有限公司
开　　本：910mm×1230mm　　1/32
印　　张：8.375
字　　数：137千字
版　　次：2022年12月第二版　　2022年12月第一次印刷
书　　号：ISBN 978-7-5133-4994-9
定　　价：48.00元

版权专有，侵权必究；如有质量问题，请与印刷厂联系调换。